Christiane Gohl

Pferdeträume

Basiswissen für junge Reiter

omnibus

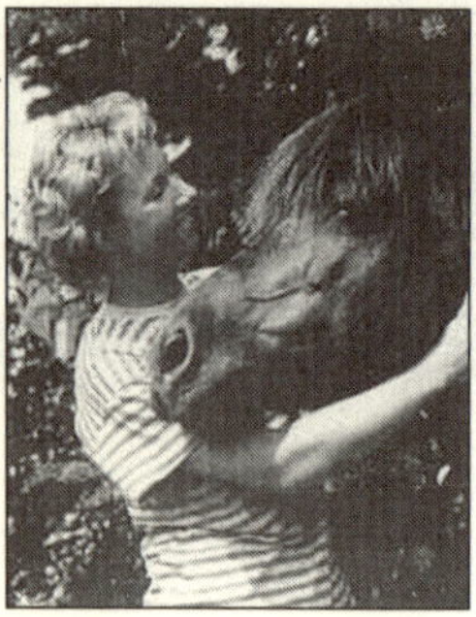

Foto: © privat

DIE AUTORIN

Christiane Gohl wurde 1958 in Bochum geboren. Die promovierte Pädagogin arbeitet als freie Fachjournalistin und Werbetexterin. Seit ihrem zehnten Lebensjahr beschäftigt sie sich mit Pferden und reitet in verschiedenen Disziplinen. Pferdefreundliches Reiten und artgerechte Haltung sind ihr dabei besonders wichtig. Mit ihren Sachbüchern und Romanen avancierte sie in kurzer Zeit zu einer Bestsellerautorin in der Pferdeszene.

Von Christiane Gohl ist bei OMNIBUS und cbj erschienen:

Ein Pflegepferd für Julia (20793) · **Julia und das weiße Pony** (20794) · **Julia und der Hengst aus Spanien** (20795) · **Julias erster Wanderritt** (20796) · **Julia und das Springpferd** (21029) · **Ein Traumpferd für Julia** (21028) · **Julia und ihr Fohlen** (21025) · **Julia – Aufregung im Reitverein** (21027) · **Julia – Ferienjob mit Islandpferden** (21026) · **Julia und der Dressurstar** (21024) · **Julia – Neue Pferde, neue Freunde** (21258) · **Julia – Ein Pferd für zwei** (21257) · **Julia und der Pferdeflüsterer** (21259) · **Julia – Reitbeteiligung gesucht** (21260) · **Julia und die Nachtreiter** (21261) · **Julia und das Reitturnier** (21262) · **Julia – Eifersucht im Reitstall** (21508) · **Julia – Ferien im Sattel** (21518) · **Julia – Reiterglück mit Hindernissen** (21408)

Sophie – Alles für ein Pferd · **Sophie – Endlich Reitstunden!** · **Sophie – Zoff im Reitstall** · **Sophie – Ferien mit Pferden** · **Sophie – Heimliche Ausritte**

Weitere Bände der beiden Serien sind in Vorbereitung.

Christiane Gohl

Pferdeträume

Basiswissen für junge Reiter

omnibus

OMNIBUS
ist der Taschenbuchverlag für Kinder
in der Verlagsgruppe Random House

www.omnibus-verlag.de

Band 21442

Umwelthinweis:
Alle bedruckten Materialien dieses Taschenbuches sind chlorfrei und umweltschonend.

1. Auflage
Originalausgabe August 2005
Gesetzt nach den Regeln der Rechtschreibreform

Dieses Werk wurde vermittelt durch die literarische Agentur Thomas Schlück GmbH, Garbsen
Umschlagfoto: Ralf Kreuels, Kempen
Umschlaggestaltung: Basic-Book-Design, Karl Müller-Bussdorf
Fotos im Innenteil: Lothar Lenz
Vignetten: Irmtraud Guhe
Lektorat: Sibylle Hentschke
kb · Herstellung: CZ
Gesetzt aus der Rotation und Syntax
Satz: KompetenzCenter, Mönchengladbach
Druck: GGP Media GmbH, Pößneck
ISBN 3-570-21442-7
Printed in Germany

Inhalt

2. Ich wünsche mir ein Pflegepferd

3. Reiterurlaub wäre cool

4. Einmal aufs Reitturnier!

5. Der Traum vom eigenen Pferd

6. Mein größter Wunsch: ein Beruf mit Pferden

Ein bisschen Schwärmerei am Anfang …

Dein Lieblingstier? Ganz klar, das Pferd! Pferde sind freundlich, groß und schmusig. Sie fühlen sich warm und seidig an und irgendwie ist immer ein Duft von Sommer in ihrem Fell. Wenn sie über die Weide galoppieren, wünscht man sich unweigerlich, dabei zu sein. In unseren Träumen tragen sie uns hinaus aus dem Alltag, weit fort von allem Ärger in der Schule und zu Hause.

Bei alldem gibt es jedoch ein großes Aber! Denn so traumhaft der Umgang mit Pferden sein kann: Der Weg dahin ist lang und schwierig. Echte Harmonie mit dem Pferd ist das Ergebnis von Anstrengung und ernsthafter Arbeit. Träumen und Wünschen genügen nicht. Deshalb hören wir jetzt auch auf mit der Schwärmerei von weichen Nasen und langen Mähnen, vom Trab durch den Wald und bunten Turnierschleifen. Stattdessen reden wir erst mal vom Reiten und wie und wo man es am besten erlernt. Dann schauen wir uns die Sache mit dem Reiterurlaub näher an. Das kann nämlich ein echtes Erlebnis werden – oder ein sensationeller Flop. Auch Turnierreiten ist längst nicht so einfach und unproblematisch, wie es in den meisten Büchern geschildert wird. Und wenn erst mal der Kauf eines eigenen Pferdes ansteht, heißt es noch viel mehr, kühlen Kopf zu bewahren! In diesem Buch findest du viele Infos, Tipps und Ideen zu deinen wichtigsten Wünschen rund ums Pferd. Einige davon lassen sich bestimmt verwirklichen, andere Träume werden vielleicht zerplatzen. Aber egal ob es letztlich auf ein Zusammensein mit dem Schulpferd, dem Pflegepferd oder wirklich dem eigenen Pferd hinausläuft: Letztlich sind alle Traumpferde. Jedes kann auf seine Art Wünsche erfüllen und glücklich machen.

1. Ich möchte reiten!

Der Weg zum Pferd führt im Allgemeinen über eine Reitschule. Das ist auch sinnvoll, denn Reiten lernt man nicht durch Ausprobieren. Nicht zu Unrecht spricht man von *Reitsport* oder *Reitkunst*: Ein Sportler braucht einen Trainer und Kunst kommt von Können!

Allerdings sind nicht alle Reitschulen gleich empfehlenswert. Du solltest genau überlegen, für welche du dich entscheidest. Dazu gibt es verschiedene *Reitweisen* oder *Reitstile*. Die meisten davon sind zwar nur für Reiter mit eigenem Pferd zugänglich, aber falls du doch mal auf eine *alternative* Reitschule stößt, solltest du wissen, was dich erwartet. Und wenn du dann noch ein bisschen ins »Reiterlatein« hineinschnupperst, müsstest du eigentlich für die ersten Stunden gerüstet sein!

Ich möchte reiten – wie überzeuge ich meine Eltern?

Reiten ist teuer – und nicht ganz zu Unrecht denken deine Eltern dabei nicht nur an den Preis für die Reitstunden. In den Köpfen von Müttern und Vätern läuft hier sehr schnell ein ganz bestimmter Film ab: Erst braucht sie eine Reitkappe, dann Hosen, Stiefel … eine Turnierausrüstung! Dann will sie auf Meisterschaften! Und Himmel, am Schluss steht ein eigenes Pferd im Wohnzimmer! Kein Wunder, dass sich dabei die Hand ums Portmonnee verkrampft und Daddy erst mal Nein sagt. Während Mami sich Gedanken darüber macht, dass Pferde doch vorn beißen und hinten schlagen. Und runterfallen kann man auch noch …

Hier ein paar Argumente, damit beide wieder klar denken können:

- Reiten ist nur dann gefährlich, wenn man es nicht richtig erlernt hat. Das Geld für Reitstunden ist also gut angelegt.
- Reitstunden sind nicht deutlich teurer als das Training in anderen Sportarten wie etwa Tennis.
- Am Anfang reicht eine Mindestausstattung mit Reitkappe, Jeans und Stiefeln. Der Rest kann bis Weihnachten warten. Und Turnierkleidung braucht man sowieso erst in ein paar Jahren!
- Reiten ist ein extrem schwieriger Sport – mit Mehrkosten für Wettbewerbsteilnahmen ist in den nächsten Jahren nicht zu rechnen.
- Reiten hält nicht nur körperlich fit, sondern auch geistig. Um Pferde zu verstehen, wirst du unweigerlich mehr

lesen und dich mit Verhaltensforschung, Anatomie und Medizin beschäftigen.
Der ultimative Tipp: Es gibt coole Pferdebücher, Zeitschriften und Comics auf Englisch! Versprich deinen Eltern freiwillige, »pferdige« Nachhilfe!

- Der Umgang mit Pferden schult Geduld und Langmut. Und das haben sich deine Eltern doch schon immer für dich gewünscht!

Warum muss man reiten lernen?

Es sieht eigentlich ganz einfach aus: aufsitzen und losreiten. Im Film geht das Pferd dabei vielleicht noch netterweise für den Reiter in die Knie. Und dann verständigt man sich durch leiseste Zeichen. Es sieht aus, als könnte das Pferd Gedanken lesen …

Sorry, aber das kann es nicht. Pferde sind zwar meist sehr entgegenkommend und bemühen sich wirklich, ihre Menschen zu verstehen. Aber ein bisschen was muss der Zweibeiner auch dazu tun. Wenn Reiten im Film einfach aussieht oder in Büchern in null Komma nichts erlernt wird, so stecken dahinter ein guter Tiertrainer oder ein verträumter Schriftsteller. In Wirklichkeit ist es nicht so einfach. Das liegt auch daran, dass Reiten nicht nur mit Obenbleiben, Lenken und Bestimmen der Gangarten zu tun hat, sondern vor allem mit Tragen und Getragenwerden.

Reiten lernen – wie lange dauert das?

Sorry, aber die Antwort ist: »Endlos!«
Jedes Pferd ist anders und als Reiter hört man niemals auf zu lernen. Das heißt aber selbstverständlich nicht, dass du in der Reitschule ständig auf der Stelle trittst! So solltest du zum Beispiel nach einem Jahr Reitstunden fähig sein, dein Pferd durch die Aufgabe für eine Jugendreiterprüfung lenken zu können – auch wenn du nicht gleich gewinnst! Nach eineinhalb bis zwei Jahren wäre die Prüfung zum Kleinen Hufeisen fällig, danach kannst du auf das Große hinarbeiten. Mit einem braven Pferd solltest du inzwischen auch im Gelände gut zurechtkommen und die ersten Sprünge passabel überwinden. Der Reiterpass wäre dann ein nächstes Ziel. Schließlich sollte der Reitlehrer dir auch jüngere und schwierigere Pferde anvertrauen. Es ist wichtig, dass du weiterkommst und dich entwickelst. Wenn du merkst, dass das in deinem Reitstall nicht der Fall ist, weil z. B. die Pferde nicht gut geschult sind oder wenn der Unterricht seit Monaten immer gleich abläuft, ist es besser, die Reitschule zu wechseln.

Von Sattelschleppern und Rucksackträgern …

Stell dir vor, du hast 15 Kilo zu tragen. Einen Kartoffelsack oder noch besser ein Kleinkind, das obendrein dauernd quengelt. Vielleicht nimmst du es zuerst einfach auf den Arm, aber da wird es dir nach ein paar Schritten garantiert ziemlich schwer. Du stützt es also mit der Hüfte ab – und musst sicher nach spätestens drei Minuten wechseln, weil die einseitige Gewichtsverteilung jede entspannte Bewegung unmöglich macht. Jetzt versuchst du, es auf den Rücken zu nehmen, aber da rutscht es dauernd. An einen längeren Spaziergang ist nicht zu denken und du wirst langsam ganz schön sauer. Bis dir jemand mit einer Babytrage aushilft! Im Rucksack sitzt dein kleiner Passagier fest und sicher, die Träger sind gepolstert und schneiden nicht ein, und du kannst dich endlich aufrichten und entspannt loswandern. Kleine Ursache, große Wirkung.

Auch ein Pferd kann einen Reiter als angenehm und weniger angenehm empfinden. Natürlich kommen hier nicht allzu viele Tragmöglichkeiten infrage – bisher kam jedenfalls niemand auf die Idee, sich doch lieber unter sein Pferd zu hängen! Aber die Haltung, die das Pferd beim Tragen einnimmt, spielt eine wichtige Rolle. Wenn du mal genau hinschaust, siehst du, dass der Pferderücken eine Art Brücke zwischen Vorder- und Hinterbeinen bildet. Die kann durchhängen wie eine Hängematte – oder sich aufwölben wie eine stabile Bockbrücke. Wenn Ersteres der Fall ist, wird es ungemütlich für das Pferd. Während sein Reiter buchstäblich auf ihm herumhängt, bricht es unter der Last fast ein und muss das ausgleichen, indem es den Kopf hochwirft und die Muskeln steif macht. Wölbt es den Rücken dagegen auf, kann es das zusätzliche Gewicht leicht tragen und zeigt das, indem es schwingende Gänge entwickelt und sich in entspannter Haltung präsentiert.

Nun kann man dem Pferd natürlich nicht einfach sagen, wie es sich und den Reiter am besten trägt. Stattdessen muss man es ihm mithilfe einer Art Zeichensprache beibringen.

Man nennt die Gesamtheit dieser Sprache den *Hilfenkanon.* Er umfasst alle »Vokabeln« zur Verständigung zwischen Pferd und Reiter. Vom einfachen »Und los geht's im Schritt!« bis zum komplizierten »Nun nimm mal alle Kraft zusammen, setz deine Hinterbeine weit unter den Körper und trab federnd auf der Stelle!«. (Letzteres nennt man *Piaffe,* aber bis du da mal hinkommst, werden noch viele Jahre vergehen!)

Reiten lernen = Vokabeln büffeln?

Reiten lernen bedeutet nun, sich langsam, aber sicher diese Zeichensprache anzueignen. Keine Sorge, das ist nicht so langweilig wie beim Englischlernen in der Schule und du darfst dabei auch gleich aufs Pferd! Allerdings nicht auf ein junges, das die Zeichensprache selbst noch nicht richtig kann. Am Anfang versuchst du dich in der Verständigung mit einem alten, erfahrenen Pferd. Wenn das guten Willen zeigt, wird es auch noch ungenaue, unsichere Hilfen richtig deuten, und du hast ein Erfolgserlebnis. Ein junges, selbst noch unsicheres Pferd wird dagegen leicht ärgerlich, wenn du Fehler machst. Es versteht dich dann nicht und verliert schnell die Lust – so wie unsereins beim Rechnen, wenn die Aufgabe auch nach dem dritten Versuch nicht aufgeht! Reitlehrer schütteln deshalb stets den Kopf, wenn Eltern auf die Idee kommen, ihren Kindern ein Fohlen zu kaufen. Es ist zwar ein netter Gedanke, mit dem Pferd zusammen aufzuwachsen, aber mit ihm zusammen reiten zu lernen, klappt mit ziemlicher Sicherheit nicht.

Warum sind Reitstunden so teuer?

Wenn du die Preise für Reitunterricht hörst, schnappst du vermutlich erst mal nach Luft, und bei Papa schnappt mit etwas Pech die Brieftasche zu. Bevor ihr jetzt aber in schönster Eintracht »Wucher!« schreit und euch auf die Suche nach irgendeinem Billigstall begebt, bedenkt erst mal Folgendes:
Der Preis für die Reitstunde ist keineswegs der Reinverdienst des Reitlehrers oder des Stallbesitzers. Du finanzierst damit vor allem den Unterhalt deines vierbeinigen Lehrers und nicht nur sein Futter, sondern auch seine Ausrüstung und Ausbildung. Ein gutes Schulpferd sollte die Sprache Reiten annehmbar beherrschen – jemand muss sie ihm also mal beigebracht haben. Das ist nicht umsonst erfolgt, auch Bereiter wollen leben. Ein ordentlich ausgebildetes Pferd ohne gefährliche Angewohnheiten wie Bocken oder Steigen kostet mehrere tausend Euro. Es muss viele Anfänger durch viele Reitstunden tragen, bevor es dieses Geld wieder verdient hat. Spart der Anbieter jedoch an guten Pferden, so wird Reiten zum unkalkulierbaren Risiko. Das gilt auch für die Ausrüstung des Pferdes: Natürlich wird dein Schulpferd nicht das allerneueste Sattelzeug tragen, aber Sattel und Zaumzeug sollten passen und dem Pferd keine Schmerzen zufügen. Wird hier gespart, verstößt das erstens gegen das Tierschutzgesetz, und zweitens wird es wieder unsicher: Ein Pferd, dessen Sattel drückt, bockt den Reiter mit gutem Grund ab!

Natürlich muss dein Schulpferd auch jeden Tag gutes Futter bekommen – du möchtest doch keinen mageren, unglücklichen Hungerhaken reiten! Es braucht einen Tierarzt, wenn

es krank ist, und alle sechs Wochen einen Hufschmied. Dazu ist es nicht unendlich belastbar, es kann nicht, wie eine Maschine, rund um die Uhr im Schichtbetrieb eingesetzt werden. In guten Reitställen arbeiten Schulpferde maximal vier Stunden am Tag, besser nur drei. »Verheizt« man sie, so werden sie lustlos und krank.
Wenn du das alles mit kühlem Kopf zusammenrechnest, findest du wahrscheinlich heraus, dass Reitunterricht ein Verlustgeschäft ist. Ein Schulpferd kann gar nicht so viel einbringen, wie es kostet. Das ist der Grund dafür, dass es so wenige private Reitställe gibt. Die meisten Reitschulen sind Vereinen angeschlossen und werden über staatliche Zuschüsse mitfinanziert. Mit Reitunterricht wird garantiert keiner reich!

Die richtige Reitschule

Reiten ist ein sehr beliebter Sport. Du kannst also davon ausgehen, dass du in der Nähe deines Wohnortes zwei oder drei Reitställe zur Auswahl hast. In der Regel handelt es sich dabei um Reitervereine, die sich ihren Nachwuchs heranziehen, indem sie ein paar Schulpferde halten und Jugendlichen verhältnismäßig preiswerte Reitstunden ermöglichen. Seltener sind Privatställe. Dann gehören die Schulpferde dem Stalleigentümer oder dem Reitlehrer. Oft handelt er auch ein bisschen mit Pferden oder er züchtet. Auf jeden Fall dürfte er Privatpferde in Pension nehmen. Reine Reitschulen rentieren sich nicht.

Wie oben schon angedeutet, gibt es verschiedene Reitstile. Aus dem Fernsehen kennst du Dressur- und Springturniere und hast vielleicht auch von der Westernreitweise oder vom Islandpferdereiten gehört. Reitervereine bieten in der Regel Unterricht in *Dressur und Springen* an. Man nennt das auch die *Englische Reitweise*, *Klassische Reitweise* oder *Konventionelle Reitweise*. Privatställe unterrichten gelegentlich auch Reitschüler ohne eigenes Pferd in alternativen Reitstilen. Dann ist der Unterricht aber meist viel teurer als im Reitstall nebenan – oder man wird sehr schnell versuchen, dir und deinen Eltern ein eigenes Pferd zu verkaufen. Für dich natürlich eine coole Idee! Aber deine Eltern könnten hier schnell einen Rückzieher machen. Und dann bist du bald die einzige Schülerin ohne Privatpferd und das ist auch nicht so prickelnd!

Bleiben wir aber erst mal bei den allgemeinen Richtlinien zur Auswahl des Reitstalls. Du kennst es aus der Schule: Bei manchen Lehrern macht Lernen Spaß, bei anderen ist es ätzend – und manchmal glaubt man sich völlig im falschen Film, weil man einfach nichts versteht. In der Reitschule ist das ähnlich. Aber hier hast du es obendrein mit zwei Lehrern zu tun, einem zweibeinigen und einem vierbeinigen. Besonders Letzterer kann dir das Leben ziemlich schwer machen, wenn er keinen Spaß an seinem Job hat. Unwillige oder gar aufmüpfige Pferde sind eine Qual für jeden Reiter und für Anfänger obendrein gefährlich. Bei der Wahl der Reitschule musst du deshalb zunächst darauf achten, ob es den Pferden in diesem Stall gut geht, ob sie glücklich sind und ihre Arbeit gern und gelassen tun. Dazu schaust du dir als Erstes die Ställe an. Meistens sind Schulpferde in Boxen untergebracht, also in einzelnen Abteilen, die tatsächlich ein bisschen an Kisten erinnern. Das sorgt dafür, dass die Vierbeiner immer sauber und leicht verfügbar sind, vereinfacht die Fütterung – kurz, es macht den Menschen, die mit den Pferden umgehen, das Leben leichter. Pferde mögen diese Haltungsform dagegen gar nicht. In der Freiheit leben sie in Gruppen, eher in offenem Land als im Wald. Sie wünschen sich also ein weites Sichtfeld, sie brauchen frische Luft und Gesellschaft und Platz zum Rennen. Klar, gerade Schulpferde leiden auch bei Boxhaltung nicht unbedingt an Bewegungsmangel. Aber sag mal selbst: Ist eine Sportstunde in der Schule das Gleiche, wie mit Freunden durch die Gegend zu ziehen?

»Gütezeichen«

Das Angebot an Reitschulen ist vielfältig, und nicht alles ist Gold, was glänzt. So kann man sich zum Beispiel nie sicher sein, ob der Reitlehrer irgendeine Qualifikation besitzt, ob er seinen Beruf also richtig gelernt hat oder einfach ins Blaue unterrichtet. Um hier zumindest eine Orientierungshilfe zu geben, verteilt die Deutsche Reiterliche Vereinigung (FN) Prüfsiegel für Reitschulen. Ein Verzeichnis der getesteten Betriebe kannst du bei der *Deutschen Reiterlichen Vereinigung e. V., Abteilung Ausbildung, 48229 Warendorf, E-Mail: fn@fn-dokr.de* anfordern. Sie informiert recht übersichtlich über die Spezialisierung der einzelnen Reitschulen, die Pferdehaltung und vor allem das Können der Ausbilder. Die Prüfung ist allerdings freiwillig und nicht jeder Betrieb lässt die Tester kommen. Es ist also nicht gesagt, dass deine Reitschule schlecht ist, nur weil du sie in der Broschüre nicht findest.

Über artgerechte Pferdehaltung in Reitbetrieben informiert das Prüfsiegel der LAG – Laufstallarbeitsgemeinschaft. Auch hier kannst du unter der folgenden Adresse eine Liste der geprüften Ställe anfordern: *LAG-Geschäftsstelle, Ferstlstr. 15, 85445 Oberding, E-Mail: info@lag-online.de*

In der idealen Reitschule sollten die Schulpferde zumindest ein paar Stunden am Tag freien Auslauf genießen. Im Sommer ist ihnen eine Weide zu wünschen, auf der sie sich in ihrer Freizeit entspannen können. Sie sollten einander kennen und eine vertraute Gruppe bilden. Dann ist auch die

Gefahr gebannt, dass sie im Reitunterricht nacheinander auskeilen, wenn ihre Reiter noch unsicher sind und das mit dem Abstandhalten nicht in den Griff kriegen.

Nun gibt es nur wenige Reitschulen, die so ideale Haltungsbedingungen bieten. Aber auch bei der Gestaltung der Boxen gibt es Unterschiede: Außenboxen zum Beispiel, die den Pferden den Blick nach draußen ermöglichen, sind besser als Innenställe. Und wenn das Einzelpferd den Kopf auch mal zum Nachbarn herüberstrecken kann, Nasen- und Sichtkontakt hat oder sogar über die Boxwand hinweg Mähnenkraulen mit dem Kollegen nebenan betreiben darf, fühlt es sich wohler als in Einzelboxen, die durch Gitter getrennt sind. Wichtig ist auch, dass im Stall immer genügend Licht vorhanden ist. Musst du erst den Lichtschalter suchen, wenn du einen Boxenstall betrittst, gehst du am besten gleich wieder, bevor du den Pferden in die traurigen Augen schaust. Das Gleiche gilt, wenn dir sofort ein Schwall warme, ammoniakgeschwängerte Luft entgegenwabert. Du magst den Geruch ganz nett finden – viele Reitstallreiter glauben ernstlich, das sei der Eigengeruch von Pferden! –, aber die Vierbeiner finden ihn ätzend. Im wahrsten Sinne des Wortes übrigens, denn die Ammoniakgase schädigen auf Dauer ihre Atmungsorgane. Pferde brauchen Licht und frische Luft. Sie arbeiten auch lieber draußen als drinnen. Du solltest deshalb nachfragen, ob der Reitunterricht immer und unter allen Umständen in der Halle stattfindet oder ob ihr im Sommer auf den Außenplatz geht. Ganz fantastisch wäre es natürlich, wenn richtige Ausritte fest im Unterrichtsplan verankert wären, aber das gibt es nur sehr selten. Immerhin sollte die Möglichkeit bestehen, Ausritte zusätzlich zu buchen. Vorerst ist das für dich zwar noch Zukunftsmusik, aber wenn du erst sicher im Sattel sitzt, wirst du dich hinaus aus der Halle wünschen. Wer träumt schließlich von der perfekten *Dreifachen Schlangenlinie*? Viel öfter galoppieren wir in unserer Fantasie durch den Wald oder am Strand entlang …

Der Unterricht

Nachdem du die vierbeinigen »Reitlehrer« besucht hast, solltest du dir jetzt die zweibeinigen näher ansehen. In der Regel kein Problem, man darf eigentlich in allen Reitschulen beim Unterricht zusehen. Such dir dazu aber gezielt eine Anfängerstunde aus. Wenn du im Unterricht für Fortgeschrittene kein Wort verstehst, ist das nicht verwunderlich. Beim Anfängerunterricht solltest du aber folgen können! So viel mehr als du wissen die Mädchen in der Reithalle schließlich auch noch nicht. Der oder die Reitlehrer/in muss alles genau erklären. Das kann er oder sie natürlich nicht, wenn in der Halle das Chaos herrscht. Mehr als fünf oder sechs Reitschüler zum Beispiel machen die Sache unübersichtlich. Wenn die Pferde dazu noch wild durcheinander laufen und wenn du das Gefühl hast, die Reitschüler hätten Angst auf ihren Vierbeinern, dann stimmt etwas nicht! Am besten gehst du auch gleich wieder, wenn der Reitlehrer mehr herumschreit, als zu erklären. Das wird heute zwar immer seltener, kommt aber gelegentlich noch vor. Du solltest es dir auf keinen Fall bieten lassen! Ein Reitlehrer muss streng sein und wird wahrscheinlich mehr tadeln als loben.

Schließlich betreffen deine Fehler hier ein lebendes Wesen, und es gehört zu seinen Aufgaben, das Pferd vor undisziplinierten und albernen Schülern zu schützen. Unhöflich werden sollte er aber nicht und Angst machen darf er Mensch und Tier auf keinen Fall!

Das Drumherum

Am besten kommst du nicht erst zu Unterrichtsbeginn zur Reitstunde, sondern schaust dich schon vorher ein bisschen um. Dazu brauchst du vielleicht ein wenig Mut – es fällt nicht jedem leicht, in einen Stall zu gehen, in dem es vor lauter fremden Mädchen wimmelt, die intensiv mit Putzen und Satteln beschäftigt sind. Sie tun sich garantiert sehr wichtig damit und sie scheinen reiterlich um Lichtjahre weiter zu sein als du. Aber gerade diese Atmosphäre spricht für den Reitstall. Es ist gut, wenn die Schüler lernen, ihre Pferde selbst zu satteln und zu zäumen. Auch Putzen und Schmusen mit den Pferden gehören dazu. Falls dagegen das Stallpersonal die Pferde fertig macht und du dein Reittier schon gesattelt und gezäumt übernimmst, ist das erstens öde, zweitens schlecht für das Verhältnis zwischen Pferd und Reiter, und drittens lernst du dabei nicht, wie man ein Pferd aufs Reiten vorbereitet. Letzteres ist aber notwendig. Schließlich träumst du auf Dauer von einem eigenen Pferd und das kommt nicht als »Package« mit Stallboy!

Natürlich wirst du nicht jedes Mal satteln dürfen. Mitunter ist deine Reitstunde schon die zweite oder dritte für dein Schulpferd und dann erwartet es dich selbstverständlich

»fertig angezogen« in der Reitbahn. Der erste Reitschüler an jedem Nachmittag sollte sein Pferd aber unbedingt selbst fertig machen und auch beim Longenunterricht am Anfang gehört eine Einweisung ins Satteln und Zäumen dazu.

Trau dich also und stürz dich ins Gewühl vor der Reitstunde! Gibt es hier einen Ansprechpartner, der den Schülern hilft, wenn sie plötzlich doch nicht mehr wissen, welcher Riemen wo geschlossen werden muss? Sind die Pferde brav und freundlich oder unwillig und wehrig? Wird womöglich gar herumgeschrien oder geschlagen? Dann bist du im falschen Stall!

Reitunterricht und mehr

Bevor du dich endgültig für eine Reitschule entscheidest, wirfst du jetzt noch einen Blick aufs schwarze Brett. Das hat fast jeder Reitstall, um Schüler und Privatpferdebesitzer auf Zusatzangebote, Turniere oder andere Neuigkeiten aus dem Stall und der Region aufmerksam zu machen. Vielleicht findest du hier Hinweise auf Weihnachtsreiten oder Ausritte, eine Ausschreibung fürs Vereinsturnier oder Reiterspiele. Wonach du gezielt suchen solltest, sind Angebote für Reitschüler ohne eigenes Pferd, die über die wöchentliche Reitstunde hinausgehen. Kann man hier zum Beispiel das *Kleine* und *Große Hufeisen* erwerben? Gibt es *Reitabzeichenkurse*? Darf man auch als Schulpferdereiter beim Turnier und beim Weihnachtsreiten mitmachen oder sind die Reitschüler nur Vereinsmitglieder zweiter Klasse? Wenn du am schwarzen Brett keine Hinweise findest, frag unbedingt nach, bevor du dich zum Unterricht anmeldest. Natürlich ist es für dich am Anfang nicht wichtig, ob auf Dauer Turnierteilnahme möglich ist. Aber es sagt eine Menge darüber aus, mit welchen Pferden und welchem Unterricht du es hier zu tun hast. Auf schlecht geschulten Pferden kann man zum Beispiel kein Reitabzeichen machen – und natürlich auch nicht vernünftig reiten lernen! Ein erfahrener Reiter sieht auf den ersten Blick, wie gut die Pferde geschult sind, aber als Anfänger brauchst du Anhaltspunkte. Reitabzeichenkurse sind ein sicherer Hinweis. Wenn die Reiter zum Beispiel bis zum Erwerb des *Deutschen Reitabzeichens in Bronze* (DRA III) gefördert werden, hast du es mit Unterricht auf recht hohem Niveau zu tun. Davon abgesehen ist die Atmosphäre in einem Stall und einer Abteilung auch besser, wenn man gemeinsam auf ein Ziel hinarbeitet. Außerdem gehören zum Reitabzeichenkurs Theoriestunden, die man sich sonst gern schenkt. Es gibt viele Gründe, auf Zusatzangebote zu achten, auch wenn sie im Moment noch völlig außerhalb deiner Reichweite zu liegen scheinen.

»Logistik« rund um die Reitstunde

Eltern sind oft gar nicht begeistert davon, dass ihre Kinder reiten wollen. Vielleicht musstest du auch deine erst mit vielen Tränen und Argumenten überzeugen, bevor sie dir den Weg in den Reitstall erlaubten. Klar, dass sie nun nicht erbaut davon sind, wenn du die Ställe mit diesem Buch in der Hand auf Herz und Nieren prüfst und gründlich daran herummäkelst! Tu's also besser zusammen mit einer Freundin und informier dich auch schon über Fahrrad- und Busverbindungen. Es ist auf Dauer nervig, wenn man immer gebracht und wieder abgeholt werden muss. Und wenn du selbstständig hinkommen kannst, macht es auch nichts, wenn deine Wahl dann nicht auf den nächstgelegenen, sondern den besten Reitstall fällt. Eltern wünschen sich in der Regel kurze Wege.

Aber auch wenn du dir die Ställe vorher angesehen hast: In der Praxis kann es trotzdem zu Enttäuschungen kommen. Buch also erst mal ein paar Schnupperstunden und lass dich nicht gleich zu einem Vereinsbeitritt überreden. Das hat Zeit, du musst erst herausfinden, ob du dich wohl fühlst. Sag auch deinen Eltern, dass du auf jeden Fall reiten willst, aber noch nicht ganz sicher bist, ob dieser Stall der richtige ist. Am besten erklärst du ihnen in einer ruhigen Stunde, wie schwierig es ist, hier die richtige Auswahl zu treffen. Schließlich ist es auch in ihrem Sinne, das Geld für die Stunden nicht zu verschwenden oder gar Abstriche bei der Sicherheit zu machen. Dann sind sie vorgewarnt, falls du nach ein paar Stunden doch lieber den Stall wechseln möchtest, und deuten das nicht in Richtung: »Alles anfangen, aber nichts zu Ende kriegen!«

Damit wir uns richtig verstehen: Eine kritische Einstellung zum Unterricht bedeutet natürlich nicht, gleich aufzuhören, wenn es mal schwierig wird! Aber wenn du schon in der ersten Stunde herunterfällst, weil das Pferd buckelt, oder wenn du nach der dritten Stunde merkst, dass du nur mit Angst in den Reitstall gehst, musst du dringend etwas ändern!

Fachchinesisch für den Erstkontakt

Abteilung
Reitergruppe, die gemeinsam Unterricht nimmt. Idealerweise sollten alle auf etwa dem gleichen Ausbildungsstand sein, ähnlich wie in einer Schulklasse.
Abstände
In einer Abteilung hält man immer einen Sicherheitsabstand von einer Pferdelänge zum Vorreiter.
Ausbinder
Der Hilfszügel, mit dem dein Pferd für die ersten Longenstunden ausgestattet wird. Richtig angewandt verhilft er dem Pferd zu einer gesunden Traghaltung. Neben dem Ausbinder gibt es noch verschiedene andere »Hilfszügel«, die aber alle eins gemeinsam haben: Ein guter Reiter braucht sie nicht!
Bahnfiguren
werden auf Ansage des Reitlehrers im Unterricht durchritten. Sie bestehen aus Kreisen, Diagonalen, geraden und gebogenen Linien.
Ecken ausreiten
Eine Reitbahn ist ein Viereck von 20 mal 40 oder 30 mal 60 Metern. Leider neigen Pferde und Reiter dazu, die Ecken beim Durchreiten abzurunden und eine »Ovalbahn« daraus zu machen. Das ist falsch und der Reitlehrer wird mit dem Ruf »Ecken ausreiten!« öfter darauf hinweisen. Korrekt reitet man tief in die Ecke herein, damit das Pferd sich biegt.
Hufschlag
Der meist ausgetretene »Pfad« rund um die Reitbahn.

Longenstunde
Einzelunterricht zur Sitzschulung. Das Pferd läuft dabei an einer langen Leine (Longe) um den Reitlehrer herum, der Reiter braucht nicht zu lenken oder die Gangart zu bestimmen, sondern kann sich ganz auf seinen Sitz konzentrieren.
Privatpferd
Schulpferde gehören entweder dem Reiterverein oder der Reitschule. Privatpferde stehen im Reitstall nur in Pension. Sie haben ihren eigenen Besitzer, der sie mit niemandem teilen muss.
Schulpferde
Deine vierbeinigen Lehrer und eigentlich die Hauptpersonen in der Reitschule. Sprich nie verächtlich von ihnen, weil sie wahrscheinlich nicht gut genug gehen, um Turniere zu gewinnen. Ohne Schulpferde gäbe es keine Turniere!
Tete
Anfang einer Abteilung. Der *Tetenreiter* führt die Gruppe an.

Es wird ernst! – Die erste Reitstunde

Deine erste Reitstunde ist in aller Regel eine Einzelstunde. Du wirst schnell merken, dass das keine Geldschneiderei des Reitlehrers ist, sondern dringend notwendig. Die Grundlage jeden Reitens ist ein korrekter Sitz, und um den einzunehmen, braucht es Unmengen von Erklärungen und Korrekturen. Das kann kein Reitlehrer leisten, wenn er mehrere Schüler gleichzeitig hat.

Du kannst beim Reiten auch nicht alles auf einmal lernen. Der schon erwähnte Hilfenkanon besteht aus Zügel-, Schenkel- und Kreuzhilfen, alles ausgehend von einem sicheren, gefestigten Sitz. In der Regel brauchst du für jede Anweisung, die du deinem Pferd gibst, eine Kombination von mindestens zweien dieser Hilfen. Es wäre absolut zu viel verlangt, wenn du gleich in der ersten Stunde versuchen müsstest, all diese Informationen zu behalten und richtig umzusetzen. Deshalb teilt der Reitlehrer dir die Aufgabe in kleine Schritte auf. So brauchst du in den ersten Stunden zum Beispiel nicht zu lenken. Der Ausbilder nimmt dich stattdessen an die Longe, das heißt, er lässt das Pferd an einer langen Leine um sich herumlaufen und du kannst dich ganz auf deinen Sitz konzentrieren. Auch die Aufgabe, das Pferd zu einer korrekten Traghaltung zu motivieren, übernimmt der Longenführer. Wie bereits erwähnt, ist das ein wichtiger Aspekt des Reitens und ein geschulter Reiter erreicht es mit einer Kombination aus treibenden Kreuz- und Schenkelhilfen und verhaltenden (vereinfacht gesagt »bremsenden«) Zügelhilfen. Will man es vom Boden aus erreichen, so schnallt der Longenführer dazu einen Hilfszügel ein und treibt mit einer langen Longierpeitsche. Aber keine Angst, er tut dem Pferd damit nicht weh! Die Peitsche dient nur dazu, es daran zu erinnern, dass es seine kräftige Hinterhand dazu einsetzen soll, dich mit federndem Rücken zu tragen, statt im Halbschlaf dahinzuschlendern. Auch Pferde neigen nämlich zum Träumen, wenn der Unterricht langweilig wird, und – sorry! – deine erste Longenstunde ist für den vierbeinigen Lehrer buchstäblich zum Gähnen.

Der/die Reitlehrer/in sollte sich die Zeit nehmen, dein erstes Schulpferd gemeinsam mit dir auf die Stunde vorzubereiten. Dazu gehören mindestens Satteln und Zäumen, vielleicht auch Putzen. Sei nicht sauer, wenn das von deiner Reitzeit abgeht! Auch Satteln gehört zum Unterricht. Außerdem ist eine ganze Stunde an der Longe für den Totalanfänger sehr anstrengend. Du wirst garantiert nicht böse sein, wenn du nach 45 Minuten wieder auf den Boden darfst!

Wenn du in einem sehr guten Reitstall gelandet bist, erklärt man dir den richtigen Sitz vielleicht nicht gleich auf dem lebenden Pferd, sondern zunächst auf einem Holzpferd. Das ist sehr sinnvoll, denn du konzentrierst dich dabei mehr auf die Erklärungen des Lehrers als auf den Vierbeiner unter dir und kannst ganz entspannt alles Mögliche ausprobieren und Fragen stellen. Auch das Aufsteigen kann am »hölzernen Hektor« geübt werden, ohne dem echten Pferd lästig zu fallen. Dem ist es nämlich unangenehm, wenn du zunächst wie ein Sandsack an seiner Seite hängst! Leider sind die praktischen hölzernen »Hilfsreitlehrer« bislang wenig verbreitet. Doch wo auch immer du die ersten Versuche unternimmst – dein gerade gelernter, wunderschön korrekter Sitz wird auf jeden Fall verrutschen, sobald sich ein echtes Pferd unter dir in Bewegung setzt! Also beginnt dein Reitlehrer zu korrigieren… und zu korrigieren… und zu korrigieren … Es gehört zum Beruf des Reitlehrers, alles hunderte von Malen sagen zu müssen, und manchmal fällt es gar nicht so leicht, dabei die Geduld zu bewahren. Anders geht es jedoch nicht – selbst wenn du in einer so fortschrittlichen Reitschule gelandet sein solltest, dass deine Reitversuche auf Video aufgenommen werden. Du siehst dann zwar selbst, was du falsch machst, aber davon kannst du es noch längst nicht abstellen! Reiten verlangt höchstmögliche Bewegungskoordination und das bedeutet endloses Üben. Mach dir also nichts draus, wenn am Anfang alles schief zu gehen scheint! Das ist allen Meistern im Sattel zunächst so ergangen.

Plausch im Stall – verstehen und mitreden

»Wie, du hast schon drei Monate lang Longenstunden?«
In vielen Reitställen gilt es als Auszeichnung, wenn man schon nach zwei oder drei Einzelstunden an der Longe einer Abteilung zugeteilt wird. Tatsächlich sagt das aber gar nichts über reiterliches Talent aus. Wahrscheinlich sind die Longenstunden des Reitlehrers bloß ausgebucht und er will seine Schüler möglichst schnell in den Gruppenunterricht abschieben. Für die Qualität einer Reitschule spricht es eher, wenn möglichst viele Longenstunden erteilt werden. Das mag den Schüler zwar bald langweilen (und vor allem ist es teuer!), aber es tut seinem Sitz sehr gut und macht das Reitenlernen damit insgesamt erheblich einfacher. Wer am Anfang an der Longe »Zeit verliert«, wird später in den Gruppenstunden glänzen! Wenn der Grundsitz stimmt, lernt man Zügel- und Schenkelhilfen wie von selbst. In den großen, berühmten Reitschulen, wie etwa an der Spanischen Hofreitschule in Wien, besteht deshalb das gesamte erste Ausbildungsjahr der Bereiter schwerpunktmäßig aus Sitzarbeit an der Longe.

Nun klappt es meist noch einigermaßen mit dem ordentlichen Sitzen, solange du Schritt reitest. Das liegt daran, dass Schritt keine *Schwebephase* besitzt, das Pferd behält dabei immer mit mindestens zwei Beinen *Bodenhaftung.* (In der Reiterfachsprache nennt man das auch *schwunglose Gangart.* Den Ausdruck kannst du dir gleich merken, musst du aber nicht.) Beim Trab sieht das dann anders aus. Hier fußen je zwei Pferdebeine abwechselnd auf und dazwischen »schwebt« das Pferd Sekundenbruchteile in der Luft. Das ist nett, aber gleich danach erfolgt der Aufprall und der schleudert dann wieder den Reitschüler durch die Gegend. (Trab ist, wie du dir jetzt schon denken kannst, eine *schwungvolle Gangart.*) Auf die Dauer musst du lernen, diese Stöße auszusitzen. Du kannst es dir jetzt kaum vorstellen, aber irgendwann wirst du sitzen wie angeklebt und das auch noch bequem finden! Vorerst lernst du aber mal, dich der Schaukelei halbwegs elegant zu entziehen. Beim *Leichttraben* weichst du dem Geruckel aus, indem du dich in den Steigbügeln aufstellst, während das Pferd zurück auf den Boden kommt. Aufstellen, wie gesagt, nicht an den Zügeln hochziehen! Deine ersten Longenstunden werden hauptsächlich damit vergehen, diese Technik zu durchschauen und zu üben.

Wenn du dich halbwegs mutig zeigst, darfst du vielleicht auch schon ein bisschen »Gymnastik« auf dem Pferd betreiben. Vielleicht wird es dir albern vorkommen, abwechselnd die Arme hochzurecken, die Knie anzuwinkeln oder die Beine wegzustrecken. Das alles zielt aber auf Gleichgewichts-

schulung und vor allem auf totale Beweglichkeit und Körperbeherrschung auf dem Pferd. Je sicherer du hier bist, desto klarer gibst du später die Hilfen und desto besser versteht dich das Pferd.

Wenn du das alles durchgestanden hast, darfst du zur Belohnung wahrscheinlich erstmalig galoppieren. Und falls du bis eben noch überlegt hast, ob du nicht doch lieber Tennis spielen lernst, wirst du dadurch wieder fürs Reiten gewonnen! Galopp auf einem braven Pferd ist eine Schaukelpferdgangart und auch für Anfänger gut zu sitzen. Vergiss nicht, dem Pferd anschließend Danke zu sagen! Wobei es den Dank am liebsten in Gestalt einer großen Möhre in Empfang nimmt.

Plausch im Stall – verstehen und mitreden

»Bonnie geht nicht so gut. Joker geht super!«
Wenn davon die Rede ist, wie ein Pferd *geht*, so diskutieren die Reiter seine *Rittigkeit.* In der korrekten Reitersprache bedeutet das seine *Durchlässigkeit* gegenüber Hilfen. Im Klartext: Versteht das Pferd, wenn du etwas von ihm willst, und tut es das dann auch? Kommen deine Hilfen also zu ihm durch? Nun hängt eine entsprechend erfolgreiche Verständigung nicht nur vom Pferd ab, sondern auch davon, ob der Reiter die Anweisungen richtig gibt. Die Beurteilung der Reitschüler ist also häufig ungerecht. Gerade besonders rittige Pferde stellen sich gern stur, wenn jemand ungenaue Hilfen gibt, und schon heißt es: »Der geht nicht gut!« Triff also keine vorschnellen Urteile, das Pferd ist nur sehr selten schuld, wenn etwas nicht klappt! Und ein *schnelles* Pferd, das vorwärts rennt, ohne auf deine Hilfen dazu zu warten, *geht* nicht gut, sondern eher durch!
Erfahrene Reiter gebrauchen »gehen« denn auch selten als Pauschalurteil, sondern fragen damit eher nach der Tagesform: »Wie ist Tommy denn heute gegangen?«
Kleiner Insidertipp: Unter Reitlehrern und anderen Pferdeprofis hört man in der letzten Zeit immer häufiger flapsige Formulierungen wie: »Und dann wundern sie sich, wenn das Pferd nicht funktioniert!« Das ist natürlich nicht sehr nett ausgedrückt, schließlich ist ein Pferd keine Maschine, die auf Knopfdruck laufen muss. Aber es beinhaltet zumindest keine Schuldzuweisung an den Vierbeiner. Wenn das Pferd nicht »funktioniert«, liegt das meist am Reiter!

Gestiefelt und gespornt? Erste Reitausrüstung

Für die ersten »Schnupperstunden« an der Longe brauchst du noch keine richtige Reitkleidung. Zieh eine bequeme, aber eng anliegende Jeans an – Stretch-Jeans sind ideal – und achte auch auf gut sitzende Unterwäsche.

Gummistiefel haben den Vorteil eines hohen Schaftes, sind sonst aber eher ungeeignet zum Reiten, da es darin schwer fällt, die Absätze tief zu halten (ein entscheidender Aspekt beim richtigen Sitz). Der dicke Gummi bietet einfach nicht genug Bewegungsfreiheit im Fußgelenk. Turnschuhe sind besser geeignet, werden von vielen Reitlehrern aber nicht gern gesehen und haben auch einen Nachteil in Sachen Sicherheit. Wenn man herunterfällt, bleibt man damit eher im Steigbügel hängen als mit glatten Stiefeln. Du siehst schon: Reitstiefel sind die erste Spezialanschaffung, die ansteht, wenn du ernstlich reiten willst. Noch wichtiger ist die Reitkappe, aber die kann man sich in den meisten Reitschulen zunächst ausleihen. Bei der Anschaffung einer eigenen darf dann auf keinen Fall gespart werden. Auch nicht, wenn du geschworen hast, alle Reitsachen vom Taschengeld zu finanzieren, und nun entsprechend knapp bist! In Sachen Kopfschutz sollten deine Eltern Zugeständnisse machen und einen qualitativ guten, sicheren und bequemen Helm für dich erwerben.

Bei den Reitstiefeln kannst du dann wieder auf den Preis gucken. Vielleicht nimmst du nicht das allerbilligste Gummimodell ohne Fütterung (unbequem und Schweißfuß-trächtig!), aber Lederstiefel brauchst du auch nicht. Moderne Gummireitstiefel sind sehr praktisch und komfortabel und sie outen dich keineswegs als Anfänger. Auch langjährige, sehr gute Reiter ziehen sie Ledermodellen vor – schon deshalb, weil sie viel leichter zu putzen sind!

Plausch im Stall – verstehen und mitreden

»Die kann das Pferd ja nicht mal an den Zügel reiten …«
Wie schon mehrmals erwähnt, ist beim Reiten eine schöne und gesunde Traghaltung vonseiten des Pferdes erwünscht. Der Reiter führt sie mittels treibender und verhaltender Hilfen herbei. Man nennt das *Versammeln* oder – im »Alltags-Pferdisch« – *An den Zügel reiten*. *Versammeln* heißt es deshalb, weil das Pferd sich dabei etwas zusammenschiebt, also durch Aufwölben von Rücken und Hals »kürzer wird«. Im konventionellen Reitstil behält man dabei ständigen, möglichst leichten Zügelkontakt zum Pferdemaul, was schnelle und präzise Hilfengebung möglich macht, wenn sich das Pferd denn konzentriert. Man sagt dazu: *Das Pferd steht am Zügel*, oder auch, wenn Reiter und Pferd insgesamt ein schönes Bild abgeben: *an den Hilfen*.
Nun ist es gar nicht so einfach, ein Pferd dazu zu bringen. An sich ist die Grenze vom Anfänger zum Fortgeschrittenen überschritten, wenn man die Kunst der Versammlung beherrscht. Insofern ist es nicht *soo* ehrenrührig, wenn jemand das auch nach mehreren Monaten oder gar einem Jahr im Reitstall noch nicht kann. Bevor man an ein eigenes Pferd denkt, sollte man es aber beherrschen, und wenn man im Turnier Erfolg haben will, ist es ein Muss!

Als Nächstes wäre dann mal eine Reithose fällig, aber auch hier brauchst du nicht das teuerste Modell. Lass dir nicht erzählen, mit diesem oder jenem sündhaft teuren Ganzlederbesatz reitest du besser. Das ist Unsinn, wer reiten kann, macht es selbst in Shorts noch besser als »Nur-Angeber«! Den Unterschied zur Jeans wirst du allerdings auch bei einer preiswerten Reithose spüren. Reithosen haben keine Innennähte, sie tragen deshalb nicht auf und verursachen keine Druckstellen.

Viele Reitställe verlangen, dass die Schüler ihre eigenen Gerten mitbringen, sobald sie Abteilungsstunden nehmen. Natürlich nicht, um die Pferde zu verhauen, sondern um die Hilfengebung zu vereinfachen. Schulpferde sind oft sehr dickfellig. Das müssen sie sein, sonst würden sie bei all den Reiterwechseln wahnsinnig! Du wirst also manchmal ein Stöckchen zum Antippen brauchen, um sie aus dem schon erwähnten Schulschlaf zu reißen. Wähl deine Reitgerte auf keinen Fall zu kurz, sondern verlange eine mindestens einen Meter lange Dressurgerte. Sie sollte einen Knauf haben, sonst rutscht sie dir leicht durch die Hand. Der Rest ist Geschmacksache. Mancher mag die Dinger in Quietschrosa, der Nächste bevorzugt dezentes Schwarz. Quietschrosa findet man erfahrungsgemäß leichter wieder …

Eine weitere mögliche Anschaffung wären Reithandschuhe. Sie machen den Griff um die Zügel sicherer – manche sagen auch, dass sie die Zügelführung sensibilisieren, aber das ist umstritten. Im Winter halten sie zumindest warm, was lebensrettend sein kann! Reithallen sind übergroße Kühlschränke, und wenn man auch beim Reiten warm wird – auf die Hände am Zügel hat das wenig Einfluss. Dazu ein Tipp:

Wenn jemand in deiner Umgebung stricken kann, bitte ihn um Fäustlinge mit ausgearbeitetem Daumen und kleinem Finger. Die Wolle sollte echte Schafwolle sein, zum Beispiel Islandwolle. Solche isländischen Reithandschuhe sind beim Reiten unübertroffen. Geht es dagegen wirklich mehr um Sensibilität bei der Zügelführung, sind dünne Lederhandschuhe das Beste. Bequem, schön, aber nicht billig!

Das war es dann auch schon mit der Reitausstattung. An eine Reitjacke oder gar Sporen brauchst du zunächst nicht zu denken. Erstere wird erst beim Turnierreiten nötig, und auch da nicht sofort. Und Sporen – das gilt auch heute noch – muss man sich erst im Laufe vieler Reitstunden verdienen!

Wozu muss ich »Kringel reiten«?

Du träumst vom Galopp im Gelände – und stattdessen büffelst du nun Bahnfiguren. Das kann nerven, vor allem wenn kein Ende abzusehen ist. Und das dürften dir die anderen Reitschüler schon bestätigen: In den ersten Monaten führt kein Weg aus der Reitbahn heraus!

Krieg dich trotzdem wieder ein, *Kringel reiten* macht durchaus Sinn. Zunächst mal willst du ja lernen, dein Pferd in jeder Situation zu kontrollieren, du musst also wissen, wie man es korrekt lenkt, die Gangarten wechselt und vor allem anhält! Das alles übt sich sicherer in der Reitbahn als im Gelände. Es ist mit vielen Korrekturen des Reitlehrers verbunden, die er nicht anbringen könnte, wenn er seiner Abteilung im Wald vorausreitet, statt in der Mitte zu stehen und alles strengen Blickes zu verfolgen. Auch auf einer Ovalbahn, auf der die Reiter nur um den Reitlehrer herumtraben oder -galoppieren, wäre der Unterricht wenig sinnvoll (und noch langweiliger!), denn dabei liegt die Route schließlich fest. Lenken fällt weg.

Außerdem sind Bahnfiguren so eine Art »Trockenübung« für rittige Pferde. Durch das ständige Geraderichten und Biegen, das dabei verlangt wird, bleiben sie geschmeidig und fit und üben die schon zigmal erwähnte korrekte und gesunde Traghaltung – das alles kommt Pferd und Reiter dann wieder im Gelände zugute.

»Aber wir gehen doch nie ins Gelände!«, wirst du jetzt genervt anmerken – und hast damit natürlich völlig Recht. In den meisten konventionellen Ställen werden »Trockenübungen« zum Selbstzweck. Es geht nicht mehr darum, das Pferd für den reiterlichen Alltag im Gelände fit zu machen, sondern nur ums noch perfektere *Kringelreiten* im Turnier. Das ist traurig und als Reaktion darauf hat sich vor dreißig Jahren eine reiterliche Alternativbewegung gegründet. Diese Reiter nennen sich *Freizeitreiter*, und zumindest ursprünglich ging es ihnen vor allem darum, mit dem Pferd wieder an die frische Luft zu kommen! Mehr darüber erfährst du gleich im Kapitel über verschiedene *Reitstile.* Aber nichtsdestotrotz: Es schadet dir auf keinen Fall, Dressurreiten im konventionellen Stil von der Pike auf zu erlernen. Für welche Reitweise du dich dann auch immer entscheidest – regelmäßiges *Kringelreiten* in gutem Stil sichert gesunde, gut ausgebildete Pferde, mit denen du in Bahn und Gelände Spaß haben kannst.

Reitweisen und Reitstile

Überall in der Welt wurde und wird geritten. Allerdings zu recht unterschiedlichen Zwecken. Ursprünglich diente das Pferd nur dazu, möglichst schnell von einem Ort zum anderen zu kommen, aber dann wollte man mehr. Rinder treiben zum Beispiel, Hindernisse springen oder vom Pferd aus aufeinander schießen. Spätestens Letzteres verlangte eine ziemlich ausgefeilte Reittechnik, denn jedes vernünftige Pferd nimmt Reißaus, wenn ihm Pfeile oder gar Kugeln um die Ohren fliegen. Um es daran zu hindern, unterwarf man es einer Ausbildung, in deren Verlauf es die »Zeichensprache« *Hilfen* gründlich erlernte. Ihre Befolgung sollte ihm so selbstverständlich werden, dass es sogar in Notfällen eher den Anweisungen des Reiters gehorchte als dem eigenen Instinkt. Die erste Anleitung zu einem solchen Training erstellte übrigens schon der Grieche Xenophon 400 Jahre vor unserer Zeitrechnung und in Sachen »Ausbildung von Streitwagenpferden« war ihm der Hethiter Kikkuli sogar noch 1000 Jahre voraus!

Nun mochten natürlich nicht nur die berittenen Krieger, sondern auch alle anderen Reiter leichtrittige, brave Pferde. Dazu war jedem an Gesundheit und Langlebigkeit der schon immer recht teuren Vierbeiner gelegen. Also entwickelten sich überall auf der Welt mehr oder weniger ausgeklügelte Trainingsmethoden und Reitstile. Der Zweck und die Ausgangssituation bestimmten dabei die Methodik. So bildete man ein in der Steppe gefangenes Pferd natürlich anders aus als ein Fohlen, das von klein an Menschenkontakt hatte. Militärpferde lernten andere Dinge als Hütepferde – und selbst unter den Militär- und Hütepferden gab es je nach Land unterschiedliche Schwerpunkte. Ein Viehtrieb zum Beispiel stellt andere Anforderungen als ein rasches Aussondern von Rindern. Schließlich verselbstständigten sich auch einige Aspekte der Pferdenutzung und wurden zum Sport. Das Springen von Hindernissen zum Beispiel wurde von Jagdreitern und Soldaten perfektioniert und dann in den Parcours verlegt, damit Wettbewerbe für das Publikum interessanter wurden. Aus alltäglicher Rinderarbeit wurde der Stierkampf zu Pferde. Amerikanische Cowboys ritten am Sonntag gern kurze Rennen durch die Westernstadt, wobei es auf rasche Beschleunigung ankam. Diese Wettbewerbe über die Viertelmeile (quarter of a mile) gaben schließlich einer ganzen Pferderasse, dem *Quarterhorse* ihren Namen.

Der Hilfenkanon, also die Zeichensprache zur Verständigung mit dem Pferd, wurde diesen vielen verschiedenartigen Einsatzmöglichkeiten angepasst. Sehr große Unterschiede bestehen dabei allerdings nicht – es gibt einfach nur eine begrenzte Anzahl Zeichen, die man vom Pferderücken aus geben kann und die das Pferd obendrein logisch findet. Letzteres ist wichtig, denn Reiten ist Sprache, nicht Dressur wie im Zirkus. Wenn du ein Pferd (oder einen Esel oder ein Maultier) mittels Kreuzhilfe »vorwärts schiebst«, so versteht es diese Hilfe, auch wenn es vorher noch keine besondere Ausbildung hatte. Die im Zirkus üblichen Stimmkommandos müssen ihm dagegen geduldig beigebracht werden – viel zu mühsam für Cowboys und Soldaten!

Jede Reitweise arbeitet mit Zügel-, Schenkel- und Kreuzhilfen. Die Unterschiede liegen nur in der Gewichtung. Außerdem unterscheidet sich die Ausrüstung von Reiter und

Pferd, also Sattelung, Zäumung, Reitkleidung und Hilfsmittel wie Sporen, Gerte und Hilfszügel, stark voneinander.

Die große Auswahl

In den deutschsprachigen Ländern besteht der traditionelle Reitstil in der *Englischen Reitweise*, auch wenn das seltsam klingt. Der Name geht darauf zurück, dass es hier lange Zeit keine Alternative zu dieser Bezeichnung gab, der sich aus der Militärreiterei entwickelt hatte. Erst als es in Amerika, dem Land der Westernreiter und Westernsättel, zu ersten Wettbewerben im Flachsattel kam, brauchte man einen Namen für die »neue« Reitweise. Und da englische Einwanderer damit anfingen, nannte man sie *English Riding*.

Als dann auch hierzulande viele verschiedene Reitstile aufkamen, übernahmen die Europäer und sogar die Deutschen, die eigentlichen Erfinder dieser Reitweise, den amerikanischen Namen. (Nur die Deutsche Reiterliche Vereinigung hört ihn nicht so gern. Sie nennt ihren Reitstil *klassisch*. Auch die Bezeichnung *konventionell* wird verstanden.)

Die Englische Reitweise hat weltweit vielleicht nicht die meisten Anhänger, ist aber sicher der bekannteste Reitstil, denn sie bestimmt den großen, internationalen Reitsport. Auf Weltmeisterschaften und auf der Olympiade wird *Klassisch-Englisch* geritten, und wenn man die Geschichte kennt, ist es kein Wunder, dass dabei meist die Deutschen gewinnen!

Wie gesagt geht die Englische Reitweise schwerpunktmäßig auf die Militärreiterei zurück, außerdem auf die Klassische Dressurreiterei (davon später, keine Sorge!). Ursprünglich ritt man also durchaus im Gelände und der Stil war praxiserprobt. Die starke Wettkampfausrichtung der letzten Jahrzehnte hat allerdings dazu geführt, dass dieser Reitstil heute schwerpunktmäßig auf Reitplätzen, in Hallen und Springparcours betrieben wird. Manche Reiter mögen das, andere finden es ätzend. Letztere spalteten sich dann Mitte des zwanzigsten Jahrhunderts ab, nannten sich *Freizeitreiter* – im Gegensatz zum arbeitsorientierten *Turnierreiter* – und suchten nach alternativen Reitstilen, die Reiter und Pferd eher in Richtung Ausritt trimmten. So entdeckten sie die Westernreitweise für sich, holten Gangpferde wie Isländer oder Peruanische Pasos nach Europa und entwickelten mit der *Leichten Reitweise* sogar einen eigenen, einfachen Einstieg. Inzwischen gibt es hierzulande viele verschiedene Reitstile, unter denen man wählen kann – wenn man denn ein eigenes Pferd hat! Nur wenige der alternativen Ställe unterrichten nämlich auf Schulpferden, und wenn, dann sind es allenfalls Schnupperkurse. Die Reiter sollen für den neuen Reitstil gewonnen werden und sich möglichst bald das passende Pferd kaufen. Schließlich haben die Völker dieser Welt nicht nur den Hilfenkanon, sondern auch die Pferderassen den verschiedenen Verwendungsmöglichkeiten der Vierbeiner angepasst. Es gibt für jeden Reitstil mehr oder weniger gut geeignete Pferde, und mancher behauptet sogar, Klassisch-Iberisches Reiten ginge nur mit Barockpferden oder Westernreiten nur mit Quarterhorses. (Letzteres ist Unsinn, man kann die Reitweisen auch mit anderen Pferden betreiben, hat auf den jeweiligen Turnieren dann aber kaum Gewinnchancen.)

Auf jeden Fall wirst du nur selten eine Reitschule finden,

in der du zum Beispiel auf Isländern oder Quarterhorses reiten lernen und dann auch mal an einem Turnier oder einer Reitabzeichenprüfung teilnehmen kannst. Auch wöchentlicher Reitunterricht, wie im Vereinsstall gang und gäbe, wird in alternativen Reitschulen selten angeboten. Hier gibt es eher Ferienkurse. Trotzdem solltest du die wichtigsten alternativen Reitstile und ihre Unterschiede zum Englischreiten kennen. Deshalb im Folgenden eine kleine Übersicht.

Der schnelle Einstieg – 11-Tage-Kurse in der Leichten Reitweise

Die *Leichte Reitweise* wendet sich an Menschen, die keine großen Turnier- und Pferdeausbildungsambitionen haben, sondern »nur« sicher und pferdefreundlich im Gelände reiten möchten. Die Reitlehrerin Ursula Bruns und die Pädagogin Inge Beer entwickelten für sie einen Einstieg in die Reiterei: Im Rahmen eines ausgeklügelten elftägigen Kursprogramms lernen Anfänger die Grundlagen des Umgangs mit Pferden. Am Ende sollen sie ein Pferd putzen und satteln und in allen drei Grundgangarten an einem geführten Ausritt teilnehmen können. 11-Tage-Kurse bieten Abwechslung und Spaß, sie sind schlichtweg ein idealer Einstieg – auch wenn man anschließend natürlich noch nicht in allen Sätteln gerecht sein wird! Die vermittelte Einfachst-Reitweise bietet eine solide Grundlage für jeden anderen Reitstil und meist wird sie auch auf sehr vielseitig orientierten Höfen unterrichtet. Man kann sich also nebenbei schon ein bisschen darüber orientieren, wie man hinterher weitermachen möchte.

Allerdings: Ein 11-Tage-Kurs ist nicht billig – zu den Kursgebühren kommen noch Hotel- und Verpflegungskosten. Dazu gibt es keine auf Jugendliche spezialisierten Ferienreitschulen, die Bruns/Beer-Kurse anbieten. Das heißt, du würdest kaum mit Gleichaltrigen zusammen lernen, sondern eher mit Erwachsenen und sehr oft sogar mit älteren Leuten, die sich den Traum vom Reiten erst als Rentner erfüllen können. Betreuung und Freizeitaktivitäten neben dem Reitkurs werden nicht angeboten. Sehr unwahrscheinlich, dass deine Eltern sich auf so eine Feriengestaltung für dich einlassen. Es sei denn, sie haben auch schon immer von Pferden geträumt! Wenn du Mom und/oder Dad zum Mitmachen überreden könntest, wäre ein 11-Tage-Kurs ein Super-Familienspaß!

Englische Reitweise

Die Englische (oder Klassische oder Konventionelle) Reitweise fordert ständige Zügelanlehnung. Zur Erreichung einer gesunden Traghaltung wird das Pferd mit Kreuz und Schenkel gegen den Zügel »zusammengeschoben«. Macht man das richtig, so tritt es dabei gern und freudig an den Zügel heran. Der Stil erfordert vom Reiter aber ständige Aufmerksamkeit und Aktivität. Er wirkt praktisch bei jedem Schritt des Pferdes ein und braucht ein Höchstmaß an Kontrolle über seinen eigenen Körper und seine Hilfengebung. Dabei ist der Hilfenkanon hier höchst kompliziert, weshalb es auch Jahre dauert, bis Reiter und Pferd ihn richtig erlernt haben.

Ausrüstung

Die Englische Reitweise arbeitet mit Flachsätteln, je nach bevorzugter Sportdisziplin unterteilt in Dressur-, Spring- und Vielseitigkeitssättel. In der Reitschule wirst du hauptsächlich Vielseitigkeitssättel finden. Der *Englische Sattel* bietet dem Reiter ein Höchstmaß an Bewegungsfreiheit, aber wenig Sicherheit. Anfänger fallen schneller herunter als von *Western-* oder *Spanischen Sätteln.* Was die Zäumung angeht, so beschränkt man sich beim Englischreiten meist auf *Trense* oder *Kandare.* Erstere wirst du im Reitstall bald kennen lernen. Das Pferd hat dabei ein in der Mitte »gebrochenes« Eisenteil im Maul. Das ist beweglich, und wenn die Zügelhilfen richtig gegeben werden, kaut der Vierbeiner gern darauf herum. Bei der Kandare liegt noch ein weiteres Gebiss im Pferdemaul, die Stange. Damit musst du dich aber noch nicht beschäftigen. Erst nach vielen Jahren Übung erlangen Reiter und Pferd Kandarenreife.

Das ideale Pferd

Optimal für die Englische Reitweise sind Warmblüter aus deutschen Zuchten, aber auch andere Warmblutpferde sind gut geeignet. Für Kinder und Reiter, die es eine Nummer kleiner mögen, bieten sich Deutsche und Englische Reitponys an. Grundsätzlich kann man aber mit jedem Pferd Englisch Reiten. Viele Haflinger, Fjordpferde, Welshponys und auch alle anderen Rassen werden nach dieser hierzulande traditionellen Methode erfolgreich ausgebildet.

Klassisch-Iberische Reitweise

Der *Klassisch-Iberische* Reitstil steht der Englischen Reitweise von allen am nächsten. Es ist kein Zufall, dass auch sportliche Dressurreiter ihre Reitweise »klassisch« nennen. Letztlich gehen beide Stile auf die Philosophie und Ausbildungsmethode des Reitlehrers Francois Robichon de la Guérinière zurück. Er lehrte im 18. Jahrhundert. Aber auch schon vorher, zur Zeit des Barocks, hatten die Adligen in Europa das Reiten zur Kunst erhoben. Man brachte den Pferden zierliche Bewegungen und die bekannten Schulsprünge (wie die *Kapriole*) bei und legte erstmals Wert auf

Gewaltlosigkeit bei der Ausbildung. Die ersten Traditionsreitschulen entstanden in Neapel und in Wien – von der Wiener Hofreitschule hast du sicher schon gehört. So ähnlich wie deren Vorführungen kannst du dir die Feste und »Reiterkarussels« vorstellen, die damals an den Fürstenhöfen in ganz Europa in Mode kamen. Die Damen und Herren kleideten sich dabei allerdings viel bunter und bevorzugten auch Pferde in ungewöhnlichen Farben. Erstmals wurde Reiten nur zum Spaß betrieben.

Viele Elemente der Barocken Reitkunst finden sich tatsächlich auch noch in der Englischen Reitweise, aber deutlicher bewahrte man sie in den iberischen Ländern: Spanien und vor allem Portugal. Außerdem blieben einige wenige Traditionsreitschulen Hüter der reinen Lehre. In Wien, Jerez de la Frontera (Andalusien) und Saumur (Frankreich) siehst du Klassische Dressur vom Feinsten!

Ausbildung

Von der Englischen Reitweise unterscheidet sich die Klassische hauptsächlich durch andere Ausbildungsmethoden. So bringt man dem Pferd vieles zunächst vom Boden aus bei. Auch die Reihenfolge der Lektionen ist eine andere. Vielleicht hörst du im Reitstall schon mal, dass ein Turnierreiter darüber klagt, wie schwer ihm und seinem Pferd *Schulterherein* oder *Travers* fallen. In der Englischen Reitweise gelten diese Übungen, bei denen sich das Pferd seitwärts bewegt, als fortgeschrittene Lektionen. Der klassische Reiter bringt sie dem Pferd manchmal schon vor dem Anreiten bei.

Während Englisch-Reiter meist Stuten und Wallache halten, ziehen klassische Ausbilder Hengste vor. Das hängt mit dem ursprünglichen Showcharakter des Reitstils zusammen: So ein Hengst macht einfach mehr her. Und damit alles noch prachtvoller aussieht, züchtete man mit den so genannten *Barockpferden* – Andalusier, Lusitanos, Friesen – auch die passenden »Schönlinge«. Bildhübsch und von Natur aus hochbegabt für schwierige Dressurlektionen.

Die Klassische Reitkunst zielt darauf, Reiten möglichst leicht und mühelos aussehen zu lassen, fast wie einen Tanz. Die Hilfen sollen kaum sichtbar sein, der Zügel zumindest beim voll ausgebildeten Pferd immer leicht durchhängen. Für die Ausbildung des Pferdes lässt man sich traditionell viel Zeit, noch neun- und zehnjährige Pferde gelten hier als jung.

Weil das alles so schön und harmonisch aussieht, hat die Klassisch-Iberische Reitweise in den letzten Jahren auch hierzulande viele Anhänger gefunden. Doch je leichter etwas aussieht, desto länger und beschwerlicher ist meist der Weg dahin. Korrekte klassische Reit- und Pferdeausbildung braucht viel Geduld und Hingabe. Leider meinen aber viele, dass allein ein tiefer Griff ins Portmonee genügt. Damit erstehen sie dann einen wunderschönen Andalusier-, Lusitano- oder Friesenhengst und hoffen, dass der dann auch tanzt. Oft werden Reiter und Pferde dabei nicht glücklich.

Im Grunde eignet sich die Klassische Reitkunst als Ausbildungsmethode für alle Pferde. Falls du also mal ein eigenes Pferd bekommst und dich dafür begeisterst, kannst du auch mit einem Haflinger oder Warmblut an Kursen teilnehmen. Als Schulpferdereiter hast du allerdings wenig Chancen, mal auf einem tanzenden Hengst zu sitzen. Barockpferde sind einfach zu teuer. Niemand stellt sie als Schulpferde zur Verfügung. Höchstens kannst du im Urlaub in Spanien oder Portugal schnuppern. Aber da wirst du oft enttäuscht werden. Die Anbieter denken meist eher an schnelles Geld und rasche Pferdeverkäufe als an Reitkunst.

Die Westernreitweise entwickelte sich aus der Arbeit der amerikanischen Cowboys, ist inzwischen aber vor allem turnierorientiert. In Amerika werden in den entsprechenden Wettbewerben unglaublich hohe Preisgelder bezahlt. Die betroffenen Pferde kommen dann ebenso selten ins Gelände wie das Englische Turnierpferd.

Überall in der Welt reiten allerdings auch viele Freizeitreiter im Westernsattel. Er wird oft als bequemer empfunden als der Flachsattel. Wenn du ihn zum ersten Mal ausprobierst, nachdem du bisher nur Englische Sättel gewöhnt warst, wird dir vor allem auffallen, dass man darin nur schwer Leichttraben kann. Das tat der Cowboy einfach nicht oft, sondern brachte seinem Pferd einen ganz langsamen Trab, den so genannten *Jog*, bei. Den ebenso ruhigen Galopp nennt man *Lope*. Heute werden diese Gangarten in der Turnierdisziplin *Pleasure* vorgeführt.

Charakteristisch für die Aufgaben beim Viehtrieb war langes, entspanntes Reiten – wenn alles funktionierte und die Rinder brav gen Westen trotteten – und blitzschnelles, hochkonzentriertes Reagieren, wenn doch mal ein Longhorn ausscherte. Schnelle Reaktionen waren natürlich auch beim Aussondern und Einfangen der Rinder wichtig.

Der Cowboy setzte hier gern auf selbstständiges Mittun bei seinem Pferd und gab möglichst nur dann Hilfen, wenn wirklich eine Aktion anstand. Beim Westernreiten sollen die Zügel deshalb möglichst etwas durchhängen, bei den Hilfen spielt Gewichtsverlagerung eine größere Rolle als Schenkel- und Kreuzhilfen. Stell dir das aber nicht zu einfach vor! Be-

vor das Westernpferd perfekt geht, durchläuft es eine gründliche Ausbildung, und auch der Reiter muss lange üben, bevor er entspannt im Westernsattel sitzt.

Ausrüstung

Westernsättel kennst du aus Filmen und die Pferde im Western tragen natürlich auch die traditionellen Zäumungen. Die Schauspieler können allerdings meistens nicht sonderlich gut reiten. Ernsthaften Westernreitern laufen deshalb oft

Schauer über den Rücken, wenn der Held über die Kinoleinwand galoppiert. Manchmal zerren die Filmstars ganz schön an den Zügeln und das tut den Pferden ziemlich weh. Traditionelle Westernzäumungen sind nämlich erheblich schärfer als die Trensen, die du aus dem Reitunterricht kennst. Sie arbeiten mit Hebelwirkung und ein scharfer Zug ist höchst unangenehm! Falsche Vorstellungen grassieren auch über die *Lenkung* beim Westernreiten, das so genannte *Neckreining* (Hals-Lenken). Viele Reiter versuchen dabei, das Pferd nach rechts zu lenken, indem sie ihm den Zügel schwungvoll links an den Hals schlagen oder gar versuchen, es damit von links nach rechts zu drücken. Das ist Unsinn. Beim korrekten Neckreining biegt das Pferd auf leichtestes Anlegen des einhändig geführten Zügels ordentlich gebogen ab – wie dein Schulpferd in der Reithalle! Das Pferd lernt diese Bewegungen auch zunächst an der Trense und dann führt der Reiter die Zügel mit beiden Händen. Das *Kringelreiten* läuft dabei ganz ähnlich ab wie im konventionellen Reitunterricht. Man sieht es bloß nicht im Film …

Im Übrigen gibt es ebenso viele verschiedene Westernsattelmodelle wie Flachsattelvarianten. Für jede Spezialdisziplin sind besondere Sättel auf dem Markt. Alle sind sehr teuer! Was du auf Messen manchmal für 100 Euro im Angebot siehst, ist kein Westernsattel, sondern Schrott.

Auch ohne Rinder interessant?

Hierzulande bevorzugen inzwischen viele Reiter die Westernreitweise vor der Englischen, weil sie stark darauf hinzielt, gelassene, ruhige Pferde auszubilden. Ein gut geschultes Westernpferd trägt auch Anfänger sicher durch die Gegend und scheut nicht so leicht wie ein Warmblüter oder ein feuriger Andalusier. Das Angebot an Westerntrainern ist inzwischen auch fast flächendeckend. Wer ein eigenes Pferd hat, kann überall Unterricht im Westernreiten nehmen. Vereinzelt finden sich sogar Reitschulen, in denen man die Westernreitweise auf Schulpferden erlernen kann. Wenn es in deiner Gegend diese Gelegenheit gibt, spricht nichts dagegen. Du musst dich dann einfach entscheiden, welcher Stil dir besser gefällt. Von der Pike auf erlernt, bietet auch der Westernstil die Möglichkeit, später die Reitweise zu wechseln, falls du dich dann doch umorientieren solltest.

Die idealen Pferde zum Westernreiten sind das amerikanische Quarterhorse und der Appaloosa. Auch Araber sind meist sehr gut geeignet. Im Grunde gilt aber das schon für andere Reitweisen Gesagte: Im Prinzip funktioniert es mit jedem Pferd.

Reiten auf Gangpferden

In der Reitschule lernst du als *Gangarten des Pferdes* Schritt, Trab und Galopp kennen. Es gibt allerdings noch andere Bewegungsvarianten. Sie heißen zum Beispiel *Tölt*, *Rack*, *Foxtrott* oder *Walk* – je nachdem, in welchem Land die darauf spezialisierten Pferde gezüchtet werden, und je nach Bewegungsvariante. Die zugehörigen Pferde heißen Isländer, Paso Finos, Missouri Foxtrotter oder Tennessee

Walkers … Das Thema *Gangpferde* ist äußerst vielfältig und spezialisiert.

Was du vorerst nur wissen solltest: Alle diese Spezialgangarten sind *Viertaktgangarten* wie der Schritt und das Pferd behält dabei, wie im Schritt, immer *Bodenhaftung*. Mit mindestens einem Bein bleibt es stets »auf dem Teppich«, das heißt, die *Schwebephase* entfällt. Obwohl der Reiter im gleichen Tempo wie im Trab oder sogar schneller vorwärts kommt, wird er nicht *geworfen*. Viertaktgangarten werden dadurch besonders bequem, weshalb man die Pferde auch oft als ideal für Anfänger, ältere und ängstliche Reiter empfiehlt. Mitunter geht die Werbung sogar so weit, dass sie Reitenlernen ohne Anstrengung verspricht. Gangpferde, so heißt es, kann jeder reiten. Endlose Dressurarbeit in der Halle entfällt.

Schön wär's, aber das ist wie gesagt nur Werbung. Tatsächlich musst du eher mehr lernen, wenn du *Mangalarga Marchadores*, *Peruanischen Pasos*, *American Saddle Horses* oder all den anderen Gangpferderassen wirklich gerecht werden willst. Die haben schließlich keine Schaltautomatik, sondern müssen dazu gebracht werden, ihre verschiedenen Gänge sauber auf Reiterhilfen hin auseinander zu halten. Das Reiten auf Gangpferden ist auch eigentlich keine Reitweise, sondern eine »Zusatzqualifikation«. Ein guter Englisch- oder Westernreiter beherrscht nach kürzester Anleitung die Spezialgangart. Ein Anfänger kommt dagegen schnell durcheinander, wenn das Pferd seine Hilfen nicht versteht und die Gänge ständig durcheinander wirft.

Isländer

Die meisten Gangpferde, die man hierzulande antrifft, sind Islandpferde. Die ersten von ihnen kamen 1958 für den Film »Immenhof« nach Deutschland (läuft zuverlässig zu Weihnachten im Fernsehen. Nicht verpassen – Kultfilm für Reiter!). Damals wusste man mit ihren Spezialgangarten Tölt und Pass noch nicht viel anzufangen, aber heute gibt es eine große, sehr aktive Turnierszene mit Europa- und Weltmeisterschaften.

Ausrüstung und Reitstil

Islandpferde werden meist Englisch geritten, sogar die zugehörige Turnierkleidung wurde vom konventionellen Sport übernommen. Dabei fasst man die Pferde nicht mit Samthandschuhen an. Die Zügelführung ist meist härter als in guten konventionellen Turnierställen, die Ausbildung der Reiter kürzer und mehr aufs Geradeausreiten in den bequemen Zusatzgängen konzentriert als auf langweilige Gymnastizierung. Sehr pferdefreundlich ist das nicht. Außerdem wünscht man sich beim Isländer extremen Vorwärtsdrang, weil keiner Lust hat, Treiben zu lernen. Den bremst man dann wieder gern durch Zügelziehen und scharfe Zäumungen wie der *Islandkandare*. Natürlich gibt es auch sehr gute Islandpferdereiter, aber das von Natur aus sanfte, leidensfähige Pferd (nenn es bloß nicht Pony – die zugehörigen Reiter würden dir an den Hals springen!) und die superbequeme Gangart Tölt verleiten zum »Reitminimalismus«. Da auf Turnieren obendrein nur die Gänge des Pferdes, nicht die Einwirkung des Reiters beurteilt werden, gibt es auch die Chance, Erfolge zu »kaufen«. Von Profis trainierte, hyperteure Tölter holen dann selbst unter Anfängern große Preise.

Reitschulen

Das Islandpferd gehört inzwischen – auch dank geschickter Vermarktung – zu den am meisten verbreiteten Pferderassen in Mitteleuropa. Wenn in deiner Umgebung eine alternative

Reitschule zu finden ist, so arbeitet sie meist mit Islandpferden. Im folgenden »Reitschultest« erreichen diese Schulen garantiert viele Punkte, denn die Pferdehaltung erfolgt meist artgerecht und der Unterricht läuft ohne Geschrei und Geschimpfe ab. Dazu darfst du sicher bald mit dem Pferd ins Gelände – der Spaßfaktor spielt beim Islandpferdereiten eine große Rolle. Wenn in deiner Umgebung Islandpferdebesitzer wohnen, werden sie dich auch schnell zum Reiten einladen. Die meisten sind völlig begeistert von ihren Pferden und ihrem Reitstil und versuchen, möglichst viele andere Reiter auch davon zu überzeugen.

Du solltest dir trotzdem genau überlegen, ob du auf Gangpferden reiten lernen willst, denn damit legst du dich sehr stark auf eine Pferderasse und einen Reitstil fest. Der Umstieg vom Großpferd auf einen Tölter fällt leicht, umgekehrt wird es schwierig. Die im Vereinsstall erlernte Hilfengebung lässt sich auch für den Umstieg auf andere Reitstile wie den Klassisch-Iberischen Stil oder das Westernreiten brauchen. Fällt Gymnastizierung allerdings dem Unterscheiden von fünf Gangarten zum Opfer, dann wird Umstellung und Weiterbildung kompliziert.

Für den Islandpferdestall spricht dagegen die Chance, schnell Spaß mit Pferden zu haben. Die Islandpferdereitschule ist ideal für dich, wenn

- du Reiten nicht als Nummer eins in deinem Leben einordnest, sondern als eine Freizeitaktivität unter vielen;
- deine Eltern dir bald ein eigenes Pferd kaufen wollen und du dabei sowieso mit einem Isländer liebäugelst;
- du bald mit eigenem Pferd in die Turnierszene einsteigen willst.

Wenn du vielseitiger orientiert bist und am liebsten alle Pferderassen der Welt ausprobieren möchtest, gehst du lieber den schwierigeren Weg über den konventionellen Sport oder die Westernreitweise.

Plausch im Stall – verstehen und mitreden

»Das Pferd geht ja Pass!«

Pass ist eine Gangart wie Schritt, Trab und Galopp. Wie Trab ist es ein *Zweitakt*, aber hier bewegen sich nicht die *diagonalen* Beinpaare (linkes Vorderbein + rechtes Hinterbein, rechtes Vorderbein + linkes Hinterbein) gleichzeitig vor, sondern die *lateralen*: rechtes Vorderbein und rechtes Hinterbein, abwechselnd mit linkem Vorderbein und linkem Hinterbein. Vielleicht hast du bislang noch kein Pferd im Passgang gesehen, aber sicher Hunde und garantiert Kamele. Letztere gehen nämlich nur Pass und Galopp. Bei Pferden ist die Gangart dagegen nicht so gern gesehen, da sie Dressurreiten und Gymnastizierung erschwert. Außerdem ist sie unbequem zu sitzen. Den meisten Pferderassen wurde sie deshalb abgezüchtet. Bei Warmblütern und Reitponys im Reiterverein siehst du sie allenfalls noch im Schritttempo. Das gibt dann Punktabzüge im Turnier. Bei Isländern und anderen Gangpferden muss der Pass jedoch erhalten bleiben, denn nur wenn Trab und Pass genetisch fixiert sind, werden Tölt und andere Viertaktgangarten möglich. Pass gilt allerdings auch hier als fehlerhaft. Lediglich beim Isländer gibt es Turnierdisziplinen im Pass. Dann wird er aber im Renntempo geritten.

Guardian-Reitweise und Doma Vaquera – die Reitstile der Hirten

Nicht nur die Westernreitweise entstand aus der Arbeit mit Rindern – auch in Frankreich und Spanien entwickelten sich spezielle Reitstile aus dem Hirtenalltag. Die französischen *Guardians* und die spanischen und portugiesischen *Vaqueros* verbanden dabei vermehrt Arbeit und Show – in beiden Ländern hatten sie es auch mit Stieren zu tun, die später in der Arena kämpfen sollten und die man sich entsprechend aggressiv wünschte. Die Guardian-Reitweise und die Doma Vaquera wirken deshalb wie eine Mischung zwischen Westernreiten und Klassischer Dressur. Wie beim Westernreiten geht es auch hier um maximale Wendigkeit und Geschwindigkeit des Pferdes, es muss rasch stoppen und wieder antreten können. Das alles natürlich auf leichteste Hilfen des Reiters hin oder gar selbstständig am langen Zügel. Eine wichtige Rolle spielt die Arbeit mit einem langen Hirtenstock, dem *Trident* (französisch) oder der *Garocha* (spanisch). Die Bewegungen, die Reiter und Pferd rund um diesen Stab durchführen, sind atemberaubend!

Ausrüstung

Sowohl die Guardians als auch die Vaqueros haben Spezialsättel für ihre Reitweise entwickelt. Sie sind sehr bequem und zum Dressurreiten und Ausreiten gleichermaßen geeignet. Die speziellen Zäumungen verlangen allerdings eine sichere Hand beim Reiter. Zieht man daran herum, tut man dem Pferd weh. Auch die Hirten-Reitweisen Europas sehen einfacher aus, als sie es in der Praxis tatsächlich sind!

Pferde

Ideal für diese Reitweisen sind die Camargue-Pferde in Frankreich. In Spanien arbeitet man selten mit reinen Andalusiern, sondern häufiger mit Kreuzungen aus Vollblütern, Arabern und spanischen Pferden. Da diese drei *Blutlinien* beteiligt sind, nennt man die Pferde *Tres Sangres*.

Der ultimative Reitschultest: Wie gut ist dein Reitstall?

Die vollkommene Reitschule wirst du wahrscheinlich nicht finden. Aber dieser kleine Test gibt dir immerhin die Chance, rasch abzuchecken, wie gut der Unterricht in deinem Reitstall im Verhältnis zu anderen Angeboten abschneidet. Wenn du bereits Reitstunden nimmst, solltest du die Fragen eigentlich aus dem Stegreif beantworten können. Wer noch auf der Suche nach der richtigen Reitschule ist, fragt beim Testbesuch nach.

Rosi=grün

Die Schulpferde in meinem Reitstall …

… stehen angebunden in so genannten Ständern. — 0 Punkte

… leben in ziemlich dunklen, geschlossenen und vergitterten Ställen. Sehr sauber wirken die Boxen auch nicht. — 0 Punkte

… leben ganztags in geschlossenen, vergitterten Ställen. Immerhin wird täglich gemistet. — 1 Punkt

… haben offene Boxen mit Blick nach draußen — 2 Punkte

… haben Boxen mit kleinen Ausläufen davor — 3 Punkte

… genießen täglichen Auslauf auf der Weide oder auf Sandplätzen — 4 Punkte

Unsere Schulpferde …

… wechseln häufig, und wir wissen nie, wo sie landen. — 0 Punkte

… stehen eigentlich immer zum Verkauf, aber manchmal bleiben sie hinterher im Reitstall untergestellt. — 1 Punkt

… wechseln nur gelegentlich, und wenn wir den Reitlehrer fragen, gibt er Auskunft, was mit ihnen geschehen ist. — 2 Punkte

… wechseln sehr selten, viele sind schon jahrelang in diesem Stall. — 3 Punkte

… wechseln so gut wie nie, alte Pferde bekommen eine »Rente«. — 4 Punkte

Putzen und Satteln vor dem Reitunterricht …

… erledigen die Schüler selbst unter Aufsicht des Reitlehrers. — 4 Punkte

… erledigen die Schüler selbst. Tauchen Fragen auf, müssen Fortgeschrittene weiterhelfen. 3 Punkte
… erledigen die Schüler selbst, aber leider ist nie jemand da, der weiterhilft, wenn mal etwas nicht klappt. 2 Punkte
… erledigen Stallhelfer. Wer ausdrücklich fragt, darf aber helfen. 1 Punkt
… erledigen Stallhelfer, Mithilfe der Reitschüler ist unerwünscht. 0 Punkte

Kommt es vor, dass die Schulpferde im Unterricht »ausrasten«, also bocken, durchgehen und Schüler absetzen?

Praktisch nie. 4 Punkte
Ab und zu mal, aber selten. 3 Punkte
Das kommt schon mal vor, wenn eines lange gestanden hat, aber die Regel ist es nicht. 2 Punkte
Gelegentlich. Rechnen muss man schon mal damit. 1 Punkt
Leider oft, wir haben Pferde, die es praktisch jede Stunde tun. 0 Punkte

Gibt es für Schulpferdereiter die Möglichkeit, an Ausritten teilzunehmen?

Ja, sogar an Herbstjagden! 4 Punkte
Ja, im Rahmen des normalen Reitunterrichts, auch schon für Anfängerabteilungen. 3 Punkte
Ja, im Rahmen des normalen Reitunterrichts in Fortgeschrittenenabteilungen. 2 Punkte

Ja, das ist für Fortgeschrittene gesondert zu buchen. 1 Punkt
Nein, grundsätzlich nicht. 0 Punkte

Werden Reitabzeichenprüfungen veranstaltet?
Nein, obwohl immer mal wieder davon gesprochen wird. 0 Punkte
Ja, bis hin zum *Kleinen Hufeisen*. 1 Punkt
Ja, bis hin zum *Großen Hufeisen*. 2 Punkte
Ja, bis zum Reiterpass. 3 Punkte
Ja, bis zum Deutschen Reitabzeichen (DRA III). 4 Punkte

Gibt es für Schulpferdereiter die Möglichkeit, am Vereinsleben teilzunehmen? Werden Feste, Turniere, Busfahrten zu Veranstaltungen, wie Pferdemessen, organisiert und können Jugendliche dabei sein?
Ja, das schwarze Brett ist voller Angebote und es gibt auch eine spezielle Vertreterin der Schulpferdereiter im Vereinsvorstand. 4 Punkte
Es gibt schon Angebote, aber die organisiert der/die Reitlehrer/in. Im Vereinsvorstand sind Schulpferdereiter nicht vertreten, zumindest hört man nichts davon. 3 Punkte
Ein- oder zweimal im Jahr (Weihnachten, Sommerfest) gibt es ein Angebot. 2 Punkte

Feste und Turniere gibt es schon, aber da mischen eigentlich nur Privatpferdereiter mit. Immerhin können wir zusehen. 1 Punkt

So was gibt es bei uns praktisch gar nicht. 0 Punkte

Wie ist der Unterricht organisiert? Gibt es Anfänger- und Fortgeschrittenenabteilungen, oder kannst du kommen, wann du willst?

Jeder wird einer genau passenden Gruppe zugeteilt, auch innerhalb der Sparten *Anfänger* und *Fortgeschrittene* gibt es noch Unterabteilungen. 4 Punkte

Es gibt Anfänger- und Fortgeschrittenengruppen, denen der/die Reitlehrer/in die Schüler zuteilt. 3 Punkte

Es gibt Anfänger- und Fortgeschrittenengruppen, aber jeder entscheidet selbst, wo er sich anmeldet. 2 Punkte

Es wird nur ungefähr nach Anfängern und Fortgeschrittenen unterteilt. Wenn ein Anfänger zum Beispiel um vier Uhr keine Zeit hat, darf er um drei bei den Fortgeschrittenen mitmachen. 1 Punkt

Eigentlich gibt es gar keine Unterteilung. 0 Punkte

Nehmen die Privatpferdebesitzer beim selben Reitlehrer Unterricht wie die Schulpferdereiter?

Eher selten, höchstens mal Jugendliche, die ihr eigenes Pferd noch nicht lange haben. 1 Punkt

Nein, die gehen praktisch alle zu anderen Trainern. 0 Punkte
Zum Teil, wir haben mehrere Reitlehrer im Stall, unter denen die Privatreiter wählen können. 2 Punkte
Ja, sehr viele. 3 Punkte

Wie ist die Atmosphäre im Unterricht?
Locker, wir lachen viel und haben Spaß. 2 Punkte
Entspannt, aber wir arbeiten schon sehr konzentriert. 3 Punkte
Sehr diszipliniert. Herumalbern ist zum Beispiel nicht erlaubt, aber Fragen stellen schon. 4 Punkte
Eher angespannt, unser Reitlehrer rastet schnell aus, wenn wir Fehler machen. 1 Punkt
Sehr gespannt, wir haben Angst, Fehler zu machen und Fragen zu stellen. 0 Punkte

Verstehst du die Erklärungen des Reitlehrers?
Was für Erklärungen? Wir müssen eher erraten, was der meint. 0 Punkte
Nein, sie strotzen vor Fachausdrücken, und ich wage nicht immer nachzufragen. 1 Punkt
Wenn er mal was erklärt, schon. Doch meistens sagt er nur: »So oder so wird's gemacht«, aber nicht, warum. 2 Punkte
Fast immer, und wenn nicht, kann ich nachfragen. 3 Punkte
Eigentlich immer, wenn ich nicht träume. 4 Punkte

Auswertung:

0 – 10 Punkte

Mit dieser Reitschule hast du keinen guten Griff gemacht. Wahrscheinlich bleibst du dort auch nur, weil dir die Pferde ans Herz gewachsen sind. Vielleicht werden sie schlecht behandelt und sie tun dir Leid. Trotzdem wäre es besser, die Schule zu wechseln. Den Pferden kannst du ohnehin nicht helfen. Im Gegenteil: Indem du dein Geld in diesem Reitstall ausgibst, unterstützt du ihre schlechte Haltung! Der Besitzer wird nur Veränderungen vornehmen, wenn die Schüler wegbleiben. Falls du den Test also durchführst, bevor du die ersten Reitstunden buchst: Bloß weg hier!

11 – 20 Punkte

Dieser Reitstall erfüllt die Mindestanforderungen an eine ordentliche Reitschule. Du kannst bestimmt einiges lernen, aber die Pferdehaltung könnte besser sein und der Unterricht auch. Vielleicht ist der Betreiber zu sehr darauf konzentriert, dass sich die Besitzer der Privatpferde bei ihm wohl fühlen. Die Schulpferdereiter laufen dagegen unter »ferner liefen«. Falls es keine Alternative in deinem Umkreis gibt, kannst du hier Reitstunden buchen. Schau dir aber auf jeden Fall noch andere Reitställe an!

25 Punkte

21 – 32 Punkte

Dieser Reitstall bietet gut durchschnittliche Bedingungen, reiten zu lernen. Natürlich würde man sich manchmal mehr wünschen, gerade was die Pferdehaltung angeht. Aber vielleicht lässt sich hier ja etwas bewegen, wenn du Lust hast, dich aufs Vereinsleben einzulassen. Moderne Reitervereine haben Reitschülervertretungen im Vorstand. In ganz vorbildlichen gibt es sogar spezielle *Schulpferdebeauftragte*, die sich besonders um das Wohlergehen der Schulpferde kümmern. Vielleicht hast du auf Dauer Lust, dich hier zu engagieren.

Je nachdem, wo du dem Stall viele Punkte gegeben hast, kann der Nachteil auch daran liegen, dass der »Spaßfaktor« hier vor dem »Lernfaktor« steht. Entspannte Unterrichtsatmosphäre ist schön, aber wenn nur herumgejuxt und wenig gelernt wird, ist das auch nicht der Hit. Nichtsdestotrotz: In diesem Stall dürftest du annehmbar reiten lernen. Also buch die ersten Stunden, falls sich nicht noch ein echter »Viersternestall« in deinem Umkreis findet!

33 – 43 Punkte

Ein Glücksfall, du bist in einem Spitzenstall gelandet! Hier stimmt so ziemlich alles: Reitlehrer, Schulpferde und das Vereinsumfeld. Du hast beste Chancen, deine ersten Reiterfahrungen in guter Lernatmosphäre auf entspannten Pferden zu machen. Wirf allerdings noch mal einen Blick auf das Testergebnis, und schau nach, wo der Stall keine Höchstpunktzahl erreichte. Oft wird das beim Thema »Pferdeunterbringung« der Fall sein, nur wenige Reitställe bieten ihren Schulpferden wirklich optimale Bedingungen. Vielleicht könnt ihr Schulpferdereiter da später etwas ändern! Klar dass du nicht gleich im ersten Reitschuljahr alles reformieren kannst, aber Fortgeschrittene dürfen oft Ideen einbringen. Besonders schön ist zum Beispiel die, jedem Schulpferd zwei oder drei spezielle Paten zuzuteilen, also

Mädchen, die sich auch außerhalb der Reitstunde besonders darum kümmern. Das Pferd hat damit »eigene Menschen«, genau wie ein Privatpferd. Es gibt viele Möglichkeiten, auch richtig gute Ställe noch zu verbessern!

»Ich kann reiten!«

Vorsicht – diese Bemerkung ist die sicherste Methode, sich in der Pferdeszene unbeliebt zu machen! Vor allem outest du dich dann als Anfänger, denn kein wirklicher Könner wird das je von sich sagen. Reiten gehört zu den schwersten Sportarten, die es gibt, und selbst ein Olympiasieger kann jeden Tag noch etwas dazulernen. Sag also besser: »Ich reite seit einem Jahr«, oder: »Ich habe gerade das Kleine Hufeisen gemacht.« Dann weiß dein Gegenüber, wo es dich einzuordnen hat. Und wenn du als Gast in einen fremden Stall kommst, wird dir wahrscheinlich das richtige Pferd zugeteilt.

2. Ich wünsche mir ein Pflegepferd

Die Idee scheint ideal: Da ist ein Mensch, der ein Pferd besitzt, aber nicht genügend Zeit hat, um es zu versorgen und zu reiten. Du dagegen hast Zeit und Lust, dich um ein Pferd zu kümmern, aber ein eigener Vierbeiner ist vorerst nicht in Sicht. Warum tut man sich also nicht zusammen? Der Pferdehalter könnte aufatmen und sich um andere Dinge kümmern und du hättest dein Pflegepferd!

Klingt großartig, gehört aber leider in die Kategorie »Wunschtraum«. Warum das so ist, in welchen Situationen du besonders vorsichtig sein musst und wie es vielleicht doch noch klappt, an eine kostenlose oder doch kostengünstige Reitregelung zu kommen – darum geht es auf den nächsten Seiten!

Was ist ein Pflegepferd?

Wenn das Wort »Pflegepferd« fällt, kriegen alle Pferdemädchen leuchtende Augen. Dabei steht der Begriff in keinem

Wörterbuch, schon gar nicht in einem Fachwörterbuch für »Ausdrücke rund ums Pferd«. Entsprechend ungenau sind auch die Vorstellungen von den Möglichkeiten und Grenzen, Rechten und Pflichten von Pferdehaltern und Pferdemädchen. Im Grunde geht es beim Pflegepferd um eine kostenlose Reitmöglichkeit. Klar, du möchtest auch eine Beziehung zu dem Pferd aufbauen und ihm eine Freundin sein – fast wie beim eigenen Pferd eben. Aber im Grunde denkst du schon vor allem ans Reiten. Nur wenige Mädchen reißen sich um die Versorgung eines alten, kranken und unreitbaren Tieres.

Rechtliche Fragen

Im Allgemeinen haftet der Eigentümer eines Pferdes für alles, was der Vierbeiner anstellt. Meistens muss er auch dann bezahlen, wenn dir beim Reiten seines Pferdes etwas zustößt oder wenn das Pferd einen Unfall verursacht, während du es reitest und versorgst. Die Urteile sind hier aber widersprüchlich. Es ist also auf jeden Fall sinnvoll, wenn deine Eltern auch für dich eine Haftpflichtversicherung abschließen. Ein verantwortungsbewusster Pferdebesitzer wird dich danach fragen. Außerdem sollte er deine Eltern um ihr Einverständnis für deine Mithilfe auf seinem Hof und das Reiten seiner Pferde bitten.
Erkundige dich unbedingt, ob für das Pferd eine Haftpflichtversicherung besteht!

Nun bietest du natürlich eine Gegenleistung für die kostenlosen Reitstunden. Du möchtest dem Pferdebesitzer Arbeit abnehmen. Wenn du jetzt aber ganz ehrlich bist, stellst du dir eher das Putzen und Füttern des Pferdes vor als Mist fahren und Weide einzäunen. Klar würdest du auch das übernehmen – im Moment wünschst du dir das Pferd so sehr, dass du versprechen würdest, dafür im Bergwerk zu schuften –, aber du musst deine Grenzen sehen. Kein verantwortungsbewusster Pferdehalter würde einem Mädchen deines Alters wirklich schwere Arbeit zumuten (zu den nicht so Verantwortungsbewussten kommen wir gleich noch!). Außerdem: Selbst wenn es nur um einfache Arbeiten wie etwa Füttern oder Auslaufabmisten geht – um wirklich entlastet zu werden, müsste dich der Pferdehalter allein in seine Haltungsanlage lassen. Das wird nur selten jemand tun: einmal aus rechtlichen Gründen, da er haften müsste, wenn du dabei einen Unfall hättest, aber auch aus praktischen Erwägungen. Stell dir nur mal vor, du hast deinen schusseligen Tag und vergisst, die Tür richtig zu schließen! Dann laufen die Pferde womöglich auf die Straße, verursachen einen Unfall und damit Kosten in erheblicher Höhe. Der Pferdehalter müsste dafür geradestehen, vom Verlust des geliebten Pferdes ganz zu schweigen. Du wirst also nur selten jemanden finden, der dir von vorneherein so sehr vertraut, dass er dir sein Pferd ohne Aufsicht überlässt. Warum sollte er auch, er kennt dich ja gar nicht. Stell dir vor, du wärest in der gleichen Situation: Würdest du dein Pferd einem wildfremden Mädchen anvertrauen?

Ein Schulpferd als Pflegepferd?

Nun gibt es beim Thema *Pflegepferd* nicht nur die Kombination *Privatpferd und Pflegemädchen*, sondern auch *Verleihpferd und Pflegemädchen*. In relativ vielen Reitställen und Ponyhöfen wird jedem der Schulpferde eine spezielle Pflegerin zugeteilt. Damit ist böses Blut unter den Pferdemädchen vorprogrammiert, denn natürlich gibt es immer mehr Anwärterinnen als Pflegestellen. Objektiv gesehen fragt man sich hier auch, wozu das Pferd die Pflegerin eigentlich braucht, denn schließlich wuseln reichlich Reitschüler durch die Stallgasse, die es alle liebend gern striegeln und auf die Weide führen wollen. Natürlich ist es für das Pferd netter, wenn es eine bestimmte Bezugsperson hat, also sozusagen seinen »eigenen Menschen«. Aber dieses Argument zieht in der Regel nicht, da die Pflegerinnen häufig wechseln. Meistens haben die Besitzer der Ställe – es sind eher Privat- als Vereinsställe – nämlich gar keine so pferdefreundlichen Gründe für die Vergabe von Pflegepferden. Ihnen geht es eher darum, die Rivalität unter den jungen Stallhelferinnen zu schüren und sie damit zu erhöhter Arbeitsleistung anzuspornen. Lässt ein Mädchen nach, weil die Schule zum Beispiel höhere Ansprüche stellt, vergeben sie das Pferd sofort an das nächste.

Kühl kalkuliert – was hast du zu bieten?

Wenn du ernsthaft versuchen willst, ein Pflegepferd zu finden, solltest du nicht einfach Ställe abklappern. Besser for-

mulierst du eine Art Anzeige und platzierst sie überall da, wo es nichts kostet. Zum Beispiel am schwarzen Brett im Supermarkt oder auch im Internet. Unter dem Stichwort *Pflegepferd* findest du dort etliche Adressen von *Mitreit-Börsen* und ähnlichen Angeboten.
Deine Anzeige könnte zum Beispiel so aussehen:

Mädchen sucht Pferd!
Hilfe, ich bin pferdeverrückt! Neben dem Unterricht im Reitstall würde ich mich gern kostenlos um ein oder mehrere Pferde im Umkreis von … kümmern.
Ich habe drei Jahre Reiterfahrung, das Kleine Hufeisen und den Reiterpass. Ich kann Pferde führen, anbinden, putzen und die Hufpflege übernehmen, natürlich miste ich gern auch aus. Täglich könnte ich ungefähr eine halbe Stunde lang regelmäßige Aufgaben übernehmen, eventuell auch vor der Schule. Samstags und sonntags stünde ich länger zur Verfügung. Es wäre schön, wenn ich dafür ab und zu reiten dürfte, aber ich gehe auch gern mit älteren und pflegebedürftigen Pferden um.
Bitte rufen Sie an.

Du musst damit rechnen, dass sich hier vor allem Verleihställe melden, die letztlich doch Geld für die Reitstunden haben wollen. Dann solltest du Nein sagen. Schließlich hast du klar formuliert, was du willst und was du bietest. Wer das nicht verstehen will, führt nichts Gutes im Schilde!
Vielleicht landest du aber auch einen richtigen Treffer. Den Versuch ist es allemal wert.

Kein Pferd ohne Halter – wer vergibt Pflegepferde?

Die meisten Pferdemädchen würden sich den Besitzer ihres Pflegepferdes am liebsten wegdenken. Das Schönste an der Idee »Pflegepferd« ist ja gerade, dass man sich so um das Pferd kümmern kann, als wäre es das eigene. Gut, bevor man das Pferd zum Beispiel auf einen Wanderritt mitnimmt oder zu einem Turnier anmeldet, will der Besitzer gefragt sein. Aber sonst ist es doch fast, als habe man ein eigenes Pferd.

Dieses »fast« ist jedoch der Knackpunkt, denn es bedeutet, dass der Besitzer das Tier jederzeit verkaufen kann, egal was das Pflegemädchen davon hält. Im Extremfall kommst du eines Nachmittags auf die Weide und dein Pferd ist verschwunden! Bei bestimmten Pferdebesitzern ist so etwas vorprogrammiert. Du kannst dir viele Sorgen und Tränen ersparen, indem du den Halter des Pferdes schon im Vorfeld kritisch unter die Lupe nimmst und im Zweifelsfall auf das Pflegepferd verzichtest.

Vorüberlegungen

Ein Pferd, das weißt du selbst, ist teuer. Sowohl in der Anschaffung als auch in der Unterhaltung. In aller Regel wird sich ein Reiter also vor dem Kauf Gedanken darüber machen, ob er sich diese Ausgaben leisten kann oder ob er auf Dauer damit überfordert ist. Auch den Zeitaufwand kann man im Allgemeinen einschätzen, sofern man mit der Arbeit rund ums Pferd vertraut ist. Ein eventueller Pferde-

käufer dürfte sich also schon vor der Anschaffung oder doch kurz danach darüber klar werden, dass es zeitlich für ihn etwas knapp wird. Dann denkt er aber kaum an ein Pflegemädchen. Schließlich ist ihm nicht daran gelegen, eine Jugendliche glücklich zu machen, sondern eher daran, Kosten und Arbeit zu minimieren. Dazu bietet sich eine Reitbeteiligung an, also ein Mitreiter, der dem Pferdebesitzer nicht nur Arbeit abnimmt, sondern sich auch an den Kosten der Pferdehaltung beteiligt. Sofern das Pferd freundlich, ordentlich geritten und einfach im Umgang ist, finden sich dafür sofort Interessenten. Der Pferdehalter kann auswählen. Er wird sich fast immer für eine erwachsene, pferdeerfahrene Reitbeteiligung entscheiden und deren Rechte und Pflichten vertraglich genau festlegen. Du hättest hier nur eine Chance, wenn deine Eltern bereit wären, einen monatlichen Festbetrag für die Reitbeteiligung zu zahlen, und sich obendrein dazu verpflichteten, für die Erledigung der Stallarbeiten geradezustehen. Hier geht es nicht um gelegentliches Helfen, sondern um ganz konkrete Pflichten, die der Pferdebesitzer einfordert, wenn die Leistung nicht erbracht wird. Ob du gerade für eine Mathearbeit üben musst, ist ihm dabei herzlich egal.

Ein Pflegepferd aus Mitleid?

»Aber wenn wir uns nicht um die Pferde kümmern, tut es niemand!«
Häufiges und natürlich sehr ehrenhaftes Argument vieler Pflegemädchen in heruntergekommenen Reitställen oder Ponyhöfen. Tatsächlich hilft es den Pferden aber nur wenig. Klar, aktuell wird ein Pferd gefüttert, geputzt oder gegen eine Krankheit behandelt, aber alles in allem ist das ein Tropfen auf den heißen Stein. Eigentlich müsste der Stall geschlossen werden, aber das wird nicht geschehen, solange die Mädchen den Betrieb aufrechthalten. Der Besitzer verdient weiterhin Geld mit den verwahrlosten Pferden und lacht sich ins Fäustchen. Wahrscheinlich tauscht er die Pferde auch dauernd aus, sodass keinem Pferd dauerhaft geholfen wird, wenn es in die Hände eines liebevollen Pflegemädchens kommt.
Die beste Strategie bei drittklassigen Reitställen ist: wegbleiben! Wenn die kostenlosen Helferinnen ausfallen, muss der Stall schließen, und die Pferde haben zumindest eine Chance, in bessere Hände zu kommen.

Nun gibt es allerdings nicht nur vernünftige, sparsame Pferdebesitzer, die sich einen Kauf gut überlegen. Daneben finden sich die so genannten Spontankäufer. Das sind mitunter sehr vermögende Leute, die sich in Sektlaune zum Kauf eines weiteren Luxusgutes entschließen. Sie erstehen dann meist ein sehr teures, sehr gutes Pferd und stellen es in den nächsten Reitstall in Vollpension mit Beritt. Oft beauftragen sie auch jemanden, es für sie auf Turnieren vorzustellen, und hier haben sehr weit fortgeschrittene Reitschülerinnen mitunter eine Chance. Dafür müsstest du aber vom Reitlehrer empfohlen werden und Reitkenntnisse der Klasse L werden mindestens vorausgesetzt. Wer so gut reitet, ist meist sowieso nicht mehr auf der Suche nach einem Pflegepferd, sondern kann sich vor kostenlosen Reitangeboten kaum retten. Für dich ist das Zukunftsmusik.

Zu spontanen Pferdekäufen neigen aber auch Menschen, die vorher noch nie mit Pferden zu tun hatten. Klar, sie haben die Vierbeiner immer bewundert, aber Reitunterricht hatten sie noch nie. Dafür haben sie aber gerade ein Haus mit riesigem Grundstück geerbt oder gekauft und keine Lust zum Rasenmähen. Was liegt da näher, als ein Pferd für sich oder ein Pony für die Kinder anzuschaffen? Wie es der Zufall will, hat der Nachbar auch gerade eins abzugeben, oder man schlendert »eigentlich nur zum Gucken« über einen Pferdemarkt und lässt sich vom nächstbesten Händler ein Pferd aufschwatzen. Natürlich verfliegt die anfängliche Begeisterung rasch – spätestens dann, wenn das Pferd nicht funktioniert wie ein Auto oder wenn das Kind zum ersten Mal vom

Pony gefallen ist. Die betroffenen Tiere stehen daraufhin weitgehend unbeachtet auf der Weide herum, und wer hier fragt, hat beste Chancen auf ein Pflegepferd. Keiner dieser Pferdebesitzer fragt das Pflegemädchen nach Reitkenntnissen schwarz auf weiß. Schon die Angabe, es nähme im Reitstall Unterricht, lässt den Besitzer geradezu ehrfürchtig gucken. Auch über Versicherungen oder Haftung im Schadensfall wird nicht gesprochen, Rechte und Pflichten werden nur vage diskutiert. Die Vorstellungen sind dabei auf beiden Seiten höchst abenteuerlich. Zum Beispiel soll das Pflegemädchen das meist ziemlich ungebärdige Pferd »erst mal zureiten« und dann dem Kind des Besitzers darauf Reitunterricht geben.

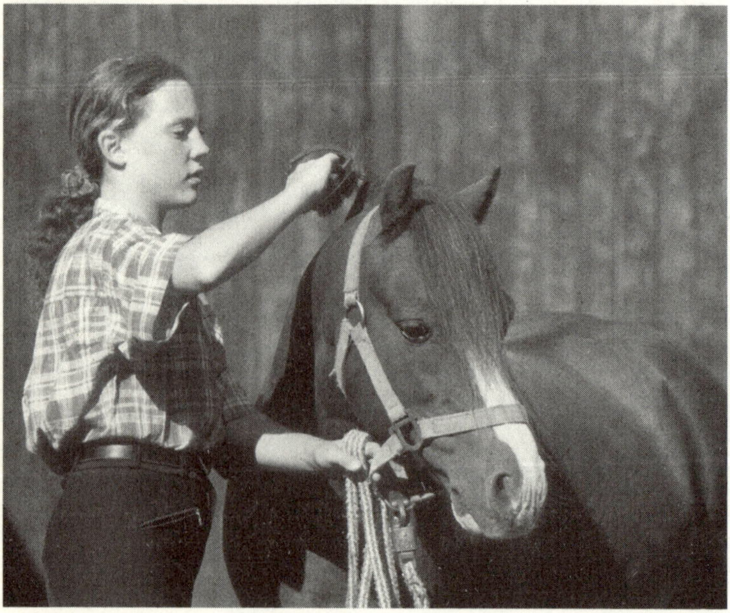

Das betroffene Mädchen fühlt sich natürlich im siebten Himmel. Endlich traut ihr mal jemand etwas zu, statt dauernd nur zu meckern wie der Reitlehrer! Und das Pferd ist vielleicht auch noch ein wunderschöner, langmähniger Ponyhengst, wie direkt aus dem Pferdebuch entstiegen.

Gerade hier ist jedoch Vorsicht angebracht. Nicht nur aus besagten versicherungstechnischen Erwägungen. Genauso spontan, wie dieser Pferdebesitzer das Pony gekauft hat, wird er es im Zweifelsfall wieder abstoßen. Er hat ja keine wirkliche Beziehung zu dem Tier, auch wenn er natürlich beteuert, sich jetzt schon so sehr daran gewöhnt zu haben, dass er sich nie mehr davon trennen könnte. Solche Aussagen gelten genauso lange, wie sich kein Käufer für das Tier findet. Und der ist natürlich nicht in Sicht, wenn das Pferd nur auf der Weide herumsteht und die Kinder des Besitzers abbuckelt.

Sollte es dir nun also wirklich gelingen, aus dem Wildling ein umgängliches Pferd zu machen – was längst nicht so einfach ist wie im Pferdebuch! –, tätest du dir selbst damit keinen Gefallen. Der Besitzer kann mit dem Fehlkauf leben, solange er wenigstens ein bisschen damit prahlen kann: »Unser Wildfang hier, der lässt sich nicht reiten! Der hat einen ganz eigenen Kopf!« Damit ist für jeden Laien ausreichend begründet, warum man selbst oder die eigenen Kinder das Pferd nicht nutzen. Taucht nun aber ein Pferdemädchen auf und hat im Handumdrehen Spaß mit dem Pony, so macht das dem Besitzer die eigene Unzulänglichkeit bewusst. Dazu stellt sich wahrscheinlich schnell heraus, dass seine Kinder keine Lust zum Reiten haben. (Selbst wenn du dich redlich bemühst, ihnen Reitstunden zu geben, was wieder dir nicht besonders gefallen wird! Schließlich hast du dich inzwischen in dein »fasteigenes Pferd« verliebt und magst es nicht mehr teilen.) Zeigten die Kinder wirklich Interesse, so hätten sie längst Unterricht im Reitstall. Irgendwann dämmert es dann auch dem geistig langsamsten Pferde-Spontankäufer, dass er hier einem fremden Mädchen sein Hobby finanziert. Er wird das sehr schnell stoppen wollen und für das inzwischen brave Pony findet sich auch sofort ein Käufer!

Mein Pflegepferd ist schwierig – kann ich es korrigieren?

In Pferdebüchern ist es ein beliebtes Thema: Da ist ein gefährliches Pferd, es steigt, bockt, geht durch und sein Besitzer ist damit völlig überfordert. Dann aber begegnet das Tier einem Mädchen, das es über alle Maßen liebt, und schon lösen sich die Probleme im Handumdrehen. Am Ende des Buches gewinnen die zwei dann meistens ein großes Turnier. Traumhaft. Aber leider reine Fantasie.

Wenn Pferde gefährliche Unarten zeigen, so tun sie das nicht, weil ihnen die Nase des aktuellen Besitzers nicht gefällt. Meist wurden sie von Fohlenbeinen an falsch behandelt, dilettantisch zugeritten, brutal bestraft, wenn etwas schief ging. Irgendwann haben sie dann gelernt, wie sie sich wehren können, und nun machen sie keinen Unterschied mehr zwischen netten und weniger netten Menschen: Wenn man sie reitet, zeigen sie ihre Unart.

Natürlich ist es grundsätzlich möglich, die meisten dieser Tiere zu korrigieren. Das erfordert aber viel Erfahrung, Spezialkenntnisse und unendliche Geduld. Schwierige Pferde kann man mit psychisch schwer kranken Menschen vergleichen. Auch bei ihnen dauert die Therapie oft Jahre. Ein Pferdemädchen mit nur wenigen Jahren Reiterfahrung ist mit der Korrektur eines Problempferdes überfordert, egal wie sehr es das Tier liebt. Lass dir auch nicht erzählen, die Methoden der verschiedenen »Pferdeflüsterer« brächten hier rasch Abhilfe. Das ist Unsinn, oft Schwindel und Geldschneiderei.

Von alldem aber ganz abgesehen: Selbst wenn es dir wider Erwarten gelingen würde, das Pferd zu korrigieren – du bekämest es ganz sicher nicht geschenkt wie das Mädchen im Pferdebuch! Stattdessen würde der Besitzer es verkaufen. Dann ginge es dir schlecht und noch schlimmer wäre die Sache für das Pferd. Stell dir nur vor, es vertraut zum ersten Mal im Leben einem Menschen, und dann landet es doch wieder in schlechten Händen! Für Problempferde gilt deshalb grundsätzlich: Nur Arbeit und Liebe in eigene Pferde investieren, niemals in fremde!

Reitstallpferde

Auch beim Pflegepferd im Reitstall kann sich ein Pferdemädchen niemals ganz sicher fühlen. Hier ist nicht nur ein möglicher Verkauf das Problem, sondern auch die ständige Rivalität mit lauernden Nachfolgerinnen: eine Woche Fehlen wegen Krankheit oder Familienurlaub, und das Pflegepferd hat eine andere Betreuerin! Dem Stallbesitzer ist das egal, der möchte nur mit möglichst wenig Arbeit möglichst viel

Geld aus den Tieren herausholen. Indem er Pflegemädchen »anstellt«, spart er den Stallburschen. Es gibt Verleihställe, deren Betrieb ausschließlich auf der kostenlosen Arbeitsleistung junger Mädchen beruht. Die eifrigen Helferinnen misten, satteln, geben Reitunterricht, begleiten Ausritte – meist mehr schlecht als recht, da ihnen selbst die nötige Ausbildung fehlt. Das fällt den Reitkindern und deren Eltern aber gar nicht auf. Die freuen sich nur daran, dass das Reiten hier viel billiger ist als im Stall nebenan.

Die Pflegemädchen werden dabei allerdings selten glücklich – auch wenn sie die Ausbeutung zunächst kaum bemerken, da sie ja gern mit Pferden umgehen. Irgendwann wird es jedoch zu viel, mit Zaunbau und Stallreparaturen sind die Mädchen zum Beispiel überfordert. Dazu kommt, dass die Pferde in solchen Betrieben fast noch schneller wechseln als die Pflegemädchen. Meist handeln die Besitzer neben dem Verleih ein bisschen mit Pferden und Ponys, und oft ist auch das der Grund dafür, den Tieren Pflegemädchen zuzuteilen. Hat sich Jenny nämlich erst mal in Bubi verliebt, ist sie leicht unter Druck zu setzen: »Bubi muss weg. Ich biete ihn dir zuerst an, wenn nicht, kommt er zum Schlachter.« Das betroffene Mädchen setzt dann natürlich alle Hebel in Bewegung, um das Pferd zu retten. Meist ohne Erfolg, und wieder gibt es Tränen.

Im Zusammenhang mit solchen Ponyhöfen darf auch eine weitere, sehr hässliche Möglichkeit nicht unerwähnt bleiben: sexueller Missbrauch. Die meisten Mädchen sind zu allem bereit, wenn der Pferdebesitzer mit Verkauf oder gar Tötung ihres Lieblingspferdes droht. Auch Produzenten von Kinderpornos halten sich gern ein paar Pferde als Lockmittel. Falls dir hier Anträge gemacht werden, vergiss bitte das Pferd – du kannst es sowieso nicht retten. Im Übrigen wird der Besitzer es auch nicht wirklich schlachten lassen, sondern ihm nur eine neue Betreuerin geben, die sich eher herumkriegen lässt. Vertrau dich unbedingt deinen Eltern oder anderen Erwachsenen an und geh zur Polizei. Du schützt damit andere Mädchen und letztlich auch die Pferde – sie werden hier schließlich ebenso benutzt und missbraucht wie ihre Pflegerinnen!

Am besten tust du dir selbst einen Gefallen und machst von vorneherein einen weiten Bogen um solche Reitställe. Gelegentlich bieten auch ordentliche Höfe kostenlose Reitmöglichkeit gegen Mithilfe im Stall. Aber dann verdienst du dir immer nur eine Reitstunde auf einem beliebigen Pferd, kein fragwürdiges Recht auf ein Pflegepferd!

Ein Hengst als Pflegepferd?

In der Reitschule triffst du in unseren Breiten nur wenige Hengste als Reitpferde an, als Schulpferde werden sie praktisch nie eingesetzt. Das hat verschiedene Gründe, unter anderem den, dass Hengsthaltung immer etwas schwieriger ist, weil man den vierbeinigen Macho schließlich von Stuten trennen muss. Auch beim Reiten ist besonders darauf zu achten, Abstand zu halten und den Trieb des Knaben zu kontrollieren. Das fällt Anfängern schwer und ist insgesamt lästig. Hierzulande werden Hengste, die nicht zur Zucht gebraucht werden, deshalb meistens kastriert. Das ist keine große Sache, du kennst es von Katern und Rüden. Nach ein paar Tagen ist der frisch gebackene Wallach wieder fit und hat meist ein glücklicheres Leben als ein Hengst. Auf Pferdemärkten sind allerdings relativ viele Hengste ohne Papiere im Angebot. Hauptsächlich deshalb, weil sich die Händler die Kosten für die Kastration sparen wollen. Die schon erwähnten Spontankäufer kommen deshalb oft mit einem jungen Hengst nach Hause. Auf kleinen Hausweiden irgendwo in der Vorstadt stehen prozentual mehr Hengste als im Reitstall und wie schon erwähnt sind die Besitzer aufgeschlossen für Pflegemädchen. Grundsätzlich ist aber davon abzuraten, diese Angebote anzunehmen. Nicht deshalb, weil ein Hengst von Natur aus schwierig und schwer erziehbar ist, wie Filme und Bücher es oft glauben machen. Tatsächlich ist ein junger Hengst nicht viel schwerer zu erziehen als ein Stutfohlen.

Bei deinem eventuellen Pflegepferd hast du es allerdings nicht mit einem Fohlen zu tun, sondern mit einem erwachsenen, voll geschlechtsreifen Hengst, der bislang vermutlich

nicht das Geringste gelernt hat, sondern nur durch Kraft gebändigt wurde. Du selbst hast auch noch nie mit Hengsten zu tun gehabt, hast also keinerlei Erfahrung damit, was hier an Besonderheiten zu beachten ist. Dazu bist du nicht sehr kräftig, hast keinerlei mechanische Hilfsmittel, wie etwa eine hochwertige Führkette, und wüsstest sie auch gar nicht korrekt einzusetzen. Das alles beinhaltet ein nicht unbeträchtliches Gefahrenpotenzial.
Außerdem: Indem der Besitzer des Pferdes einen rohen Hengst für sich oder seine Kinder anschaffte, erwies er sich als desinteressiert und unkundig. Wahrscheinlich möchte er das Pferd lieber heute als morgen wieder loswerden. Er wird garantiert jedes Angebot annehmen, egal wie viel Zeit und Liebe du inzwischen schon in das Tier investiert hast. Du kannst darauf wetten, dass dieses Angebot kommt! Der Besitzer muss nur durch Zufall auf den Namen des örtlichen Pferdehändlers stoßen, dann ist dein Hengst weg. Erspar dir das und sag Nein!

Kostenlose Reitmöglichkeiten

Nun machen wir aber erst mal Schluss mit den Horrormeldungen und wenden uns realistischen Möglichkeiten zu, neben den regulären Reitstunden umsonst aufs Pferd zu kommen. Tatsächlich gibt es ja nicht nur schwarze Schafe in der Pferdeszene. Im Gegenteil, die meisten Pferdebesitzer sind sehr nett und durchaus dafür aufgeschlossen, junge Menschen für ihren Sport zu begeistern.

Wenn du nicht gerade mitten in der Stadt wohnst, sondern etwas ländlich, gibt es an deinem Wohnort garantiert private Pferdehalter. Meist halten sie ihre Pferde im Sommer auf der Weide und im Winter in einer eigenen kleinen Stallanlage am Haus. Sie haben auch fast immer mehr als ein Pferd und sehr oft mehr Pferde, als sie wirklich »brauchen«. Nette Menschen neigen nun mal dazu, ein Pferd zu kaufen, weil es ihnen Leid tut, oder selbst ein Fohlen zu ziehen und sich dann nicht zum Verkauf entschließen zu können. Ein bisschen Hilfe im Stall könnten sie gut brauchen, und die Ställe sind auch meist so pfiffig angelegt, dass beim Misten und Füttern keine Schwerstarbeit anfällt. Die Besitzer sind praktisch immer Frauen, allenfalls mal Ehepaare.

Die Reitbeteiligung – eine kostengünstige Alternative

Nicht jeder hat das Glück, eine kostenlose Reitmöglichkeit zu finden. Als Alternative bietet sich die schon erwähnte Reitbeteiligung an.
Reitbeteiligungen gibt es in den verschiedensten Variationen, verbunden mit den unterschiedlichsten Rechten und Pflichten. Wenn das Pferd zum Beispiel in einer Haltergemeinschaft untergebracht ist, wirst du deinen Anteil am Misten und Füttern leisten müssen. Steht es in Vollpension im Reitstall, brauchst du praktisch nur zum Reiten hinzufahren. In der Regel bevorzugen Pferdebesitzer mit Haltung in eigener Regie oder in einer Haltergemeinschaft erwachsene Mitreiter. Besitzer von Reitstallpferden nehmen dagegen gern Jugendliche. Ihnen geht es häufig darum, dem Pferd die oft

öde Boxhaltung im Reitstall zu erleichtern, und sie freuen sich, wenn du viel Zeit mit dem Tier verbringst. Pensionsställe bieten Privatpferden auch oft Weidegang, wenn die Besitzer die Tiere selbst hinaus- und hereinbringen. Dazu hast du meist mehr Zeit als die Eigentümer, und natürlich hast du auch Freude daran, das anschließend dreckverkrustete Pferd wieder in einen vorzeigbaren Zustand zu versetzen. Mit der Reitbeteiligung im Reitstall kann die Auflage verbunden sein, das Pferd nur in der Halle bzw. auf geführten Ausritten oder sogar nur im Unterricht zu reiten. Das alles richtet sich nach deinem Ausbildungsstand und der Reitlehrer wird dabei sicher als Berater hinzugezogen. Der Spaßfaktor ist hier garantiert geringer als bei der Reitbeteiligung an einem Freizeitpferd, aber dafür kommst du reiterlich weiter. Die meisten Privatpferde sind besser ausgebildet als Schulpferde und du wirst schnell viel lernen. Auch Turnierteilnahme, zumindest beim Hausturnier, ist bei der Reitbeteiligung im Reitstall fast immer drin. Die Kosten der Reitbeteiligung richten sich nach der Häufigkeit der Reitmöglichkeit und dem Ausbildungsstand des Pferdes. Wenn der Reitlehrer zurät, kann im Reitstall kaum etwas schief gehen.
Bei Reitbeteiligungen im Privatstall sind mitunter ähnliche Bedenken angebracht wie beim Pflegepferd: Oft suchen die Pferdebesitzer keine Reitbeteiligung, sondern einen Bereiter für ihr Pferd, der obendrein noch zahlt. Wenn sie hören, dass du zum Beispiel schon drei Jahre Unterricht im Reitstall hast, könnten sie dich für geeignet halten, ihren Bronco zu zähmen. Lass dir das Pferd unbedingt vom Besitzer vorreiten, bevor du dich auf irgendwelche Abenteuer einlässt!

Allerdings vergeben solche Leute keine Pflegepferde. Unter anderem deshalb, weil sie all das wissen, was du im letzten Kapitel schlucken musstest, und auf keinen Fall in die gleiche Schublade mit solchen Pferdebesitzern gesteckt werden wollen. Außerdem lieben sie ihre Pferde sehr und wachen eifersüchtig darüber, keine »Rechte« an ihnen abzugeben. Du läufst also lieber nicht hin und fällst mit der Tür ins Haus. Besser ist, sich langsam heranzutasten. Besuch die Pferde auf der Weide, frag nach ihren Namen, hilf beim Tränken und biete dich an, beim Nachhauseführen ein Pferd zu nehmen. Die Besitzer werden dich dabei beobachten und kriegen sehr schnell mit, wie viel du wirklich schon von Pferden weißt. Es bringt also nichts, hier zu flunkern. Sag lieber ehrlich, dass du erst seit einem halben Jahr Reitstunden nimmst und bisher nur sehr selten putzen und satteln durftest. Die meisten Freizeitreiter werden nichts dagegen haben, es dir zu zeigen. Aber wenn du ihren Liebling aus Unkenntnis unsanft behandelst, lassen sie dich nicht wieder helfen.

Verlässlichkeit

Wer ein Pferd in eigener Regie am Haus hält, muss sehr diszipliniert und zuverlässig sein. Schließlich will das Tier jeden Tag gefüttert, müssen die Ställe regelmäßig gemistet werden. Auch wenn es regnet und wenn man sich krank fühlt. Freizeitreiter erwarten diese Verlässlichkeit auch von ihren Pferdemädchen. Dabei machen sie leider nicht immer gute Erfahrungen. Es kann sogar sein, dass sie dein Hilfsangebot mit genau der Begründung ablehnen: »Nein, ich will kein

Pferdemädchen. Das letzte hat hier so viel gelernt und dann hatte es einen Freund und war weg. Das passiert mir nicht noch mal!«

Zeig den Pferdebesitzern also von vorneherein, dass du anders bist – auch ungefragt. Wenn du zum Beispiel einmal beim Hereinbringen der Pferde helfen durftest, komm morgen um die gleiche Zeit. Und wenn du übermorgen nicht da sein kannst, entschuldige dich beim Besitzer: »Morgen kann ich nicht, da habe ich Sportnachmittag.«

Wenn du dich als zuverlässig und pünktlich erweist, wirst du wahrscheinlich immer häufiger zu kleinen Hilfsdiensten herangezogen. Die Besitzerin der Pferde wird dich gründlich beschnuppern und dir wahrscheinlich schon beim Helfen eine Menge beibringen. Im praktischen Umgang mit Freizeitpferden ist vieles anders als im Reitstall, es gibt eine Menge zu entdecken, auch wenn du noch nicht reiten darfst. Wenn du aber erst regelmäßig auf dem Hof bist, wird die Pferdebesitzerin dich wahrscheinlich auch irgendwann zum Reiten einladen. Alles andere wäre ja herzlos, und wie gesagt: Die meisten Reiter sind nett.

Findest du dann Gnade vor ihren Augen, so kannst du dir gratulieren. Pferdemädchen in kleinen Privatställen haben das große Los gezogen!

Den meisten Menschen macht es Freude, andere in ihr eigenes Hobby und Wissensgebiet einzuführen. Gerade Reiterinnen erinnern sich auch oft an ihre eigenen Anfänge, die nicht immer unter einem guten Stern standen. Wahrscheinlich sind sie als junge Mädchen ebenfalls auf der Suche nach einem Pflegepferd durch die Ställe gezogen und dabei vielleicht übel ausgenutzt worden. Wenn sie bei Jugendlichen echtes Interesse entdecken, sind sie gern bereit, ihnen weiterzuhelfen. Die meisten Pferdemädchen in Privatställen bekommen deshalb Reitunterricht bei den Besitzerinnen der Pferde und später oft auch die Möglichkeit, mit einem der Pferde an Reitkursen oder Turnieren teilzunehmen. Sie werden auf Ausritte, Pferdefeste und Pferdemessen mitgenommen und vor allem brauchen sie sich keine Sorgen um die von ihnen betreuten Pferde zu machen. Aus kleinen Freizeitreiterställen werden die Pferde selten verkauft und eigentlich nie an irgendwen.

Es ist wichtig, dass du das nicht als Selbstverständlichkeit hinnimmst oder es so darstellst, als handele es sich um eine Vergütung für deine Mithilfe im Stall. Was die Pferdebesitzer dir hier bieten, ist eine Gefälligkeit – auch deine Eltern sollten es unbedingt so sehen. Es kränkt Pferdebesitzer, wenn Eltern sie als regelrechte Ausbeuter ihrer Sprösslinge darstellen! Dafür freuen sie sich über kleine Anerkennungen wie etwa ein Mitbringsel aus dem Urlaub oder besondere Überraschungen im Alltag: Wetten, dass die Besitzerin deines Lieblingspferdes strahlt, wenn sie am Sonntagmorgen in den Stall kommt, und du hast schon gemistet?

Verschiedene Reitweisen

Wenn es dir tatsächlich gelingt, in einem Freizeitreiterstall helfen zu dürfen, wirst du dort häufig mit anderen Ausrüstungsgegenständen und anderen Reitweisen konfrontiert als in der Vereinsreitschule. Vielleicht erklären dir die Besitzer sachlich, warum sie dies oder das anders handhaben, aber vielleicht stellen sie auch alles, was sie machen, grundsätzlich als besser dar als die Englische Reitweise. Oft wollen sie dich unbedingt von ihrem Reitstil überzeugen und bieten dir an, dich jetzt selbst im Westernreiten oder Islandpferdereiten zu unterrichten. Natürlich wirst du dazu nicht Nein sagen. Es ist aber auch nicht grundsätzlich ratsam, den Unterricht im Reitstall gleich aufzugeben. Die Besitzer deiner neuen Pflegepferde sind unzweifelhaft riesig nett. Als Anfänger kannst du aber kaum beurteilen, wie gut sie selbst reiten und wie geeignet sie gar als Reitlehrer sind. Vielleicht kannst du das Problem lösen, indem du deine Eltern bittest, dir in den nächsten Ferien einen Schnupperkurs in der neuen Reitweise zu finanzieren. Den Reitlehrer kannst du dir ruhig von den Pferdebesitzern empfehlen lassen. Vielleicht lassen die sich sogar begeistern und fahren mit. Dann kannst du selbst sehen, ob der Reitlehrer sie ernst nimmt oder selbst noch in die Anfängergruppe steckt. Besonders wenn du manchmal über einen Beruf mit Pferden nachdenkst, brich nicht gleich alle Brücken hinter dir ab! Je mehr Reitweisen du möglichst genau kennen lernst, umso besser für dich. Welche du dann bevorzugst, musst du eines Tages selbst entscheiden.

Eins allerdings wird man dir in deinem neuen Stall kaum erlauben, auch wenn es noch so sehr zu deinem Traum vom Pflegepferd gehört: allein ausreiten. Den Pferdebesitzern liegt das Wohl ihrer Vierbeiner viel zu sehr am Herzen, um dich ohne Aufsicht damit loszuschicken. Zumindest in der ersten Zeit. Wenn man dich dann irgendwann bittet, Benny oder Jodie einfach mal allein zu bewegen, kannst du stolz auf dich sein. Zumindest in den Augen des Pferdebesitzers hast du dir damit die Sporen verdient!

Pflegepferde – die seltenen Chancen

Die meisten Erfahrungen rund ums Pflegepferd sind – leider – negativ. Bei Pferdebuchautoren und in den Jugendredaktionen von Pferdezeitschriften stapeln sich die Verzweiflungsbriefe enttäuschter Pflegemädchen. Tatsächlich gibt es nur sehr selten Situationen, in denen die komplizierte Verbindung zwischen Pflegepferd, Pferdemädchen und Pferdebesitzer gut geht. Hier allerdings – zum Mutmachen! – drei Beispiele aus der Praxis:

Frau Meier ist als Kind gern und häufig geritten, hat dann aber lange ausgesetzt. Nun ist sie über sechzig und entschließt sich, wieder aufs Pferd zu steigen. Sie ist wohlhabend und ersteht eine schöne, gut ausgebildete Warmblutstute. Das Pferd stellt sie im Reitstall unter. Bald merkt sie allerdings, dass sie sich ein wenig übernommen hat. Sie schafft es nicht, so oft zu reiten wie geplant, und das Pferd wird schnell zu lebhaft. Also gibt sie die Stute erst beim

Reitlehrer in Beritt, ist damit aber nicht zufrieden. Er möchte das Pferd turniermäßig ausbilden, aber Frau Meier wünscht sich ein leichtrittiges, gelassenes Freizeitpferd. Eine Reitbeteiligung möchte sie auch nicht, sie will ihr Pferd nicht teilen. Nun fällt ihr ein Mädchen auf, das offensichtlich völlig verliebt in ihr hübsches Pferd ist. Immer wieder steht es an der Box und redet mit Julietta. Irgendwann spricht Frau Meier das Mädchen an und bietet ihm einen Proberitt an. Es klappt gut, und der Reitlehrer ist einverstanden, Stute und Mädchen im regulären Reitunterricht zu betreuen. Ein Jahr später starten die beiden im Jugendreiterwettbewerb und Frau Meier steht strahlend am Rand. Sie hat sich um die Nachwuchsförderung verdient gemacht und Pferd und Mädchen sind zufrieden.

Ungefähr so wahrscheinlich wie fünf Richtige im Lotto, aber es kommt vor.

Frau Huber hat sich immer einen Partner gewünscht, der ihr Hobby Reiten teilt. Tatsächlich begleitet ihr Freund sie ein paarmal auf Ausritten, woraufhin sie ihm zur Hochzeit einen bildhübschen Appaloosawallach schenkt. Leider verliert er rasch das Interesse an dem Pferd. Frau Huber hat nun das Problem, drei Pferde bewegen zu müssen. Verkaufen möchte sie aber weder ihre alten Ponys noch das Pferd ihres Mannes.

Eine Reitbeteiligung möchte Frau Huber nicht – der gegenüber müsste sie den Fehlkauf ja eingestehen, und sie würde auch sehr schnell merken, dass Frau Hubers Gatte praktisch nie in den Sattel steigt. Dazu würde eine berufstätige Reitbeteiligung das Pferd zu genau den Zeiten beanspru-

chen, zu denen theoretisch auch Herr Huber reiten könnte. Die Lösung ist ein Pferdemädchen. Dem übergibt Frau Huber den Wallach zwar nie offiziell als Pflegepferd, aber tatsächlich läuft es darauf hinaus.

Gar nicht so selten, aber du musst zur richtigen Zeit am richtigen Ort sein!

Vor drei Jahren wanderte Frau Schmidt über einen drittklassigen Pferdemarkt und suchte ein Shetlandpony als Beistellpferd für ihren Wallach. Tatsächlich erstand sie aus Mitleid ein verwahrlostes Reitponyfohlen. Inzwischen ist die kleine Stute vier Jahre alt, Frau Schmidt liebt sie und ihr Reitpferd hängt an ihr. Wie sich zeigt, ist die Stute aber zu zierlich, um die erwachsene Reiterin zu tragen. Frau Schmidt sucht also in der Fortgeschrittenenabteilung im Reitstall ein Pflegemädchen. Mit ihrer Hilfe reitet Karin das Pferd mit viel Geduld und Liebe an und darf es dann regelmäßig reiten und pflegen.

Ein Sechser im Lotto – Karin muss nur auf ihr Gewicht achten!

Test: Dieses Pferd als Pflegepferd – ja oder nein?

Mit dem folgenden kleinen Test kannst du schnell abchecken, was für und was gegen ein bestimmtes Pferd als Pflegepferd spricht.

Wie wird das Pferd gehalten?

Das Pferd steht allein.

Ja: ● Nein: ○

Das Pferd steht als Schulpferd in einem Reitstall.

Ja: ● Nein: ○

Das Pferd steht als Privatpferd in einem Reitstall.

Ja: ● Nein: ○

Das Pferd steht zu zweit oder in einer kleinen Gruppe in einem Privatstall.

Ja: ● Nein: ○

Das Pferd steht gemeinsam mit anderen Pferden im Stall einer Haltergemeinschaft.

Ja: ● Nein: ○

Das Pferd hat nur eine Weide, keinen richtigen Stall oder Unterstand.

Ja: ● ● Nein: ○

Das Pferd hat einen flüchtig gebauten Unterstand ohne Sattelkammer oder Heulager.

Ja: ● Nein: ○

Das Pferd steht in der Box im Reitstall.

Ja: ● Nein: ○

Das Pferd steht in einer Offenstallanlage (offener Stall mit Weide und/oder Auslauf, Sattelkammer, Futterkammer), die speziell für Pferdehaltung konstruiert wurde.

Ja: ● Nein: ○

Was erfährst du von den Umständen der Pferdeanschaffung?

Das Pferd kommt vom Pferdemarkt.

Ja: ● Nein: ○

Das Pferd kommt vom Pferdehändler.

Ja: ● Nein: ○

Das Pferd wurde für die Kinder angeschafft.

Ja: ● Nein: ○

Das Pferd wurde für den Besitzer selbst angeschafft, aber dann stellte sich heraus, dass er doch »keine Zeit« dafür hatte.

Ja: ● Nein: ○

Das Pferd wurde für einen Partner angeschafft.

Ja: ● Nein: ○

Das Pferd kommt von einem Züchter oder Pferdetrainer.

Ja: ● Nein: ○

Das Pferd kommt aus Privathand und wurde per Anzeige vermittelt.

Ja: ● Nein: ○

Das Pferd stammt von einem Verwandten des Besitzers.

Ja: ● Nein: ○

Was weißt du über die Reitausbildung des Pferdes?

Der Besitzer oder ein Familienmitglied hat mir das Pferd vorgeritten.

Ja: ● ● Nein: ○

Ich durfte das Pferd ausprobieren.

Ja: ● Nein: ●

Das Pferd lässt sich problemlos in allen Gangarten reiten.

Ja: ● Nein: ●

Das Pferd muss noch zugeritten werden.

Ja: ● ● Nein: ○

Das Pferd zeigt Unarten und muss »korrigiert« werden.

Ja: ● ● ● Nein: ○

Das Pferd wird zurzeit selten geritten.

Ja: ● Nein: ○

Das Pferd wurde seit seinem Kauf praktisch nie geritten.

Ja: ● Nein: ○

Das Pferd wird regelmäßig geritten.

Ja: ● ● Nein: ○

Zu dem Pferd gehören ein passender Sattel und eine Trense.

Ja: ● Nein: ●

Ich müsste das Pferd ohne Sattel reiten.

Ja: ● ● Nein: ○

Sonstiges

Das Pferd ist haftpflichtversichert.

Ja: ● Nein: ●

Das Pferd ist ein Hengst.

Ja: ● Nein: ○

Das Pferd ist jünger als drei Jahre.

Ja: ● Nein: ○

Der Besitzer kann angeben, wann das Pferd zum letzten Mal entwurmt wurde.

Ja: ● Nein: ●

Das Pferd ist gegen Grippe und Tetanus geimpft.
Ja: ● Nein: ●
Das Pferd wird regelmäßig einem Hufschmied vorgeführt.
Ja: ● Nein: ●
Der Besitzer kann angeben, bei welchem Tierarzt das Pferd Patient ist.
Ja: ● Nein: ○
Das Pferd hatte vor mir schon mehrere andere Pflegemädchen.
Ja: ● Nein: ○

Auswertung:

Zur Testauswertung zählst du die grauen und schwarzen Punkte zusammen, die du dir für deine Antworten notiert hast. Die weißen Punkte zählen nicht.

Rechne die Menge der schwarzen und grauen Punkte dann gegeneinander auf, also:
12 schwarze Punkte – 3 graue = 9 schwarze.
Bzw.: 15 graue Punkte – 4 schwarze = 11 graue.
Die verbleibende Punktzahl verrät dein Ergebnis.

Bis fünf graue Punkte:
Du kannst dieses Pferd auf jeden Fall als Pflegepferd in Erwägung ziehen, denn zumindest überwiegen hier die Pluspunkte. Allerdings nur knapp. Du wirst sicher viele Kompromisse eingehen müssen und so manchen Frosch schlucken, wenn du dich auf die Sache einlässt.

Fünf bis zehn graue Punkte

Eigentlich solltest du mit diesem Pferd als Pflegepferd recht glücklich werden. Zumindest überwiegen die Vorteile deutlich die Nachteile, und du gehst wahrscheinlich keine größeren Risiken ein, wenn du zusagst.

Mehr als zehn graue Punkte

Das sieht sehr gut aus! Eigentlich spricht nichts dagegen, dieses Pferd als Pflegepferd anzunehmen. Wahrscheinlich wirst du viel Spaß mit ihm haben und keine oder doch nur wenig Probleme mit dem Besitzer.

Bis zehn schwarze Punkte

Auch wenn das Ergebnis knapp scheint: Du gehst ein deutliches Risiko ein, wenn du dich für dieses Pferd als Pflegepferd entscheidest! Das gilt besonders, wenn du nur wenig graue Punkte hattest, die du gegen schwarze aufrechnen konntest. Wenn du es schaffst, einen halbwegs kühlen Kopf zu bewahren, sagst du besser Nein zu diesem Pflegepferd.

Zehn bis fünfzehn schwarze Punkte

Auch wenn's schwer fällt, du solltest auf dieses Pferd als Pflegepferd verzichten. Probleme mit dem Besitzer sind vorprogrammiert und wahrscheinlich gehst du auch gewisse Risiken im Umgang mit dem Pferd selbst ein. Es dürfte noch gar nicht oder nur ungenügend mit dem Reitergewicht und den Hilfen zum Reiten vertraut sein. Besteht obendrein keine Haftpflichtversicherung, so sag auf jeden Fall Nein!

Mehr als fünfzehn schwarze Punkte

Tu dir selbst einen Gefallen und verzichte auf dieses Pferd als Pflegepferd! Mit fast hundertprozentiger Sicherheit wird die Sache mit Enttäuschung und Tränen enden und zudem riskierst du schwere Unfälle mit einem ungenügend ausgebildeten Pferd. Selbst wenn du also ein paar graue Punkte gegen die vielen schwarzen aufrechnen konntest: Hände weg von diesem Pferd und seinem Besitzer!

3. Reiterurlaub wäre cool

Ferien mit Pferden – eine, zwei oder gar drei Wochen lang nur für die Vierbeiner da sein, mit ihnen leben, täglich reiten, vielleicht sogar Abenteuer erleben wie im Pferdebuch! Das kann durchaus klappen. Viele Mädchen schwärmen noch jahrelang von ihrem Urlaub auf dem Ponyhof. Damit es aber wirklich so traumhaft verläuft, muss die Auswahl des Ferienangebots perfekt auf dich und deine reiterlichen Voraussetzungen abgestimmt sein. Das ist im Prinzip kein Problem – das Angebot an Reiterurlaub im In- und Ausland ist fast unbegrenzt und lässt keine Wünsche offen. Vom Ponyhof im nächsten Naherholungsgebiet bis zu »Exoten-Trips« wie Winterritte in Island ist alles drin. Manchmal wirkt aber gerade diese Angebotsvielfalt eher verwirrend. Hier also ein paar Tipps zur Auswahl des Urlaubsortes und Hinweise, worauf zu achten ist.

Reiten lernen oder Spaß pur? – Welcher Reiterurlaub kommt infrage?

Wenn du einen Reiterurlaub planst, möchtest du natürlich in erster Linie mit Pferden zusammen sein. Möglichst von morgens bis abends. Darüber hinaus musst du dir allerdings überlegen, ob es dir in erster Linie darum geht, deine Reitkenntnisse zu verbessern, oder ob der Spaßfaktor die Hauptrolle spielt. Vielleicht möchtest du auch in eine neue Reitweise hineinschnuppern, oder du hast eine Traumpferderasse, deren Vertreter du unbedingt einmal reiten willst – am besten in ihrem Ursprungsland! Je genauer du weißt, was du willst, desto gezielter kannst du die Auswahl unter den Angeboten treffen. Alles auf einmal wirst du nämlich kaum realisieren können. Wenn ein Anbieter zu viel verspricht, ist meist etwas faul.

Hier eine Übersicht und ein paar Tipps zu den verschiedenen Möglichkeiten.

Einfach nur Spaß haben!

Natürlich gehst du gern in den Reitstall, aber ab und zu ödet es dich doch an, immer nur Dressur zu reiten und auch bei schönstem Wetter Kurven in der Halle zu drehen. Wenigstens in den Ferien möchtest du nun nach Herzenslust ausreiten. Du möchtest Pferde auf der Weide sehen, vielleicht Fohlen beobachten – kurz, du wünschst dir einfach nur Spaß mit Pferden und Abwechslung vom Reitstallalltag. In diesem Fall buchst du am besten einen Urlaub auf einem der vielen Ponyhöfe, die vor allem Ausritte anbieten. In der Regel steht täglich ein Ritt von etwa zwei Stunden auf dem Programm, oft werden auch noch spezielle »Schmankerln« geboten wie etwa Nachtritte, Tagesritte oder Schwimmen mit Pferden. Der Rest des Tages ist meist nicht verplant – mitunter gibt es allerdings auch zusätzliche Freizeitangebote.

Besondere größere Höfe bieten ein umfangreicheres Programm als »einfach nur reiten«. Du musst hier allerdings entscheiden, was dir wichtiger ist: familiäre Atmosphäre in einem kleinen Betrieb mit einer überschaubar großen Pferdegruppe oder Massenabfertigung mit manchmal über hundert Schulpferden und umfangreichem Zusatzprogramm. Je größer der Hof ist, desto reglementierter ist in der Regel auch der Umgang mit den Pferden. So wird man in einem kleinen Betrieb vermutlich nichts dagegen haben, wenn du dir den Nachmittag mit einem Buch auf der Pferdeweide vertreiben möchtest. Vielleicht kannst du auch beim ersten Hufeausschneiden der Fohlen mithelfen oder beim Umtreiben der Junghengste auf andere Weiden. Auf einem großen Hof dagegen stehen die Pferde wahrscheinlich in Boxen, oder du siehst dein Lieblingspferd nach der täglichen Reitstunde gar nicht mehr, weil es noch drei andere Reiter tragen muss. Erkundige dich also besser im Vorfeld, wie die Pferde in dem Betrieb gehalten werden und wie viel sie arbeiten. Auf manchen Ponyhöfen werden die Pferde täglich sechs Stunden und länger eingesetzt, mitunter im Sommer in brütender Hitze. Einem wirklich passionierten Reiter sollte da der Spaß vergehen!

Es gibt allerdings auch sehr viele Ferienhöfe, in denen

die Pferde auf Weiden und in Offenställen gehalten werden. Ihren Besitzern liegt es oft besonders am Herzen, junge Reitstallreiter für die Vorzüge artgerechter Pferdehaltung zu sensibilisieren. Deshalb bieten sie neben dem Reiten oft Theorieunterricht an, in dem sie über Pferdeverhalten und Haltung informieren. Nach solchen Ställen solltest du dich gezielt umsehen. Meist sind es kleinere Betriebe, die relativ wenig Pferde halten, und häufig haben sie sich auf eine Pferderasse spezialisiert. Dabei arbeiten sie in der Regel mit robusten Kleinpferden wie Fjordpferden, Haflingern oder Isländern. »Rassenmix« findet man eher in größeren Betrieben, aber hier gilt: keine Regel ohne Ausnahme.

Mitunter sind Ferienhöfe »Mischbetriebe«. Die Besitzer haben dann zum Beispiel eine Pferdezucht und vermieten nebenbei Zimmer an Sommergäste bzw. betreiben eine Jugend-Ferienpension. Auch das kann sehr spannend sein. Neben dem Spaß beim Reiten lernst du dabei einiges über den Alltag von Menschen, die ihr Geld mit Pferden verdienen.

Zu schön, um wahr zu sein?

Manchmal lesen sich die Angebote von Ferienreitställen wie ein Märchenbuch. Da findest du zum Beispiel Arrangements wie: *Ein eigenes Pferd für zwei Wochen!* und das Versprechen, während deines Aufenthalts auf dem Ponyhof ganz nach Gutdünken über ein Pferd oder Pony verfügen zu können.

Klingt großartig, aber denk auch mal an das Pony! Nicht nur, dass es regelmäßig den »Besitzer« wechselt – auch normale Ponyhöfe vergeben Pflegepferde für die Dauer des Ferienaufenthalts. Hier ist es aber auch den Launen seines Reiters völlig ausgeliefert. Der mag eine Stunde reiten oder fünf, das Pferd ordentlich putzen und nach dem Reiten abspritzen oder nicht … Vielleicht hatte er vor dem Urlaub schon Reitstunden, vielleicht nicht.

Mädchen, die auf solchen Höfen Ferien machten, berichten denn auch oft von Pferden, die »völlig durch den Wind« sind, verunsichert, absolut nicht rittig und oft auch in schlechtem Allgemeinzustand. Der Traum wird so schnell zum Albtraum, besonders wenn du das Pferd dann nach einer Woche guter Pflege wieder sich selbst überlassen musst.

Sei also nicht egoistisch, sondern stell dir bei jedem Angebot auch mal die Frage, wie sich die Pferde wohl dabei fühlen! So sind zum Beispiel auch alle Ställe sehr kritisch zu betrachten, die Pferde einfach verleihen und die Reiter allein damit ins Gelände schicken. Das ist nicht nur gefährlich, sondern den Tieren gegenüber auch verantwortungslos. Viele Reiter behandeln Leihpferde wie Autos und rasen unkontrolliert mit ihnen im Gelände herum. Wer seine Pferde liebt, mutet ihnen das nicht zu. Und eins kannst du glauben: Am Ende deiner Reiterferien wirst du dein Lieblingspferd sowieso nicht gern zurücklassen. Der Abschied wird dir aber allemal leichter fallen, wenn du weißt, dass der Ponyhofbesitzer es gern hat und gut dafür sorgt!

Die meisten Ferienreitbetriebe mit hohem »Spaßfaktor« sind auf Ausritte spezialisiert. Das Angebot richtet sich also eher an Urlauber mit Reiterfahrung. Allerdings kann es sich kaum ein Betrieb leisten, Anfänger abzulehnen. Und selbst wenn die Betreiber es versuchen: Viele Leute überschätzen ihre Reitkenntnisse enorm und machen bei der Anmeldung falsche Angaben. Deshalb landen immer wieder Totalanfänger in den Reitergruppen. Für die Betreiber bedeutet das, ihre Pferde so narrensicher auszubilden, dass sie selbst mit einer Stoffpuppe auf dem Rücken gelassen ihren Ausritt absolvieren würden. Für dich mag das etwas enttäuschend sein – schließlich lernst du nicht mühsam reiten, um die ersten Ausritte dann auf einem Pferd zu unternehmen, das dich anscheinend gar nicht wahrnimmt! Man neigt dann dazu, die Pferde als *nicht rittig* und *abgestumpft* abzutun, aber das ist wahrscheinlich gar nicht wahr. Die Tiere sind nur so geschult, dass sie unter allen Umständen auf ihrem Platz in der Gruppe bleiben, eher auf den Rittführer als auf den Reiter hören und sich stark am Führpferd orientieren. Am besten nimmst du das hin und freust dich an der Bewegung des Pferdes und der Landschaft. Zur Abwechslung ist es doch ganz schön, sich einfach nur tragen zu lassen und den Ritt ganz entspannt und ohne größere Ansprüche an dich selbst und dein Pferd zu genießen. Das ist kein reiterliches Armutszeugnis! Du bist hier, um Spaß zu haben, nicht um zu probieren, ob du ein erfahrenes Ausreitpferd »umdrehen« kannst. In kleineren, individuell geführten Betrieben kannst du den Rittführer übrigens ruhig darauf ansprechen, dass du lieber ein

Pferd hättest, welches die Hilfen besser annimmt. Wenn deine Reitkünste dann tatsächlich so gut sind, wird man dir ganz von selbst ein jüngeres oder noch etwas ungebärdigeres Pferd zuteilen. Erfahrene Reiter, die bei der Arbeit mit Nachwuchspferden helfen, sind eigentlich immer gern gesehen.

Bitte keine Selbstüberschätzung!

Das Angebot heißt »Ritte ans Meer« und fordert ausdrücklich gute reiterliche Vorkenntnisse. Trotzdem finden sich in der Gruppe zwei Totalanfänger und eine überängst-

liche Reiterin. Abweisen möchte der Rittführer sie nicht – wie soll er auch? Schließlich hat er sie schon auf dem Hof in Spanien und das nächste Flugzeug geht erst in einer Woche. Also wird aus dem Abenteuerritt für Fortgeschrittene ein Schrittausritt, gewürzt mit hysterischen Anfällen des Angsthäschens. Am Ende sind alle genervt und weder die Anfänger noch die Fortgeschrittenen haben den Wanderritt wirklich genossen.

Selbstüberschätzung bei der Planung des Reiterurlaubs tut niemandem gut. Natürlich möchte sich jeder seine Wunschträume vom Galopp am Meer entlang oder Reiten im Wilden Westen gern erfüllen, aber in der Wirklichkeit kann das Pferd dabei schon mal zu schnell werden, oder der Atem stockt, wenn es auf einem steilen Weg stolpert. Kein Problem für routinierte Reiter, aber wer sich schon in der Reithalle nicht immer sicher fühlt, wird sich dabei zu Tode fürchten. Tröste dich nicht mit der Vorstellung, dass die braven und routinierten Ferienpferde dir schon Sicherheit einflößen werden. Sie sind wahrscheinlich gut geschult, aber sie bleiben doch Lebewesen, die auch mal etwas Unerwartetes tun können. Überleg dir also gut, ob du wirklich Abenteuerferien mit Nachtritt und Ohne-Sattel-Reiten buchen willst oder lieber in der Ferienreitschule auf Nummer Sicher gehst. Angst verdirbt jeden Urlaub.

Auch der Reitkurs macht nur dann wirklich Spaß, wenn er dich weder über- noch unterfordert. Gib also ehrlich an, wie dein reiterlicher Stand ist. Der Reitlehrer merkt sowieso schon in der ersten Unterrichtsstunde, ob du geflunkert hast!

Wenn viele Reitanfänger auf einen Ponyhof kommen, helfen sich die Betreiber oft damit, neben den Ausritten Reitstunden anzubieten. Dann gibt es zum Beispiel morgens Reitunterricht, nachmittags einen Ausritt. Viele größere Betriebe gehen die Sache von vorneherein so an. Besonders effektiv sind diese Reitstunden allerdings selten – schon aus den oben genannten Gründen. Ein Ferienhof-Ausreitpferd muss einfach andere Dinge können als ein Reitschulpferd. Während man von Letzterem zum Beispiel erwartet, dass es besonders intensiv auf die Reiterhilfen »hört« und versucht, auch ungeschickt gegebene Anweisungen zu verstehen, soll sich das Geländepferd gerade nicht durch den Reiter beirren lassen. Wenn man plötzlich von ihm verlangt, dass es morgens brav Einzelaufgaben im Dressurunterricht erledigt, aber nachmittags soll es unter allen Umständen an seinem Platz in der Gruppe bleiben, ist es überfordert. Die meisten Ponyhofpferde sind denn auch gar nicht begeistert von diesem Konzept. Dazu sind die Betreiber der Ponyhöfe weder besonders engagierte noch erfahrene Reitlehrer. Es motiviert Lehrer nicht sehr, wenn ihre Schüler alle zwei Wochen wechseln, erst recht nicht, wenn es fast immer Anfänger sind, mit denen sie bei null anfangen müssen. Auch für dich dürfte die Sache unbefriedigend sein, egal ob du als Anfänger oder Fortgeschrittener in solchen Unterricht hineingerätst. Für Fortgeschrittene ist es schlicht langweilig – in der Reitschule zu Hause sind die Pferde in aller Regel besser ausgebildet und der Unterricht ist intensiver. Aber auch Anfänger lernen nicht sehr viel, schon weil der Einzelunterricht an der Longe gewöhnlich wegfällt. Auf dem Ponyhof packt man sie meist gleich in eine Abteilung, in der die Pferde genau das tun, was sie auch im Gelände am besten können: hintereinander herlaufen, ohne auf den Reiter zu achten.

Für Anfänger ist der Urlaub auf einem hauptsächlich spaßorientierten Ponyhof aber ohnehin nur bedingt zu empfehlen. Wer noch nicht ausreichend sattelfest ist, wird Abenteuer wie Nachtritte oder Ponyrennen wahrscheinlich weniger genießen als fürchten. Überleg dir sicherheitshalber vorher, ob du dich in allen Sätteln gerecht bist. Wenn nicht, buch lieber gezielt einen Reitkurs.

Partys auf dem Ponyhof

Die meisten Mädchen nervt es verständlicherweise, dass in Reitställen kaum Jungs anzutreffen sind. Wer einen Freund sucht, ist im Reitverein fehl am Platze. Auf Pony- und Ferienhöfen ist der »Männeranteil« in den Gruppen erstaunlicherweise viel größer! Wahrscheinlich liegt das daran, dass Eltern ihren Nachwuchs gern »im Package« in der Jugend-Ferienpension abliefern. Wenn die Schwester sich durchsetzt und den Ponyhof wählt, müssen die Brüder mit. Meist haben sie auch durchaus Spaß dabei, denn Jungs haben ja nicht grundsätzlich etwas gegen Pferde und Reiten, sondern sind nur zu träge zum langwierigen Erlernen der Reitkunst. Ausritte finden sie dagegen cool – und oft genug ist die Gruppe gemischt genug für abendliche Feten. Also wenn du meinst, ohne Lidschatten nicht schön genug zu sein: pack deine Schminkutensilien besser ein.

Reiterlich weiterkommen

Ein Reitkurs in den Ferien kann dich schlagartig erheblich weiterbringen als viele Monate Reitstunden. Auch als Einstieg in die Reiterei sind gute Ferienkurse zu empfehlen. Ein paar Tage lang regelmäßiger Unterricht auf gut gerittenen Pferden trägt unweigerlich Früchte. In vielen Ferienreitschulen gibt es auch die Möglichkeit, Abzeichenprüfungen wie das Kleine Hufeisen oder sogar das Reitabzeichen zu erwerben. Dann sollten allerdings schon in der Kursausschreibung die Voraussetzungen genannt werden, fürs Reitabzeichen zum Beispiel mindestens hundert Reitstunden schon vor Kursbeginn. Vorsicht, wenn eine Reitschule ver-

spricht, dich von null auf hundert zu bringen, also vom Komplettanfänger zum Kleinen Hufeisen. Es gibt Höfe, die das tatsächlich durchziehen – wobei es bei alternativen Reitstilen wie etwa dem Islandpferdereiten häufiger gehandhabt wird als im konventionellen Bereich. Die Teilnehmer bestehen die Prüfung dabei fast immer, aber im Grunde streut man ihnen mit der Verleihung des Abzeichens nur Sand in die Augen. Selbst bei intensivstem Unterricht lernt niemand in einer Woche ausreichend Reiten, um einer korrekt durchgeführten Abzeichenprüfung gewachsen zu sein. Die Richter müssen schon beide Augen zudrücken und die Pferde so geschult sein, dass sie praktisch jeden durch die Prüfung tragen. Besonders fair ist das nicht und es hilft dir auch nicht weiter. Im Gegenteil: Wenn du in irgendeinem neuen Reitstall mit dem so erworbenen Hufeisen angibst, wird man dich nur auslachen.

Beachte bei der Auswahl von Reitkursen unbedingt die Qualifikation der Ausbilder. Eine gute Ferienreitschule sollte am besten einen ausgebildeten Pferdewirt als Reitlehrer beschäftigen, aber zumindest einen Trainer B. Der Trainer C ist nur für Anfängerausbildung qualifiziert. Wenn du im Reitstall schon in der Fortgeschrittenenabteilung bist, kannst du im Reitkurs mehr erwarten. Empfehlenswerte Weiterbildung im konventionellen – Englischen – Reitstil bieten übrigens die diversen Landes-Reit- und -Fahrschulen an. Es gibt sie praktisch in jedem Bundesland bzw. Pferdezuchtgebiet. Landes-Reit- und -Fahrschulen sind auch für die Reitlehrerausbildung zuständig und haben entsprechend gute Schulpferde. Die meisten haben auch Reitkurse für Jugendliche im Programm, leider nicht immer kombiniert mit Unterkunft.

Allerdings liegen sie meist in recht hübscher Umgebung. Vielleicht lässt sich dein Reitkurs also mit einem Familienurlaub verbinden.

Neue Reitweisen erkunden

Möglicherweise träumst du vom Westernreiten oder Islandpferdereiten, aber an deinem Wohnort gibt es keine Möglichkeit dazu. Dann solltest du in den Ferien einen Schnupperkurs belegen. Beim Islandpferdereiten ist das einfach – es gibt viele Jugendfreizeiten mit den freundlichen Mehrgängern. Dabei verlegt man sich meist auf die schon erwähnte Kombination: morgens Reitunterricht, nachmittags Ausritt. Das klappt hier besser als im konventionellen Bereich, da sich der Reitunterricht weniger aufs Dressurreiten als auf das Auseinanderhalten der verschiedenen Gangarten bezieht. Die Qualität der Schulpferde ist unterschiedlich – Verkaufsställe haben meist bessere als reine »Ponyhöfe«. (Das Wort steht hier in Anführungsstrichen, weil sich ein Islandpferdehof nie so nennt. Die Besitzer der kleinen Tölter empfinden es als Beleidigung, wenn man ihre Pferde als Ponys bezeichnet.) Aber Vorsicht!, denn hier hofft man darauf, dass du nach den Ferien dein Lieblingspferd mit nach Hause nimmst. Ein paar der anderen Mädchen werden das sicher tun, der »Neidfaktor« kann dir hier also etwas die Ferien verderben. Andererseits ist es aber auch nicht lustig, die ganze Zeit ein Pferd zu reiten, das nicht ordentlich töltet. Ein bisschen ist die Auswahl des Stalles immer Glückssache.

Im Grunde gilt aber das Gleiche wie in jeder Reitschule: achte auf die Qualifikation des Ausbilders und darauf, ob Reitabzeichenkurse durchgeführt werden. Für die Kurse braucht man gut geschulte Pferde.

Auch im Westernbereich gibt es heute schon spezielle Angebote für Kinder und Jugendliche – teilweise mit spannenden Extras wie Wohnen im Indianertipi. Letzteres ist aber nicht so wichtig wie der Unterricht. Achte also auch hier auf die Qualifikation des Trainers oder der Trainerin und schau auf die sonstigen Aktivitäten des Stalles. Wird hier zum Beispiel auch Training für Privatpferde und ihre Besitzer angeboten oder ist der Ferienbetrieb einer Quarterhorse-Zucht angeschlossen? Beides spricht für Unterricht auf höherem Niveau.

Schwieriger wird es, wenn du zum Beispiel in der Doma Vaquera oder Guardian-Reitweise schnuppern willst. Hier wirst du nur wenige Höfe finden, die auf Jugendreiterferien spezialisiert sind. Selbst die Angebote für Erwachsene sind mehr als rar. Das liegt daran, dass die passenden Pferde für diese Reitstile selten und sehr teuer sind und ihre Besitzer fürchten, Reitschüler könnten sie »vergurken«. Findest du aber doch einen Hof mit den entsprechenden Angeboten, dann achte nicht groß auf Zusatzangebote, sondern konzentriere dich ganz aufs Reiten. Wahrscheinlich wirst du dabei eine Menge lernen, denn der Reitlehrer ist bestimmt mit dem Herzen dabei und wird sich sehr dafür einsetzen, dich für seine Pferderasse und Reitweise zu begeistern.

Urlaub beim »Pferdeflüsterer«?

In den letzten Jahren wird viel von aufregend neuen Ausbildungsmethoden für Pferde gesprochen und die »Erfinder« der jeweiligen Stile preisen sich gar als »Pferdeflüsterer« an. Vielleicht hast du darüber etwas gelesen und bist nun neugierig geworden. Ob man da wohl in den Ferien schnuppern kann?

Teilweise kann man, obwohl sich die Angebote der entsprechenden Trainer schwerpunktmäßig an Erwachsene mit eigenen Pferden richten. Methoden, die nicht völlig neu, sondern schon länger eingeführt sind, werden inzwischen aber auch schon mal mithilfe von Schulpferden unterrichtet. In manchen Stilen, zum Beispiel der TTEAM-Methode von Linda Tellington-Jones, gibt es sogar spezielle Kurse für Jugendliche. Am besten suchst du gezielt im Internet. Über Inserate oder Ferienhof-Reiseführer wirst du solche Angebote kaum finden. Sei hier aber auch immer etwas vorsichtig! Schon für Erwachsene sind alternative Ausbildungsmethoden und ihre Möglichkeiten, Grenzen und Gefahren schwer zu durchschauen. Für Jugendliche mit geringer Reiterfahrung ist das fast unmöglich. Bleib also lieber weg, wenn ein Stil sehr umstritten ist oder wenn sich sein »Erfinder« wie ein Popstar feiern lässt. Ein Tipp: Dreh einfach mal den Ton ab, wenn wieder mal ein »Flüsterer« im Fernsehen auftritt, und schau nur in die Augen der betroffenen Pferde. Dann weißt du, was davon zu halten ist.

Reiturlaub im Ausland

Urlaubsangebote im Ausland richten sich selten speziell an Kinder und Jugendliche. Eine Ausnahme sind Sprachferien, meist auf den Britischen Inseln. Hier bietet sich eine ideale Kombination, mit Pferden zusammen zu sein und gleichzeitig die Englischkenntnisse zu verbessern. Manchmal kann man dabei auch Abzeichenprüfungen der British Horse Society ablegen, aber dafür muss das Englisch schon recht gut sein. Auf jeden Fall lernst du alle möglichen Begriffe rund ums Pferd und wirst feststellen, wie viel mehr Spaß eine Fremdsprache macht, wenn man über Dinge redet, die einen wirklich interessieren! Ansonsten sind die Angebote hier sehr vielfältig. Auf manchen Höfen steht das Reiten, anderswo das Englischlernen im Vordergrund. Manchmal hast du gezielt Sprachunterricht, zuweilen verlässt man sich einfach darauf, dass du im Umgang mit den englischen Betreuern schon etwas dazulernst. Beim Reiten ist es ähnlich wie auf deutschen Ponyhöfen – manchmal steht der Spaßfaktor, anderswo der Reitunterricht im Mittelpunkt. Irland ist bekannt für Kurse im Spring- und Jagdreiten. Achtung: Mut vorausgesetzt! Du wirst die anderen Teilnehmer zum Wahnsinn bringen, wenn du vor jedem Hindernis erst nachdenken musst.

Für reiterliche Totalanfänger ist die Kombination Reit- und Sprachferien nur bedingt zu empfehlen. Reitenlernen allein ist schwer genug. Wenn der Unterricht auch noch in einer Fremdsprache erfolgt, sind die meisten Schüler überfordert.

All inclusive? Familienurlaub mit Reitmöglichkeiten

»Eine Stunde Reiten täglich ist im Preis inbegriffen!« Annas Vater wedelt mit dem Reiseprospekt. Familienferien in der Karibik, alles inklusive. Für Anna sollen es Reiterferien werden. Sie fiebert den täglichen Ausritten entgegen und der erste Weg in der Ferienanlage führt zum Reitstall. Da erfolgt jedoch die Ernüchterung: Die Pferde sind müde, jämmerlich mager, haben durchweg Satteldruck und Ekzeme. Dazu sind sie klein und zierlich, schleppen aber selbst schwerste Touristen ächzend durch die Anlage. Anna mag hier nicht aufsitzen. Später beschwert sich ihr Vater bei der Reiseleitung, aber das ändert natürlich nichts. Annas Reiterträume sind gründlich geplatzt.

»Und ganz in der Nähe ist ein Ponyhof!« Melanies Mutter versucht, ihre Tochter für Familienurlaub an der Nordsee zu begeistern. Melanie träumt vom Reiten am Meer und nachmittags Mithilfe im Stall. Die Wirklichkeit sieht allerdings anders aus: Es gibt nur einen genehmigten Reitweg, der natürlich nicht am Strand entlangführt. Die Reitstunde ist sündhaft teuer und das Tor des Reitstalls immer verschlossen. Ferienkinder als Helfer sind eindeutig nicht erwünscht. Melanie darf zweimal reiten, einmal buckelt das unerzogene Pony sie auch noch von seinem ungesattelten Rücken. Dumm gelaufen.

Jenny sucht im Campingführer gezielt nach dem Zeichen für »Reitmöglichkeiten« und geht ihrem Vater um den Bart. Tatsächlich lässt er sich erweichen und fährt den Campingplatz an, den Jenny ausgesucht hat. Während die Eltern das Zelt aufbauen, sucht Jenny den Reitstall. Nach längerer Wanderung entdeckt sie einen reinen Privatstall. Ausritte werden nicht veranstaltet. Die Leute sind nett, sprechen aber nur Italienisch, und ein Pferdemädchen für die Ferien brauchen sie natürlich auch nicht. Ganz abgesehen davon, dass Jenny kaum jeden Tag diese Strecke laufen könnte. Klassischer Flop.

Es ist nicht einfach, Familienurlaub und Reiturlaub miteinander zu verbinden. Besonders wenn hier nicht sehr sorgfältig geplant und möglichst der Familienurlaub rund ums Reiten organisiert wird, nicht umgekehrt. So bieten zum Beispiel viele Ferienreitschulen und Reiterhöfe Apartments für Familien an. Die Nichtreiter nutzen dann einfach die vielen anderen Freizeitaktivitäten rundum. Irgendein Hotel zu buchen und dann auf gut Glück im nächsten Reitstall nach Ausritten zu fragen, ist dagegen selten vielversprechend. Normale Reitschulen sind wenig interessiert an Gelegenheitsreitern und spezialisierte Touristenreitbetriebe sind für fortgeschrittene Reiter kaum interessant. Sicher, einen Schrittausritt zum Kennenlernen der Landschaft lässt man sich gefallen, aber auf die Dauer wünscht man sich doch etwas prickelnderes Reitvergnügen. Besonders im Ausland dürfen die Reitgäste auch selten beim Hereinholen Putzen und Satteln der Pferde helfen, geschweige denn, dass man sich freut, wenn sie auch noch zum Füttern kommen. Oft wird man dich hier deutlich spüren lassen, dass du lästig fällst. Dazu entsprechen nicht alle Reitställe im Ausland hiesigen Tierschutz-Mindeststandards. Je »exotischer«

das Land ist, desto weniger kann man erwarten, wie Anna schmerzlich feststellen musste. Verlass dich also nicht zu sehr darauf, dass du Familienurlaub und Reiten verbinden kannst, auch wenn die Ferienprospekte optimistisch stimmen. Die werden nicht von Reitern geschrieben, sondern von Leuten, die einfach eine Liste abhaken: Reitstall in der Nähe, also Pferdesymbol neben den Campingplatz. Natürlich kannst du auch Glück haben. Manchmal findest du einen netten Reitstall oder eine aufgeschlossene Freizeitreiterfamilie mit Pferden neben dem Hotel, bei der du helfen darfst. Dann erlebst du überraschend pferdige Ferien. Verlass dich aber auf keinen Fall darauf und häng nicht dein Herz an die Vorstellung!

Auf den Spuren des »Traumpferds«

Die Idee, eine spezielle Pferderasse in ihrer ursprünglichen Umgebung zu erleben oder einen neuen Reitstil im Ursprungsland zu studieren, hat natürlich ihren Reiz. Die Vorstellungen der Reitgäste weichen hier aber oft von der Realität ab. Erstens ist nicht jeder Spanier oder Isländer ein geborener Reiter. Auch hier gibt es Reitlehrer aus Leidenschaft, aber auch Geschäftemacher, die mit vollmundigen Versprechungen schnelles Geld machen wollen. Außerdem sind die Pferde im Ursprungsland nicht zwangsläufig besser – weder in Sachen Qualität noch Rittigkeit. Wenn du Pech hast, landest du in einem Reitstall, der die billigsten Vierbeiner aufkauft und ihnen allenfalls einen Schnellkurs in

Sachen Reiten erteilt, bevor er sie im Schulbetrieb einsetzt. Dann hilft es auch nichts, wenn sie reinrassige Isländer oder wunderschöne Tinker sind. In Spanien und Portugal wirst du wahrscheinlich gar nicht erst auf reinrassige Andalusier oder Lusitanos stoßen. Die meisten Reitställe dort arbeiten mit *Cruzados*, also Mischungen, an deren Zeugung in der Regel Andalusier/Lusitanos, Araber und Englische Vollblüter, manchmal auch heimische Ponyrassen beteiligt waren. In der Regel sind das sehr liebenswerte Pferde, sie entsprechen aber kaum dem Traum vom langmähnigen, am durchhängenden Zügel piaffierenden Schulhengst. Der ist auch im Ursprungsland so teuer, dass ihn sich keine Reitschule leisten kann.

Die meisten Reitställe im Ausland sind auf Ausritte spezialisiert, nicht auf Reitstunden. Die weit überwiegende Zahl der Gäste möchte ja Land und Leute kennen lernen. Reitplätze kennen sie schon. Aber selbst wenn du einen Stall entdeckst, in dem Unterricht erteilt wird: Der findet doch auf jeden Fall in einer Fremdsprache statt – für dich und meist auch für den Reitlehrer. Der kann bestenfalls reiten – größere Sprachkenntnisse kannst du kaum erwarten. Die meisten Isländer sprechen immerhin sehr gut Englisch, während Spanier und Franzosen selten über ein paar Worte hinauskommen. Die Feinheiten ihrer Reitweise werden sie dir damit kaum vermitteln können. Falls du also ernsthaft wie ein Guardian oder Vaquero reiten lernen willst, musst du die Sprache selbst erlernen und dann nach dem Abitur eine Zeitlang in dein Traumland ziehen.

Weiterhin wichtig beim Reiturlaub im Ausland ist die Auswahl des Veranstalters. Am besten wählst du ein in Deutschland ansässiges Reiseunternehmen, an das du dich in deiner eigenen Sprache wenden kannst, wenn etwas schief geht. In der Regel treffen seriöse Veranstalter auch eine Vorauswahl und nehmen keine Höfe in ihr Programm auf, deren Pferdehaltung nicht wenigstens Mindestansprüchen in Richtung Tierschutz entspricht. Bei direkt gebuchten Reisen kann man dagegen böse Überraschungen erleben. Nicht jeder ist kaltblütig genug, sein Bad im hauseigenen Swimmingpool zu genießen, während die Pferde in der prallen Mittagssonne angepflockt daneben stehen.

Der Traum vom Wanderritt

Auch hier: Nur wenige Ferienanbieter veranstalten Wanderritte speziell für Kinder und Jugendliche. Zwar haben viele Ponyhöfe Ein- oder Zweitagesritte im Programm, aber eine Woche oder länger zu Pferd unterwegs zu sein – diesen Traum wirst du dir selten erfüllen können. Reitet allerdings ein erwachsenes Familienmitglied mit, so sieht die Sache anders aus. In diesem Fall habt ihr die Auswahl unter unzähligen Angeboten im In- und Ausland, Übernachtungen zwischen Zelt und Grandhotel. Manchmal wandern sogar eigentlich nur die Pferde. Die Reiter werden jeden Abend vom Zielort abgeholt und schlafen auf dem Hof des Veranstalters. Nicht sehr romantisch, doch meist äußerst komfortabel.

Ob du aber allein oder mit Familie unterwegs bist: achte beim Wanderritt noch mehr auf seriöse Anbieter als beim sonstigen Reiturlaub! Wenn ihr erst unterwegs seid, ist es zu spät. Besonders im Ausland kann man den Urlaub nur noch unter größten Schwierigkeiten abbrechen, wenn sich die Pferde zum Beispiel als unrittig erweisen oder der Veranstalter keinerlei Sicherheitsvorkehrungen trifft. Vor Antritt eines Wanderrittes im Inland ist ein Schnupper-Aufenthalt auf dem Hof des Anbieters eine gute Idee. Man verbringt dort zum Beispiel ein verlängertes Wochenende, und wenn alles gut verläuft, bucht man einen Wanderritt für die nächsten Ferien. Beim Wanderritt im Ausland gilt wieder das Gleiche wie bei den Reiterferien: am besten über ein Unternehmen in Deutschland buchen, das man haftbar machen kann, wenn etwas so richtig schief geht!

Ein Wanderritt verlangt natürlich eine gewisse Sattelfes-

tigkeit. Zwar wird sicher vorwiegend Schritt geritten, aber man verbringt doch mindestens sechs Stunden täglich im Sattel, und es können auch mehr werden! Selbst geführte Wanderritte sind schließlich immer ein kleines Abenteuer. Ein Weg kann gesperrt oder weggebrochen sein, ein Übernachtungsquartier fällt wegen Waldbrandgefahr aus, der Rittführer verreitet sich – alles Unwägbarkeiten, die aus einem gemütlichen Sechsstundenritt einen zehnstündigen Marathon werden lassen. Wenn dir dann nur noch alles wehtut, macht die Sache keinen Spaß. Für Anfänger sind Wanderritte also ungeeignet und Selbstüberschätzung ist hier auch eine Zumutung für die anderen Teilnehmer. Wenn ein Mitreiter bei jedem Antraben hysterisch schreit, verdirbt das den anderen gründlich den Spaß! Leider kannst du bei der

Buchung von Wanderritten nie ganz sicher sein, dass sich kein solches schwarzes Schaf in die Gruppe verirrt. Das verdirbt dann schnell die Stimmung – die auf Wanderritten sehr wichtig ist! Wer den ganzen Tag zusammen reitet, sollte sich gegenseitig wenigstens einigermaßen sympathisch sein. Garantien dafür gibt es leider nicht. Wanderritte also besser nicht allein buchen, sondern immer gemeinsam mit einer Freundin, damit man wenigstens nicht mit irgendeinem Muffel das Zelt teilen muss!

Mitarbeit auf der Ranch?

Wie gesagt das Urlaubsangebot an Reiterreisen ist heute fast unbegrenzt. Manche Anbieter locken auch mit Erlebnisreisen, die Mithilfe auf amerikanischen Ranchs, beim Pferdetreiben in Island oder bei den Hirten in der Puszta versprechen. Wirklich arbeiten muss man dabei selten. Meist schaut man allenfalls vom Sattel aus zu, wie die anderen schuften. Das erfordert zwar ebenfalls reiterliche Grundkenntnisse, aber da sind die Veranstalter flexibel. Die Erzählungen der begeisterten Reiter sorgen dann zu Hause im Reiterverein für Gelächter. »Zehn Stunden bin ich mit den Gauchos geritten!«, erzählt zum Beispiel Frau Meier, schwächstes Mitglied der Hausfrauenabteilung.

Der Reitlehrer kann's nicht glauben. »Am Stück?«, fragt er verwirrt.

Frau Meier schüttelt den Kopf. »Ach was, in den ganzen zwei Wochen!«

Von Mitarbeit kann man da wohl nicht reden. Die Ausschreibung »Hilfe beim Pferdetreiben« war nur ein Werbegag.

Die Veranstalter der wenigen echten Arbeitsangebote fragen sehr intensiv nach Vorkenntnissen. So bietet ein Tierschutzprojekt in Australien zum Beispiel Hilfsmöglichkeiten im Wildpferdereservat an, aber selbstverständlich nur für sehr erfahrene Reiter. Und wer mit Linda Tellington-Jones auf einer amerikanischen Ranch Jungpferde einreiten möchte, muss nicht nur sehr viel Geld bezahlen, sondern vorher auch etliche Kurse bei ihr belegen.

Jugendliche ohne Elternbegleitung werden im Übrigen auch von den »Mitarbeitlight«-Anbietern kaum aufgenommen. Wenn du wirklich davon träumst, irgendwann im Ausland mit Pferden zu arbeiten, musst du damit warten, bis du die Schule beendet hast. Dann kommt ein Aupair-Aufenthalt auf einem Reiterhof im Wunschland infrage.

Aupair auf dem Ponyhof?

Angebote gibt es genug: Viele Reiterhöfe in Spanien, Island, Großbritannien und anderen Ländern arbeiten gern mit jungen Praktikantinnen, die meist für ein Jahr anreisen, um mit Pferden umzugehen und dabei die Sprache zu lernen. Unter den vielen Angeboten sind aber mindestens so viele Flops wie Traumjobs, und im Gegensatz zum klassischen Aupair-Arrangement gibt es hier meist keine Agentur, an die man sich im Notfall wenden kann. Von einer Tatsache kannst du grundsätzlich ausgehen: Ein reiner Spaß wird es nicht, denn Arbeit gibt es reichlich. Die Bezahlung dagegen ist gleich null, es handelt sich meist nur um ein Taschengeld.

Nun kann sich die Angelegenheit lohnen: Vielleicht lernst du auf dem Hof in Island wirklich, Mehrgänger gekonnt auszubilden, oder du kommst mit perfekten Spanischkenntnissen aus Andalusien zurück. Vielleicht lernst du auch einfach nur durchhalten und dich behaupten, auch wenn mal nicht alles perfekt läuft. Aber mit etwas Pech mistest du auch täglich 30 spanische Miniaturboxen, bewegst mit ständig schlechtem Gewissen die zugehörigen

Pura-Raza-Hengste an der Longe, bevor du sie wieder in ihr Gefängnis steckst, packst Stroh bis zur Erschöpfung und frierst dich im Winter im ungeheizten »Apartment« halb tot. Dazu hörst du höchstens im Supermarkt ein Wort Spanisch, weil dein Arbeitgeber dir die täglichen drei Anweisungen rasch auf Englisch gibt. Viele Höfe betrachten ihre »Aupairs« nur als Arbeitssklaven und erstaunlich wenige Mädchen begehren auf. Verständlich, schließlich haben sie sich den Aufenthalt im Ausland doch oft mühsam bei den Eltern erkämpft. Da mögen sie nicht nach drei Monaten aufgeben. Und im Ausland schnell eine Alternative finden? Das braucht Mut und gute Sprachkenntnisse!

Flieg also möglichst nicht ganz ohne Kenntnisse der Landessprache los und vereinbare einen Notfallplan mit deinen Eltern. Das muss nicht heißen, dass du auf jeden Fall gleich nach Hause kommst. Besser: Wenn sich der Job wirklich als Flop entpuppt, finanzieren sie dir drei Wochen in einem einfachen Hotel und geben dir damit die Chance, in Ruhe etwas anderes zu suchen. Es ist höchstwahrscheinlich nicht deine Schuld, wenn etwas schief geht. Am Anfang sind alle »Gastgeber« nett. Du kannst unmöglich im Vorfeld feststellen, wer sich später als Ausbeuter entpuppt.

Test: Welcher Urlaubstyp bist du?

Ein Nachmittag im Reitstall. Was macht dir am meisten Spaß?

Die Pferde zu putzen, zu füttern und zu knuddeln.	1 Punkt
Zu füttern und anschließend mit Freundinnen zu plauschen, während die Pferde ihr Heu mahlen.	2 Punkte
Die Reitstunde und das Lob des Reitlehrers.	4 Punkte
Der Sprung am Ende der Reitstunde.	3 Punkte

Was wäre dein größter Wunsch, wenn du ein eigenes Pferd haben könntest?

Ein Fohlen aufzuziehen und selbst zuzureiten.	1 Punkt
Ein Turnierpferd weiterzufördern.	4 Punke
Spaß zu haben mit einem richtig gut erzogenen Freizeitpferd.	2 Punkte
Geländeritte mit einem mutigen Jagd- und Springpferd.	3 Punkte

Welche Pferderasse gefällt dir am besten?

Andalusier, Friesen oder andere besonders schöne, langmähnige Traumpferde. 1 Punkt

Elegante Warmblutpferde oder andere tolle Dressur- oder Springpferde, die auf dem Turnier auffallen. 4 Punkte

Isländer oder andere robuste Kleinpferde, die vielseitig sind und jeden Spaß mitmachen. 2 Punkte

Am liebsten einen Araber oder Englischen Vollblüter. Vielleicht auch einen Achal Tekkiner, aber auf jeden Fall ein schnelles Pferd mit viel Blut. 3 Punkte

Ein Besuch im Freizeitpark. Wohin zieht es dich zuerst?

Ins »Magic Kingdom«. 1 Punkt

In den Zoo. 2 Punkte

In die Delfinshow. 4 Punkte

Auf die Achterbahn. 3 Punkte

Hast du noch Hobbys außerhalb des Reitsports?

(Falls mehrere Antworten zutreffen, kreuz bitte das an, was dir am meisten Spaß macht.)

Ich lese gern und schreibe auch selbst Geschichten oder male. 1 Punkt

Ich lerne, ein Musikinstrument zu spielen. 4 Punkte

Ich spiele eine Mannschaftssportart. 2 Punkte

Ich mag alles, was Spannung verspricht, vom Computerspiel bis zu Extremsportarten. 3 Punkte

Ein Hotel bietet dir alle Freizeitaktivitäten außer Reiten. Was machst du?

Am Pool liegen, schwimmen und entspannen. 1 Punkt

Ich bewerbe mich um eine Rolle in der Abendshow der Animateure. 2 Punkte

Ich mache den Tauchschein, auch wenn ich dazu etwas Theorie büffeln muss. 4 Punkte

Ich lerne Drachenfliegen, Windsurfen oder etwas ähnlich Aufregendes. 3 Punkte

Stell dir vor, du ergreifst einen Beruf mit Pferden. Was würde dich am ehesten reizen?

Pferde zu züchten. 1 Punkt

Pferde auf höchster Ebene zu bereiten und Turnierreiter auszubilden. 4 Punkte

Reitlehrerin oder Reittherapeutin. 2 Punkte

Renn- und Springreiten. 3 Punkte

Wenn eine gute Fee dir einen Reitertraum erfüllte, was würdest du wählen?

Mit meinem Lieblingspferd allein durch den Wald zu streifen oder am Meer entlangzugaloppieren. 1 Punkt

Eine schwierige Turnierprüfung bravourös zu gewinnen. 4 Punkte

Einen Wanderritt mit Freunden durch traumhafte Landschaften. 2 Punkte

Eine Hubertusjagd mitzureiten und am Ende den Fuchsschwanz zu gewinnen. 3 Punkte

Auswertung:

4 – 11 Punkte

Du bist der romantische Typ, für den traumhafte Erlebnisse mit Pferden im Mittelpunkt stehen. Dabei musst du gar nicht immer reiten, du genießt es auch, einfach einen Nachmittag mit den Pferden auf der Weide zu verträumen. Dein Pflegepferd ist dein Ein und Alles, auch wenn du es nur für zwei Wochen hast. Aber so lange kannst du dir wenigstens vorstellen, es gehöre dir. Ideal für dich ist ein kleiner, überschaubarer Ferienhof, auf dem du am zweiten Tag schon alle Vierbeiner mit Namen kennst. Du bist selig, wenn es vielleicht ein paar Fohlen gibt, mit denen du schmusen kannst, oder wenn sich dir der Hofhund anschließt, während du mit deinem Lieblingspferd spazieren gehst. Wenn dann noch Träume wie ein »Sonnenaufgangsritt« oder »Schwimmen mit Pferden« in Erfüllung gehen, wirst du noch jahrelang von deinem Reiterurlaub schwärmen.

12 – 19 Punkte

Du bist ein vielseitiger Typ mit breit gefächerten Interessen. Natürlich stehen die Pferde für dich im Mittelpunkt, wenn du Reiterurlaub planst, aber nette Gesellschaft und ein bisschen Action drum herum sind dir auch wichtig. Am besten bist du auf einem größeren Ponyhof bzw. in einer auf Jugendliche spezialisierten Ferienreitschule aufgehoben. Hier findest du auf jeden Fall neue Freunde und vielleicht gibt es neben dem Reiten auch noch andere Freizeitaktivitäten. Such besser keinen allzu abgelegenen Hof aus, sondern einen, der einem Ort angeschlossen ist. Du kannst dann auch mal mit Freunden bummeln oder Eis essen. Klar, dass ihr dabei nur über Pferde redet, aber das muss ja nicht immer nur im Stall stattfinden!

20 – 26 Punkte

Reiterurlaub bedeutet für dich »Abenteuer«. Am liebsten würdest du auf einer Ranch arbeiten und Mustangs zureiten oder einen Springkurs in Irland buchen. Wenn du einen Reitkurs planst, so denkst du wahrscheinlich eher an eine neue Reitweise als an weitere Dressurstunden. Jugendcamps auf Westernranchs oder ein Ponyhof-Urlaub mit vielen Abenteuerangeboten ist das Richtige für dich. Achte nur darauf, dass du dich bei der Planung nicht übernimmst! Abenteuer machen nur Spaß, wenn man ihnen auch reiterlich gewachsen ist!

27 – 32 Punkte

Du bist ein eher ehrgeiziger Reiter und möchtest deinen Sport unbedingt von der Pike auf erlernen. Auch im Urlaub ist dir ein Lob vom Reitlehrer wichtiger als ein schöner Ausritt, und wenn du anschließend auch noch eine Abzeichenprüfung machen kannst, bist du im siebten Himmel. Auf einem reinen Ponyhof würdest du dich wahrscheinlich nur langweilen. Besser ist eine Ferienreitschule, vielleicht sogar eine Landesreitschule, in der du ernsthaft Unterricht nimmst. Natürlich soll der Spaß dabei nicht ganz zu kurz kommen. Du solltest schon darauf achten, dass der Reitkurs für Jugendliche ausgeschrieben ist. Denn so fleißig du bist: Als Einzige unter lauter Erwachsenen deine Runden in der Reitbahn zu drehen – das macht auch dir keinen Spaß!

4. Einmal aufs Reitturnier!

Du kennst die Geschichte aus unzähligen Pferdebüchern: Da bekommt ein Mädchen ein Pferd geschenkt (oder sie rettet, findet oder erbt es), reitet es zu und entdeckt seine Begabung zum Springen (vielleicht auch als Rennpferd oder Vielseitigkeitspferd). Dann nimmt sie an einem Turnier oder einem Rennen teil, das sie natürlich gewinnt. Wobei es sich höchstwahrscheinlich nicht um eine Jugendreiterprüfung handelt, sondern gleich um etwas Großes wie etwa das Derby oder die Olympischen Spiele.

Solche Geschichten sind natürlich völlig unrealistisch. Den meisten Mädchen, die wirklich erfolgreich Turniere reiten, sind ihre Pferde nicht auf abenteuerliche Weise in den Schoß gefallen. Stattdessen wurden sie von ihren Eltern gekauft, meist unter Beratung des Reitlehrers oder eines anderen Experten für Turnierreiterei. Die Mädchen haben sie auch nicht selbst ausgebildet, aber ausführlich Probe geritten, und jetzt nehmen sie jede Woche Reitstunden – meist nicht eine, sondern drei oder vier! Am Wochenende starten sie dann auf eher kleinen Vereinsturnieren, wobei sie mit einfachen Prüfungen anfangen und sich dann langsam steigern. Wer dabei wirklich bis zur Olympiade vorstoßen will, braucht viel Fleiß, viel Glück und vor allem sehr viel Geld, denn die entsprechenden Pferde sind extrem teuer.

Nun willst du natürlich nicht gleich von null auf hundert durchstarten! Vermutlich wärest du schon glücklich, wenn du mal mit deinem Lieblingsschulpferd auf dem Vereinsturnier starten dürftest. Was du dazu wissen musst, erfährst du hier. Und Träumen ist natürlich erlaubt. In deiner Fantasie darf dein Lieblingspferd ruhig mal die höchsten Hürden nehmen!

Von »todernst« bis »Spaß pur« – Turniere für alle Fälle

Ursprünglich bezog sich das Wort *Turnier* auf die mittelalterlichen Wettkämpfe der Ritter. Man unterschied hier *Tjost* und *Buhurt.*

Bei Ersterem ritten zwei Lanzenreiter gegeneinander an und versuchten, sich gegenseitig aus dem Sattel zu werfen. Beim Buhurt ging man in Gruppen aufeinander los und meist artete es in wüste Schlägereien aus. Für den mittelalterlichen Ritter waren Turniere nicht nur Training für den Kampf, sondern auch eine Möglichkeit, zu Geld zu kommen. Dem Sieger winkten meist Pferd und Rüstung des Gegners sowie oft beträchtliche Preisgelder. *Nenngelder* gab es damals allerdings auch schon. Jeder musste einen Einsatz beisteuern, bevor er starten durfte.

Heute verstehen wir unter *Turnier* meist die konventionelle Form des Leistungsvergleichs, also Wettbewerbe in Dressur, Springen und Vielseitigkeit. Vergleichbare Veranstaltungen bis hin zu Europa- und Weltmeisterschaften gibt es aber auch für Islandpferdereiter und Westernreiter. Erstere starten in Gangwettbewerben und versuchen, das beste Pferd im Tölt und Mehrgang sowie den schnellsten Rennpasser zu ermitteln. Freizeit-Cowboys messen sich unter anderem in der *Reining*, einer Art Dressurwettbewerb, *Pleasure*, wobei es um Leichtrittigkeit in langsamen, weichen Gangarten geht, und *Trail*. Bei Letzterem ist eine Art Geschicklichkeitsparcours zu überwinden. Alle diese Turniere sind stark reglementiert – es dauert eine Weile, bis man wirklich raushat, was die Richter in den einzelnen Prüfungen sehen wollen, und dann auch routiniert genug ist, es zu zeigen. Außerdem gibt es in jeder dieser Disziplinen verschiedenste Klassen, die unterschiedlich hohe Anforderungen an die Teilnehmer stellen. Auch Jugendliche und Erwachsene, Profis und Amateure starten in der Regel in getrennten Wettbewerben.

Deutlich weniger streng reglementiert sind so genannte *Freizeitreiterturniere* oder *Plauschturniere*. Wie der Name schon sagt, geht es hier mehr darum, Freunde zu treffen und Spaß zu haben, als um knallharten Leistungsvergleich. Statt Dressur und Springen stehen dann oft auch Reiterspiele an oder man organisiert eine Pony-Rallye.

Ernster genommen werden *Reiterspiele* im Bereich der so genannten *Mounted Games*. Diese Sportart für Jugendliche kommt aus England, und es ist atemberaubend, wirklich gute Kinder-Pony-Teams durch die Prüfungen flitzen zu sehen. Bei uns gibt es bislang allerdings nur wenige

Klubs und Reitervereine, die Teams für Mounted Games trainieren.

Eine echte Turnier-Alternative ist der *Distanzsport*, also wettkampfmäßiges Streckenreiten. Eine Distanz zwischen 40 und 160 km (das sind 100 Meilen) muss möglichst schnell und mit möglichst fittem Pferd überwunden werden. Die Richter sind Tierärzte, und wer sein Pferd überfordert, fliegt gnadenlos raus. Distanzsport ist eine schöne Alternative für Reiter, die zwar wettbewerbsorientiert sind, Reitplätze aber ebenso wenig mögen wie kurze Prüfungen im schwarz-weißen Outfit. Für Jugendliche bietet er sich allerdings nicht so ohne weiteres an. Du musst gemeinsam mit einem Erwachsenen starten – Minderjährige schickt man nicht gern allein in weite, oft ziemlich unbewohnte Waldgebiete – und du brauchst ein eigenes Pferd. Also nur eine Chance für Glückskinder mit Pflegepferden bei engagierten Freizeitreitern.

Konventionelle Turniere

Bleiben wir deshalb zunächst beim guten alten Vereinsturnier, denn hier hast du höchstwahrscheinlich die größten Chancen, dich um die erste Schleife zu bewerben. Engagierte Reitlehrer lassen ihre Schüler oft sogar auf Schulpferden mitreiten.

In aller Regel startet man dabei zunächst in einem Jugendreiterwettbewerb – das ist unproblematisch, denn solche Eingangswettbewerbe fallen in die so genannte *Turnierkategorie C* – Freizeit- und Breitensport. Wenn du mitmachen willst, füllst du lediglich ein entsprechendes Nennungsformular aus, was beim Reitverein oder Turnierveranstalter erhältlich ist. Für Dressur und Springen sind das immer die gleichen Formblätter, Veranstalter von Freizeitreiterturnieren geben sich manchmal mehr Mühe und gestalten sie individuell. Ebenfalls zur Kategorie C gehören die Spring- und Dressurprüfungen der Klasse E. Das bedeutet *Eingang*, *Einführung* oder *Einfach* – auch wenn dir die Aufgaben schon ganz schön schwer erscheinen werden.

Komplizierter wird es dann in der nächsten Stufe, Wettbewerbe der Klasse A (wie *Anfänger* oder *Anfangsstufe*). Das ist dann nämlich schon Kategorie B *Turniersport* – und um hier mitzumischen, brauchst du einen Reiterausweis. Voraussetzung dafür ist der Erwerb des so genannten *Kleinen Reitabzeichens Klasse IV*. Die Prüfung kann man in vielen Vereinen schon als Schulpferdereiter ablegen, aber bei der

Turnierteilnahme hört es dann meistens auf. Wer Prüfungen der Klasse A mitreiten möchte, braucht ein eigenes Pferd oder ein gut gerittenes Pflegepferd. Lass dich nicht von der Bezeichnung »Anfänger« täuschen. Um in diesen Wettbewerben platziert zu werden, musst du schon sehr gut reiten!

Die nächsthöhere Klasse ist L. Das heißt *Leicht*, was als Untertreibung des Jahrhunderts durchgehen kann! Klasse L ist so schwierig, dass nur noch wenige erwachsene Vereinsreiter die Dressurlektionen reiten können. Von Turnierteilnahme reden wir da noch gar nicht! Danach kommt M – *Mittelschwer* – und schließlich S – *Schwer*. Wenn du da mal landest, brauchst du dieses Buch nicht mehr, dann denkst du eher über einen Sprachführer nach. Die Olympischen Spiele finden schließlich oft an reichlich exotischen Orten statt …

Sauberkeit und Ordnung

Auf konventionellen Turnieren wird viel Wert auf dein Outfit gelegt – und natürlich auch auf das deines Pferdes! Du brauchst eine weiße oder zumindest helle Reithose, eine weiße Bluse oder ein Hemd und eigentlich auch eine schwarze (oder dunkelblaue bzw. dunkelgrüne) Reitjacke. Letztere ist sehr teuer und für gelegentliche Turnierstarts lohnt sich die Anschaffung eigentlich nicht. In Jugendreiterprüfungen oder bei Vereinsturnieren mit Teilnahmemöglichkeit für Schulpferdereiter darfst du das Jackett deshalb durch einen dunklen Pullover ersetzen. Weiße Handschuhe sehen nett aus, sind aber nicht Bedingung. Wenn du langes Haar hast, steckst du es besser zum Knoten auf oder flichtst

einen Zopf, statt es lang unter der Reitkappe hervorhängen zu lassen. Und selbstverständlich wischst du rasch noch mal mit einem Lappen über die Reitstiefel, bevor du aufs Pferd steigst.
Das modebewusste Turnierpferd trägt sein Haar zu Zöpfchen geflochten. Mähnengummis in verschiedenen Farben bekommst du im Reitsportgeschäft. Das Einflechten der Pferdemähne sieht bei routinierten Turnierreitern einfach aus und geht blitzschnell, aber Anfänger brauchen manchmal Stunden. Verschieb es also nicht auf die letzte Minute vor dem Start!
Natürlich putzt du Sattel und Zaum vor dem Wettbewerb über – sei dabei aber vorsichtig mit dem Lederöl, es hinterlässt leicht Spuren auf der weißen Reithose! – und steckst die weiße Satteldecke in die Waschmaschine. Damit lassen sich auch weiße Sattelgurte reinigen. Vergiss aber nicht, den Gurt hinterher wieder mit in den Stall zu bringen und einzuschnallen! Am Sattelgurt auf der Wäscheleine sind schon viele Turnierstarts gescheitert.

Reiterspiele und Rallyes

Reiterspiele und Rallyes werden manchmal von privaten Reitgruppen, aber oft auch von Reitvereinen veranstaltet, die ihren Mitgliedern mal etwas anderes bieten wollen als immer nur Dressur und Springen. Die Anforderungen und Zielsetzungen sind dabei sehr unterschiedlich, und bei der Nennung weiß man nie ganz genau, was einen erwartet.

Mitunter scheinen die Veranstalter zum Beispiel der Meinung zu sein, Spaß sei mit »Gasgeben« gleichzusetzen. Dann kommt es bei jedem Spiel, sogar bei der Überwindung des Geschicklichkeitsparcours, auf Geschwindigkeit an. Oft müssen erst im Galopp Tonnen umrundet, dann muss schnell eine Glocke geläutet, ein Apfel aus einem Korb genommen oder etwas aufgehoben werden. Das Pferd soll also von null auf hundert beschleunigen und dann ganz schnell wieder stoppen. Das Publikum findet solche Spiele meist lustig, die Reiter oft auch – nur die Pferde gucken eher unzufrieden. Schnelle Reiterspiele verleiten zum Sporenstechen und Zügelzerren, die Pferde scheuen oft vor den Hindernissen, und insgesamt überwiegen für Pferdefreunde die unschönen Bilder.

Harmloser sind traditionelle Reiterspiele wie etwa die *Reise nach Jerusalem* zu Pferd oder Ringstechen. Allgemein verlangen sie aber eher Mut und Schnelligkeit als Reitkunst und gute Pferdeausbildung. Viele Freizeitreiter mögen sie deshalb nicht. Sie fühlen sich von den Turnierveranstaltern nicht ernst genommen und würden lieber zeigen, wie scheufrei, gelassen und trittsicher ihr Pferd ist.

Besser informierte Veranstalter bieten deshalb eher Geschicklichkeitswettbewerbe an, die der Westerndisziplin *Trailriding* nachempfunden sind. Hier geht es nicht um Tempo, sondern um korrektes Reiten der Aufgaben, und die haben es oft ganz schön in sich! Traut sich dein Pflegepferd zum Beispiel über eine Wippe, die unter ihm schwingt, wenn es darüber geht? Geht es furchtlos über Plastikplanen oder unter Flattervorhängen hindurch? Trail macht Spaß und ist für die Zuschauer genauso interessant wie die eben be-

schriebenen Rennen. Allerdings muss man dafür genauso viel üben wie für eine konventionelle Dressurprüfung.

Auch bei Pferderallyes gibt es reine Spaßveranstaltungen und andere, die sehr hohe Anforderungen an Reiter und Pferd stellen. Im Allgemeinen geht es dabei ins Gelände oder doch wenigstens einmal rund um die Reitanlage. Entweder ist der Parcours ausgeschildert oder man reitet nach Karte, muss den Weg also selbst finden. In der Regel arbeitet man dabei im Team, allein wird selten jemand auf die Strecke geschickt. In Gruppen macht der Ritt mehr Spaß und man kann sich gegenseitig bei der Erledigung der Aufgaben helfen. Zwischendurch reitet man nämlich immer wieder Stationen an, in denen Fragen gestellt werden oder reiterliches Können abgefordert wird. Das können anspruchsvolle Lektionen sein, wie etwa das Reiten durch ein Stangen-Labyrinth, oder auch witzige Aufgaben wie Dichten oder Lieder singen. Manchmal sind auch Wissensfragen rund ums Pferd zu beantworten.

Distanzreiten

Beim Distanzsport kommt es hauptsächlich darauf an, das Pferd gesund über die Strecke zu bringen. Dein erster Ritt ist wahrscheinlich ein Einführungsritt unter 40 km. Dabei ist die Verfassung des Pferdes wichtiger als das Tempo. Du musst in einer bestimmten Zeit ins Ziel kommen – meist hast du fünf oder sechs Minuten Zeit für einen Kilometer (man sagt dann, es handele sich um einen *tempobegrenzten Ritt in Tempo 5 oder Tempo 6*). Bei Zwischenstopps und am Ende des Rittes werden die Atem- und Pulswerte deines Pferdes ermittelt und in deine Checkkarte eingetragen. Das Pferd soll so kraftsparend wie möglich laufen. Meist gibt es für jeden Pulsschlag ab 40 einen Strafpunkt und für jeden Atemzug ab 14. Wer am Ende die wenigsten Strafpunkte hat und dabei in der Zeit geblieben ist, gewinnt. Sind die Werte bei den Zwischenstopps zu hoch beziehungsweise erholt sich das Pferd nicht sehr schnell von der Anstrengung oder lahmt es, so nimmt der Tierarzt es sofort aus der Wertung. Auch zu Anfang des Rittes wird das Pferd sorgfältig untersucht, damit kranke und lahme Pferde erst gar nicht an den Start gehen.

Distanzreiten ist also ein sehr pferdefreundlicher Sport, was schon durch das Motto ausgedrückt wird: »Angekommen heißt gewonnen.« Jeder der in der Wertung bleibt, erhält am Ende eine Schleife und meist eine Erinnerungsplakette.

In den höheren Klassen, wenn es um Tempo geht, also der Schnellste gewinnt, wird die Sache allerdings härter. Distanzreiten erfordert sehr viel Training und Kondition bei Pferd und Reiter.

Dressur und Springen – der erste Start

Was erwartet dich nun bei einem Reiterwettbewerb oder einer E-Dressur?

Meistens erst mal frühes Aufstehen, denn die einfachen Prüfungen für Jugendliche stehen bei Turnieren oft als Erstes auf dem Plan. Die Veranstalter rechnen hier nicht mit viel Publikum – obwohl du dich schon darauf gefasst machen musst, dass die Ränge voll sind! Allerdings handelt es sich dabei eher um Eltern und Reitlehrer der anderen Teilnehmer als um Eintritt zahlende Gäste. Die kommen allenfalls zu den größeren Spring- und Dressurprüfungen und auch dafür würden sie nicht um sechs Uhr aufstehen. Also finden die attraktiveren Prüfungen am Nachmittag statt und du startest um acht. Schenk den Leuten an der Meldestelle trotzdem ein Lächeln! Die sind nämlich auch früh aufgestanden und arbeiten hier den ganzen Tag lang hart und ohne Bezahlung. Ohne sie könnte das Turnier nicht stattfinden. Sei also grundsätzlich freundlich und geduldig, auch wenn mal etwas schief

läuft. Gewöhnlich geht bei der Meldung aber alles glatt. Du sagst, dass du da bist, erfährst deine Startnummer und dein Name wird auf einer Liste abgehakt.

Nun kannst du dich um dein Pferd kümmern, es vielleicht ausladen und noch mal überputzen, wenn du mit dem Hänger gekommen bist. Schließlich sattelst du das Pferd eine halbe Stunde oder länger vor dem Start und führst es auf den Abreiteplatz. In der Regel ist er proppenvoll und mit etwas Pech auch noch winzig und matschig. Gute und weniger gute Reiter versuchen, ihre Pferde hier warm zu reiten, manche nach Anweisung ihrer Mütter oder Reitlehrer – denen es herzlich egal ist, ob neben ihrem Schützling noch zwanzig andere auf dem Miniplatz arbeiten wollen! Oft raten sie den dazugehörigen Mädchen, alle niederzureiten. Lässt du dich nicht abdrängen, brüllen sie dich an. In der Mitte steht obendrein noch ein Sprung, über den irgendwelche Möchtegernspringreiter pausenlos hüpfen. Im Klartext: Es herrscht Chaos! Pferd und Reiter müssen schon sehr routiniert sein, um hier erfolgreich miteinander arbeiten zu können. Zwei- und vor allem vierbeinige Turnierneulinge sind hoffnungslos überfordert. Auch dein Pferd wird sich vielleicht nicht auf deine Hilfen konzentrieren, sondern herumgucken und nervös tänzeln. Davon dass du dann ungeduldig wirst und es vielleicht sogar strafst, wird es auch nicht besser. Bleib also gelassen und tu dein Bestes. In der Prüfung selbst wird das Pferd ruhiger werden.

Die Dressurprüfung

Sowohl Reiterwettbewerbe als auch E-Dressurprüfungen werden in der Abteilung geritten. Im Reiterwettbewerb ist die Abteilung sehr groß, man versucht, möglichst alle Teilnehmer auf einmal zu richten. Das macht die Sache gerechter – der Richter sieht die Reiter schließlich im direkten Vergleich –, aber auch schwieriger für die Teilnehmer. Besonders wer ganz hinten landet, kann nur hoffen, dass vor ihm niemand heizt oder so langsam reitet, dass hinten alle »verhungern«. Der Platz um die Tete ist oft heiß umkämpft. Wenn die Reiter sich nicht einigen können, setzen die Richter die Reihenfolge fest. Dann landet meist das größte Pferd vorn.

Turnieraufgaben

In Reiterwettbewerben reitet man nach Angaben der Richter, aber ab E-Dressur werden vorher bekannte Aufgaben geritten. Du findest sie im Aufgabenheft der LPO – der Leistungsprüfungsordnung. Es gibt nicht viele, und wenn du sie ein paarmal übst, kannst du sie auswendig. Dein Pferd möglicherweise auch. Über alte »Turnierhasen« wird gern gewitzelt, dass der Reiter ihnen vor dem Start nur die Nummer der Aufgabe einflüstert. Alles andere machen sie allein. Solche Schätzchen werden vor allem im Pony-Turniersport hoch gehandelt, aber die Richter merken natürlich, wenn die Reiterin da oben gar nichts tut! Besonders in der E-Dressur geht es ja auch noch um Einwirkung des Reiters. Also bring deinem Pferd besser nicht bei, die Aufgabe von selbst abzuspulen. Es nimmt dann nämlich auch gern Anweisungen vorweg und das kommt gar nicht gut an!

In der E-Dressur reiten nur fünf oder sechs Reiter gemeinsam, aber auch da kannst du natürlich Pech mit deinem Vorreiter haben. Dein Nachfolger kann dir das Leben schwer machen, indem er sein Pferd ständig auflaufen lässt. Trag diese Dinge mit Fassung, sie sind jedem Turnierreiter schon mal passiert und am nächsten Sonntag hast du vielleicht mehr Glück. Wenn du dich mit deinen Mitreitern geeinigt hast und als Erste reiten willst, rufst du bei der Aufforderung zum Bilden der Abteilung laut und verständlich: »Anfang hier!« Die anderen reihen sich dann hinter dir ein, genau wie in der normalen Reitstunde. Überhaupt läuft ein einfacher Reiterwettbewerb fast genauso ab wie eine Unterrichtsstunde. Die Richter sagen Bahnfiguren und Tempiwechsel an und die Teilnehmer reiten sie nach. Einziger Unterschied: das Grüßen vor und nach der Prüfung. Schon für die korrekte Grußaufstellung vor den Richtern gibt es Noten, also mach es nicht irgendwie, sondern bitte deine/n Reitlehrer/in, es vorher mit dir zu üben. Wahrscheinlich tut er oder sie das sowieso. Korrektes Grüßen wird auch bei Hufeisen- und Reitabzeichenprüfungen gefordert.

Beim Grüßen solltest du die Richter übrigens anlächeln. Das gibt wahrscheinlich nicht mehr Punkte, macht die Sache aber netter. Reiten – auch wenn das im Turniersport oft vergessen scheint – macht Spaß! Zeig das den Richtern! Sie lächeln sicher freundlich zurück und dann fühlst wieder du dich besser.

Der Hauptunterschied zwischen dem Reiterwettbewerb und einer echten Dressurprüfung liegt darin, dass hier angeblich nur die Einwirkung des Reiters bewertet wird, nicht so sehr das Pferd. In der Praxis ist das Unsinn. Du kannst noch so schön auf dem Pferd sitzen: Wenn es macht, was es will, bekommst du keine Schleife. Andererseits wird kaum ein Mädchen wirklich schlecht bewertet, das praktisch nur als Verzierung auf dem Pferd sitzt, während der vierbeinige alte Turnierhase alles allein macht. Am besten ist es natürlich, wenn alles stimmt: Du sitzt gut, gibst die Hilfen richtig und das Pferd reagiert auch darauf. Lass dich also möglichst durch nichts irritieren, sondern stell dir vor, du reitest in einer ganz normalen Abteilungsstunde mit.

Bei E-Dressuren geht es dann schon schwerpunktmäßig um das Pferd. Allerdings fließen Sitz und Einwirkung des Reiters noch in die Hauptnote ein. Während der Prüfung füllen die Richter einen Bewertungsbogen aus, in dem sie für jeden Prüfungsteil eine Note eintragen. Daraus errechnen sie die Gesamtnote. Die Noten reichen dabei von 0 (nicht ausgeführt) bis 10 (ausgezeichnet). Die 10 wird aber praktisch nie vergeben. Bei Abzeichenprüfungen hast du bestanden, wenn du mindestens eine 5,0 (genügend) herausreitest. Die Sieger einer E-Dressur bewegen sich meist im Bereich zwischen 7 und 8,5.

Deine Note erfährst du direkt nach der Prüfung. Du reitest mit den anderen Reitern der Abteilung auf die Richter zu und hörst dir an, was die zu sagen haben. Ohne Widerspruch und Entschuldigungen! Auch wenn dir die Note zu niedrig erscheint. Anschließend sagst du Danke und reitest raus. Turnierreiten schult die Disziplin und Leidensfähigkeit. Schimpfen und Weinen kommen immer schlecht an!

In den mittelalterlichen Turnierprüfungen auf Ritterburgen war das übrigens nicht so. Damals wurde lauthals geschrien, geschimpft und geheult, wenn ein Ritter vom Pferd gefallen war! Erst gegen Ende des Mittelalters setzte sich die Meinung durch, dass allzu großes Jammern der ritterlichen Tugend der »mâze« (Mäßigung) widersprach.

Denk daran, wenn du sauer bist, dann reitest du vielleicht lachend aus dem Viereck!

Siegchancen

Mach dir keine zu großen Hoffnungen, dein erstes Turnier gleich zu gewinnen oder wenigstens platziert zu sein. Das kommt zwar vor, aber eigentlich nur dann, wenn dir ein anderer Reiter ein erfahrenes Turnierpferd zur Verfügung stellt (oder deine Eltern dir gleich eins kaufen) und obendrein mitkommt, um dich zu coachen. Letzteres ist eher die Regel als die Ausnahme, viele Mädchen haben zumindest ihre Mütter dabei, die den Turnierbetrieb genau kennen und ihnen beim Abreiten letzte Tipps und Anweisungen geben. Spätestens ab Klasse A laufen einige Teilnehmer auch gleich mit Reitlehrern und Trainern auf. Sie bekommen dann praktisch Unterricht bis zur letzten Minute – und obendrein haben die Betreuer noch herausgefunden, wer die Richter sind und auf welche Kleinigkeiten sie besonders achten. Mach dir klar, dass in einem Wettbewerb der Klasse E sicher 40 oder 50 Reiter starten, mitunter sogar mehr. Die meisten von ihnen sind jedes Wochenende auf einem anderen Turnier, die Richter haben sie schon mehrmals gesehen und ihre Fortschritte verfolgt. Selbst wenn es dir gelingen sollte, genauso gut zu reiten, wird man dich wahrscheinlich kaum höher benoten. Als Neuling wirst du eher misstrauisch beäugt.

Reg dich also nicht auf, wenn du am Ende ohne Schleife nach Hause gehst und den Richterspruch als ungerecht empfindest. Eigentlich bemühen sich Turnierrichter um faire Urteile, aber es sind auch nur Menschen. Sie können dich nicht in jeder Sekunde deines Rittes beobachten. Vielleicht sehen sie gerade das falsche Angaloppieren, während sie bei der wunderschönen Vorhandwendung auf deine Nachbarin gucken. Das ist dann einfach Pech. Aber auch wenn Urteile wirklich unfair ausfallen – es kommt vor, dass Pferde aufgrund ihrer Abstammung oder Reiterinnen aufgrund ihrer Erfahrung oder sogar ihrer Familie besser bewertet werden –, musst du ruhig bleiben. Richtersprüche sind Ermessenssache. Nächste Woche hast du vielleicht mehr Glück.

Die Springprüfung

Auch beim Springreiten kannst du zunächst in einem reinen *Stil-Wettbewerb* starten, dem so genannten *Springreiter-Wettbewerb.* Dabei reitest du wie beim Reiterwettbewerb nach Angaben der Richter, in diesem Fall aber keine Dressurlektionen, sondern Sprünge und Sprungfolgen. Die Hindernisse sind nicht höher als 90 cm, und bewertet wird, ob du den Leichten Sitz beherrschst sowie Hindernisse korrekt anreitest und in gutem Stil überwindest.

Wesentlich beliebter als Reiterprüfungen – die es auch noch als Stilspringprüfungen Klasse E gibt – sind jedoch normale E- und A-Springen mit Hindernissen zwischen 80 und 110 cm Höhe. Hier wird nur bewertet, ob das Pferd das Hindernis überwindet, verweigert oder reißt. Letzteres gibt Fehlerpunkte. Außerdem spielt die Zeit eine Rolle und entscheidet sogar die meisten E- und A-Springen. Kommen mehrere Reiter fehlerlos über den Parcours, gewinnt der Schnellste.

Dieses Bewertungssystem hat natürlich den Vorteil, dass es gerecht ist. Hier kann kein Richter willkürlich urteilen. Ob ein Hindernis umgerissen wird oder nicht, kann jeder sehen. Andererseits führt es oft zu ziemlich schlechtem Springstil. Wer ein sicher springendes Pferd oder Pony hat, wird platziert, auch wenn er jämmerlich sitzt und dem Pferd rüde im Maul herumzieht. Turniertierärzte beklagen blutige Mäuler bei vielen Springpferden.

Bei Stilspringen sieht es allerdings nicht viel besser aus, denn auch hier fließt die Springmanier des Pferdes in die Note ein, und wenn es sicher über alle Hürden setzt, wird der Reiter selten schlecht bewertet.

Auch bei der Springprüfung grüßt du zunächst die Richter, danach galoppierst du an und gehst entweder über die Startlinie oder du hörst auf die Startglocke. Nun ist der Weg zum ersten Hindernis frei. Die richtige Reihenfolge der Sprünge hast du dir vorher bei der Parcoursbegehung ohne Pferd schon eingeprägt. Das ist wichtig, Fehler führen hier zum Ausschluss.

Du musst dir nun genau überlegen, ob du auf Nummer Sicher gehst, große Wendungen reitest und jedes Hindernis gerade in der Mitte ansteuerst, oder ob du kurze Wege und eventuelles seitliches Angehen der Sprünge riskierst. Ersteres verhütet Fehler, Letzteres macht dich schneller. Wofür du dich im Einzelfall entscheidest, hängt vor allem von deinem Pferd ab, außerdem vom Boden auf dem Springplatz. Der ist nicht immer so griffig wie der Bodenbelag in der Reithalle. Besonders bei Regen kann es gefährlich glitschig werden. Auch hier lernst du durch Erfahrung. Je öfter du auf verschiedenen Turnieren startest, desto genauer kannst du dein

Pferd und seine Leistungsfähigkeit einschätzen. Denk immer daran: Es geht nur um eine bunte Schleife! Riskier also keine Verletzungen. Neue Schleifen gibt es jeden Sonntag. Dein Pferd ist dagegen einmalig!

Wer hat Schuld?

Für den Zuhörer ist es nur nervig, aber Turnierreiter verbringen trotzdem Stunden damit, nach einem verpatzten Start die Schuldfrage zu diskutieren. Hat der Richter falsch geurteilt? War die Tetenreiterin zu schnell oder zu langsam? Konnte dein Pferd sich nicht konzentrieren, weil das Mädchen hinter dir ihm ständig aufritt?
Das alles mag sein, aber es endlos durchzukauen, hat wenig Sinn. Besser ist Selbstkritik: Was habe ich gut gemacht, was weniger gut? War ich aufgeregt oder verkrampft, zu hart zum Pferd oder im Gegenteil zu lasch, weil meine Absätze beim Treiben doch so gern hochrutschen und der Sitz superschön aussehen sollte?
Auf keinen Fall darfst du dein Pferd für einen Flop verantwortlich machen! Es gibt nichts Schlimmeres als junge Reiter, die nach der Prüfung auf dem Abreiteplatz oder Hängerparkplatz ihr Pferd verprügeln, weil »der Bock« sie »versägt hat«. Standardbemerkung: »Der weiß ganz genau, was er gemacht hat!« Mit Recht handeln sich solche Reiter mitunter einen Tadel des Turniertierarztes ein, aber eigentlich geschieht das viel zu selten. Auf jeden Fall bieten sie ein hässliches Bild und sie sind ungerecht ihrem Pferd gegenüber. Denn selbst wenn es wirklich am Vierbeiner lag,

dass die Prüfung schief ging: Eine Viertelstunde danach kann das Pferd sich garantiert nicht mehr an seine Fehler erinnern! Davon abgesehen hat auch das Pferd ein Recht auf einen schlechten Tag. Vielleicht fühlt es sich nicht gut, hat schlecht geschlafen, war aufgeregt vor der Prüfung oder hatte einfach keine Lust. Das passiert dir doch auch mal bei Klassenarbeiten. Was würdest du sagen, wenn deine Eltern dich hinterher unbeherrscht durchprügelten? Egal wie das Pferd gegangen ist: Nach der Prüfung hat es ein Anrecht auf eine Möhre, sein Heunetz, seine Abschwitzdecke und ein paar freundliche Worte. Du liebst es doch nicht nur, wenn es gewinnt, oder?

Die Siegerehrung

Meistens findet die Siegerehrung gleich nach der Prüfung statt, manchmal aber auch erst später. Du erfährst das bei der Meldestelle. Ob du platziert bist, entnimmst du der Ansage. Da heißt es dann meistens: »Zur Platzierung bitte einreiten alle Teilnehmer mit Wertnoten ab 7,0.« Manchmal werden auch Startnummern aufgerufen. Auf jeden Fall hörst du rechtzeitig von der Platzierung, um mit korrekt gesatteltem Pferd und in ordentlicher Turnierkleidung einzureiten. Bei Dressur- und Springprüfungen wird das sehr ernst genommen. Auf Freizeitreiterturnieren sieht man es lockerer. Da kommt ein von seiner Platzierung überraschter Reiter auch schon mal ohne Sattel und reitet am Stallhalfter.

Zur Siegerehrung wird zunächst in lockerer Folge aufmarschiert, danach werden die Platzierten aufgerufen. Grundsätzlich sind fünf Reiter in jeder Prüfung platziert, aber in Reiterprüfungen und anderen Anfängerprüfungen auch schon mal mehr. Bei 60 oder 70 Startern wäre es einfach zu traurig, wenn nur fünf mit einer Schleife nach Hause gingen! Mitunter erhalten sogar alle Teilnehmer einer Jugendreiterprüfung eine grüne Teilnahmeschleife. Ansonsten sind die Schleifen für den ersten Platz goldgelb, für den zweiten silbergrau. Der Drittplatzierte bekommt eine weiße Schleife und der Vierte eine blaue. Ab Platz fünf sind dann alle Schleifen grün. Mitunter gibt es zu den Schleifen auch noch Sachpreise und ab Klasse A sogar kleine Geldpreise. Dann erhältst du mit der Schleife einen Zettel und kannst dir den Preis hinterher abholen.

Nach der Schleifenverteilung startet die Ehrenrunde, angeführt vom Sieger der Prüfung. Dabei wird galoppiert, aber nicht gerast – du kannst dich jetzt nicht an den besser Platzierten rächen, indem du ihre Pferde überholst! Das ist schlechter Stil und obendrein gefährlich. Die Pferde könnten nacheinander schlagen und sich verletzen. Also: galoppiert wird schön ruhig und gesetzt. Auch wenn das Publikum johlt und die Reiter anstachelt.

Und dann? Ja, dann sattelt man das Pferd ab, belohnt es, fährt es nach Hause und plant auf dem Weg schon das nächste Turnier. Nach der Prüfung ist vor der Prüfung …

Macht Turnierreiten Spaß?

Eigentlich solltest du dem Turnierwochenende nicht mit Herzklopfen, sondern vor allem mit freudiger Erwartung entgegensehen. Das Zusammentreffen mit anderen Reitern sollte Spaß machen und der Leistungsvergleich sportlich gesehen werden: Mal gewinnt einer, mal der andere, und das Wichtigste dabei ist, dass man beim Üben fürs Turnier immer besser und pferdefreundlicher reiten lernt.

In der Praxis sieht es leider ganz anders aus. Vielleicht ist es dir noch nicht aufgefallen – als Schulpferdereiter gehst du ja eher mit dem Neid der Besitzlosen über den Turnierplatz und glaubst, alle Teilnehmer wären im siebten Himmel! Aber selten sieht man so viele mürrische Mienen wie auf einem Dressur- und Springturnier. Hier schimpft eine Mutter mit ihrer Tochter, dort brüllt eine Reiterin ihre Mutter an, da weint jemand, weil es schon wieder keine Schleife gab, und dort verprügelt sogar ein Junge unbeherrscht sein Springpony, das im Parcours gerissen hat. Auf dem Abreiteplatz herrscht Hektik, vor der Prüfung streitet man sich über die Reihenfolge, hinterher beklagt man sich über die Note. Sogar bei der Siegerehrung sieht man selten strahlende Gesichter – geschweige denn ein Mädchen, das sein Pferd herzlich umarmt und mit Leckerli überschüttet. Kurz und gut, hier geht es ernster und stressiger zu als in der Schule. Du solltest dir dieses Treiben mit offenen Augen ansehen und dann ganz für dich allein entscheiden, ob du tatsächlich Turnierreiten willst. Wenn es dir Spaß macht, dein Pferd auf die Prüfungen vorzubereiten, wenn du dich auf den Start freust und auch Niederlagen gelassen wegsteckst, ist es in Ordnung. Erscheint dir das Wochenende aber schlimmer als der Montag in der Schule, oder hast du das Gefühl, die Wettbewerbe machten dein Verhältnis zum Pferd nicht besser, sondern schlechter, dann lass es doch einfach! Reiten ist auch als Selbstzweck schön, du brauchst keinen Turnierrichter, um zu entscheiden, ob das Pferd eine Lektion gut oder schlecht gemacht hat. Es gibt viele erwachsene Dressurreiter, die ihre Pferde bis zu Lektionen der Klasse S fördern, aber nie auf ein Turnier gehen. Der Sonntagsausritt macht ihnen einfach mehr Spaß. Und ihr Pferd ist ihnen sowieso eine Million Euro wert! Egal was irgendein Richter dazu meint.

Probier vielleicht auch mal ein Freizeitreiterturnier oder eine Rallye. Ankündigungen und Termine findest du in Fachzeitschriften für Freizeitreiter. Du wirst überrascht sein, wie anders die Atmosphäre ist – auch wenn auf dem Abreiteplatz natürlich das gleiche Gedränge herrscht, die Reitplätze mitunter in schaurig schlechtem Zustand sind und die Richter oft nicht so genau wissen, was sie eigentlich richten sollen. Dafür wird garantiert mehr gelacht und oft genug geht jeder mit einer Schleife nach Hause – einfach als Erinnerung an den schönen Tag.

Wenn du gern Hindernisse springst, ist auch Jagdreiten eine gute Alternative zum konventionellen Turnier. Eine Reitjagd – sowohl die Hubertusjagd ohne Hundemeute als auch die »richtige« Fuchsjagd mit dem örtlichen Schleppjagdverein – macht Riesenspaß. Hierzulande ist es auch immer eine unblutige Angelegenheit. Kein Fuchs kommt zu Schaden, man folgt einer vorher ausgelegten Fährte (korrekt *Schleppe* genannt). Allerdings wirst du das Rennen hinter der Meute nur dann wirklich genießen, wenn du dein Pferd völlig unter Kontrolle hast. Auch für Turniermuffel ist Reitunterricht also Pflicht!

Reitabzeichen

Wer Turniere reiten will, braucht das Kleine Reitabzeichen als Voraussetzung für den Reiterausweis. Aber auch sonst sind Reitabzeichenprüfungen interessant. Sie belegen schwarz auf weiß, was ein Reiter kann, und machen es neuen Reitställen oder Ferienreitbetrieben leichter, ihn in Abteilungen einzuordnen und ihm das richtige Pferd zuzuteilen.

Zumindest die Prüfung zum Kleinen und Großen Hufeisen kannst du meistens auf Schulpferden ablegen. Gute Reitschulen bieten jährlich Kurse dazu an. Die praktischen Prüfungsinhalte gehen hier ja nicht über das hinaus, was du im Anfängerunterricht sowieso lernst. Beim Kleinen Hufeisen wird praktisch nicht mehr verlangt als Auf- und Absitzen und ein bisschen Abteilungsreiten. Die Prüfung zum Großen Hufeisen entspricht etwa dem Schwierigkeitsgrad eines einfachen Reiterwettbewerbs im Turnier. Dazu musst du zeigen, dass du ein Pferd führen, zäumen und aufsatteln kannst.

Im theoretischen Teil stellt man dir dann Fragen zum Putzzeug, zur Lederpflege, Pferdehaltung und Fütterung, sowie Hufschlagfiguren und anderen grundlegenden Dingen rund ums Reiten.

Beim Kleinen Reitabzeichen wird es dann schon schwieriger. Das fängt damit an, dass du vor der eigentlichen Reitabzeichenprüfung noch den *Basis-Pass Pferdekunde* erwerben musst. Das ist so eine Art »Pferdeführerschein«, den eigentlich jeder haben sollte, der einmal ein eigenes Pferd besitzen möchte. Beim Basis-Pass geht es nicht ums Reiten, sondern um den Umgang mit dem Pferd: Zu den Prüfungsthemen gehören Führen und Anbinden, Passieren anderer Pferde, Pferdepflege und Verladen. Im theoretischen Teil werden Fragen zu Pferdeverhalten, Fütterung und Gesundheit gestellt.

Die Reitabzeichenprüfung enthält dann eine Dressurprüfung der Klasse E sowie eine Stilspringprüfung. In der Theorie kommen Fragen zum Reiten im Gelände und Verhalten im Straßenverkehr dazu. Auch Kenntnisse über das Tier-

schutzgesetz spielen eine große Rolle. Beim Kleinen Reitabzeichen gibt es erstmalig Noten. Sie entsprechen den Turniernoten, ab Note 5,0 hast du bestanden.
Nach dem gleichen Schema läuft schließlich die Prüfung zum Deutschen Reitabzeichen Klasse III, Bronze, ab. Hier musst du eine A-Dressur und ein A-Springen reiten. Kurse zum DRA III werden allerdings nur von wenigen Reitschulen auf Schulpferden angeboten. Die meisten Absolventen haben schon eigene Pferde. Das gilt noch mehr für die Reitabzeichenprüfung Klasse II, Silber, bei der L-Dressur und L-Springen auf dem Programm stehen. Das Goldene Reitabzeichen kannst du nicht mittels einer Prüfung erreiten. Es wird erfolgreichen Turnierreitern aufgrund ihrer Leistungen verliehen – und ganz selten auch mal anderen Menschen, die sich besonders um den Reitsport verdient gemacht haben. Einmal erhielt es zum Beispiel die Schriftstellerin Ursula Bruns.

Fit fürs Reitabzeichen? – Kleines Quiz rund ums Pferd

Kleines Hufeisen, Großes Hufeisen – oder bewirbst du dich gleich ums Reitabzeichen? In erster Linie hängt das natürlich von deinem reiterlichen Können ab. Aber für die Theorieprüfung kannst du hier schon mal üben!

1. *Was ist eine »Kardätsche«?*
a) Ein Teil des Zaumzeugs.
b) Ein Teil des Putzzeugs.
c) Eine Figur der Hohen Schule.
d) Eine spezielle Longierpeitsche.

2. *Was versteht man im Pferdebereich unter »Verlesen«?*
a) Ein Verreiten bei der Dressurprüfung.
b) Auflesen der Pferdeäpfel in der Box.
c) Eine spezielle Form der Schweifpflege.
d) Richtige Haltung der Zügel beim Reiten mit der Kandare.

3. *Wie wird der Nasenriemen bei der Zäumung verschnallt?*
a) So, dass zwei aufgestellte Finger zwischen Pferdenase und Leder passen.
b) So fest wie möglich.
c) So, dass ein Finger zwischen Pferdenase und Leder passt.
d) So, dass drei aufgestellte Finger zwischen Pferdenase und Leder passen.

4. *Was ist ein »Vorderzeug«?*
a) Ein anderes Wort für Kopfstück.
b) Eine spezielle Bandage für die Vorderbeine.
c) Ein Lederteil, das den Sattel am Verrutschen nach vorn hindert.
d) Ein Lederteil, das den Sattel am Verrutschen nach hinten hindert.

5. *Wo findest du den »Widerrist«?*
a) Im Springparcours, das ist eine spezielle Hinderniskombination.
b) Im Pferdehuf, das ist ein kleiner Knochen neben der Hufrolle.
c) Am Übergang zwischen Hals und Pferderücken.
d) Im Allgäu, das ist ein Zuchtgebiet für Haflinger.

6. *Wie viele Halswirbel hat ein Pferd?*
a) Auf jeden Fall mehr als ein Mensch.
b) 7
c) 10
d) 12

7. *Was versteht man unter »Raufutter«?*
a) Die Füllung einer besonders pferdefreundlichen Satteldecke.
b) Heu und Stroh.
c) Hafer und Gerste.
d) Möhren und Äpfel.

8. *Wie oft sollte man ein Pferd füttern?*
a) Zweimal täglich.
b) Dreimal täglich.
c) So oft wie möglich.
d) Einmal täglich.

9. *Woran erkennst du eine Kolik?*
a) Unruhe, Hinlegen und Wiederaufstehen, Schwitzen, manchmal auch apathisches, stundenlanges Herumliegen.

b) Hektisches Hin- und-Her-Laufen, schweres Atmen, Hin- und-Her-Werfen des Kopfes.
c) Husten, Fieber, keuchendes Atmen und Nasenausfluss.
d) Lahmen, langsame, schleppende Bewegungen, Von-einem-Bein-aufs-andere-Treten.

10. Was verstehst du im Pferdebereich unter »Rehe«?
a) Eine Magen-Darm-Erkrankung.
b) Eine Entzündung im Huf.
c) Eine Atemwegserkrankung.
d) Eine Beinverletzung.

11. Was ist beim korrekten Sitz auf dem Pferd der »tiefste Punkt des Reiters«?
a) Die Fußspitze.
b) Der große Zeh.
c) Der Absatz.
d) Die Stiefelspitze.

12. Wie gibst du Galopphilfen?
a) Innerer Schenkel am Gurt, äußerer Schenkel hinterm Gurt.
b) Äußerer Schenkel am Gurt, innerer Schenkel hinterm Gurt.
c) Äußerer Schenkel am Gurt, innerer Schenkel vor dem Gurt.
d) Innerer Schenkel am Gurt, äußerer Schenkel vor dem Gurt.

13. Du reitest in der Abteilung. Wie groß ist dein Abstand zum Vorreiter?

a) Drei Meter.
b) Fünf Meter.
c) Eine Pferdelänge.
d) Zwei Pferdelängen.

14. Was versteht man im Reitsport unter »Tete«?

a) Die erste Position in einer Abteilung.
b) Die letzte Position in einer Abteilung.
c) Den ersten Sprung in einem Parcours.
d) Den letzten Sprung in einem Parcours.

15. Bei welcher dieser Hufschlagfiguren reitest du keine Kreise oder Achten?

a) Auf dem Zirkel geritten.
b) Durch die ganze Bahn wechseln.
c) Aus dem Zirkel wechseln.
d) Volte.

16. Welche dieser Hufschlagfiguren beinhaltet einen Handwechsel?

a) Schlangenlinien durch die Bahn, vier Bögen.
b) Einfache Schlangenlinie.
c) Doppelte Schlangenlinie.
d) Schlangenlinien durch die Bahn, drei Bögen.

17. Beim Ausritt begegnest du Spaziergängern. Was tust du?

a) Ich beachte sie gar nicht.

b) Ich reite möglichst schnell vorbei.
c) Ich reite mit möglichst großem Abstand vorbei.
d) Ich pariere zum Schritt durch und sage höflich Guten Tag.

18. *Du reitest an der Straße entlang. Wo ordnest du dich ein?*
a) Links, also so, dass mir der Verkehr entgegenkommt. Ein Pferd ist schließlich ein Fußgänger.
b) Ich reite in der Straßenmitte. Die Autofahrer sollen ruhig mal Rücksicht nehmen!
c) Rechts, also wie ein Fahrradfahrer. Ein Pferd gilt als »Fahrzeug«.
d) Reiten auf der Straße ist allgemein verboten. Ich reite auf dem Feld nebenan.

19. *Welche dieser Pferderassen gehört nicht zu den Kleinpferden?*
a) Lewitzer.
b) Norweger.
c) Welsh.
d) Friese.

20. *Welche dieser Warmblutrassen gibt es nicht?*
a) Westfale.
b) Mecklenburger.
c) Hannoveraner.
d) Hamburger.

Auflösung:

1b, 2c, 3a, 4d, 5c, 6b, 7b, 8c, 9a, 10b, 11c, 12a, 13c, 14a, 15b, 16a, 17d, 18c, 19d, 20d

15 – 20 Richtige
Sehr gut! Du solltest die Theorieprüfung zum Kleinen Reitabzeichen ohne weiteres bestehen.

10 – 14 Richtige
Prima. Zum Kleinen und Großen Hufeisen kannst du dich unbesorgt anmelden.

5 – 9 Richtige
Mit der Theorie hapert es bei dir noch ein bisschen. Mit etwas Glück kommst du durch die Prüfung zum Kleinen Hufeisen, aber lies lieber noch ein paar Bücher!

0 – 4 Richtige
Wetten, du träumst noch vom Reiten oder hast gerade erst deine ersten paar Reitstunden hinter dir? Von Abzeichenprüfungen bist du noch weit entfernt, aber mutig, dass du das Quiz trotzdem schon versucht hast!

5. Der Traum vom eigenen Pferd

Der ultimative Wunsch einer jeden jungen Reiterin ist natürlich ein eigenes Pferd oder Pony. Endlich keine Schulpferde mehr reiten müssen, das Lieblingspferd nicht mehr mit anderen teilen, keine Ängste mehr ums Pflegepferd! Stattdessen ein Pferd, das du ganz für dich allein hast, das wiehert, wenn du in den Stall kommst, das unter niemand anderem besser geht als unter dir …

Leider erfüllt sich dieser Traum nur für wenige Mädchen und nicht alle werden dann auch wirklich glücklich mit dem eigenen Vierbeiner. Sehr oft wird das Pferd nämlich vorschnell und ohne größere Überlegung angeschafft. Hauptsache ein Pferd, alles andere, so denken Mädchen und Eltern, wird sich dann schon ergeben. Tatsächlich ist das nicht so, vor dem Pferdekauf muss manches bedacht und geregelt werden, sowohl organisatorisch als auch finanziell. Die Frage, wie du den Kaufpreis aufbringst, ist dabei das geringste Problem. Viele Mädchen haben heute ein eigenes Konto, auf dem sich Geburtstags- und Konfirmationsgeschenke anhäufen. Das reicht vielleicht für irgendein Billigpferd vom Pferdemarkt. Aber ob das dann auch die Reiterträume erfüllt? Ganz abgesehen von der Frage, wo es wohnen und was es fressen soll!

Pferdehaltung – wo wohnt dein Pferd?

Im Wesentlichen gibt es drei Möglichkeiten, dein Pferd unterzubringen. Die bequemste, aber natürlich auch teuerste Lösung ist Vollpension in einem Reitstall. Preiswerter kommt die Unterbringung in einer Haltergemeinschaft, bei der sich mehrere Pferdebesitzer einen Stall und die darin anfallenden Arbeiten teilen. Der Traum jeder Reiterin ist allerdings das eigene Pferd am Haus, also eine Haltungsanlage im eigenen Garten. Das Pferd hätte dann sozusagen »Familienanschluss«. Alle drei Möglichkeiten haben ihre Vor- und Nachteile.

Vom »Grandhotel« bis »Wohnklo« – Vollpension im Reitstall

In praktisch jedem Reitstall werden Boxen für Privatpferde vermietet. Man zahlt dann jeden Monat einen meist recht hohen Betrag, der Stallmiete, Futter und oft auch die Boxreinigung beinhaltet. Wie hoch er genau ist, richtet sich nach der Lage des Stalls und dem gebotenen Service. »Vier-Sterne-Ställe«, in denen die Pferde offene Boxen oder Laufställe bewohnen und regelmäßigen Auslauf und Weidegang erhalten, kosten natürlich mehr als stickige Innenboxen.

Allerdings verlangen manche Vermieter auch für winzige »Wohnklos« horrende Beträge, wenn die Ställe zum Beispiel mitten in einer Großstadt liegen und leicht zu erreichen sind. All diese Arrangements haben jedoch eines gemeinsam: Der Pferdehalter selbst braucht sich um nichts zu kümmern. Das Pferd wird versorgt, ob er es besucht oder nicht. Zwar sehen manche Ställe eine gewisse Selbstbeteiligung vor. Zum Beispiel wird oft Weidegang geboten, der Besitzer muss das Pferd aber selbst hinausbringen und hereinholen. Das Pferd wird aber auch nicht verhungern, wenn er das nicht tut, es erhält ja Heu und Hafer in der Box. Natürlich werden die Pferde schnell zu kernig, wenn sie im Stall stehen und nicht regelmäßig geritten werden. Aber viele »Fullservice«-Ställe bieten sogar Beritt an. Dann wird das Pferd vom Stallpersonal bewegt, und der Reiter braucht nur dann zu erscheinen, wenn er wirklich Lust dazu hat.

So stellst du dir deine Pferdehaltung hoffentlich nicht vor! Die meisten Pferdemädchen wünschen sich möglichst viel Kontakt mit ihrem Vierbeiner und das schließt natürlich auch Füttern und Pflegen mit ein. Trotzdem hat die Haltung im Reitstall gerade für junge Reiter einige Vorteile. Der wichtigste ist die Möglichkeit, weiter am Reitunterricht teilzunehmen. Du kannst mit dem eigenen Pferd weiterlernen, vielleicht auch mal an Turnieren teilnehmen oder an geführten Ausritten. Wer schon als Anfänger ein eigenes Pferd haben möchte, kommt um die Unterbringung im Reitstall kaum herum. Dazu ist der »Spaßfaktor« hier größer als bei anderen Haltungsformen. Du bist nicht völlig allein mit dem Pferd, sondern findest leicht gleichaltrige Gesellschaft zum gemeinsamen Reiten und Klönen.

Reiterfahrung vor dem Pferdekauf – wie viel muss sein?

Wer vom eigenen Pferd träumt, denkt meist mehr an Ausritte als an langweilige Reitstunden. Und auch viele Eltern hegen die Vorstellung, der Besitz eines Privatpferdes mache den teuren Unterricht überflüssig. Das ist leider völlig falsch. Reiten ist ein extrem schwerer Sport, und wer es wirklich gut beherrschen und gefahrlos mit Pferden umgehen will, muss viele Jahre üben. Ist ein eigenes Pferd vorhanden, so trainiert man am besten mit ihm zusammen.

Nun lässt sich das allerdings nicht immer machen – zum Beispiel, weil das Pferd weit weg von der nächsten Reithalle untergebracht wird. In diesem Fall müssen im Vorfeld zumindest reiterliche Grundkenntnisse erworben werden.

Um allein mit einem erwachsenen, gut zugerittenen Pferd zurechtzukommen, solltest du mindestens zwei Jahre regelmäßigen Reitunterricht hinter dir haben. Reitabzeichenprüfungen sind empfehlenswert, weil dabei auch theoretische Kenntnisse rund um Pferdepflege und Haltung erworben werden.

Falls du dir ein ganz junges Pferd zulegen möchtest, ist mindestens fünfjährige Reiterfahrung auf möglichst vielen verschiedenen Pferden Bedingung. Am besten solltest du auch schon mit jungen Pferden gearbeitet haben. Es reicht nämlich nicht, das Fohlen zu lieben. Um es sachgerecht zureiten zu können, brauchst du Geduld, Sattelfestigkeit und sehr gute reiterliche Grundkenntnisse.

Wichtig dabei ist allerdings die Auswahl des richtigen Reitstalls. Im Grunde kannst du dabei die gleichen Kriterien anwenden wie am Anfang bei der Reitschule: Die Haltung der Pferde sollte möglichst artgerecht sein, deine Hilfe im Stall willkommen, der Reitunterricht fachlich gut. Manchmal gibt es auch die Möglichkeit, die Stallmiete zu reduzieren, indem du zum Beispiel das Misten deiner Box selbst übernimmst. Frag einfach nach!

»Pferde-WG« – die Haltergemeinschaft

Wesentlich preiswerter als Vollpension im Reitstall ist gewöhnlich die Unterbringung in einer Haltergemeinschaft. Sie bietet dem Pferd meist auch mehr »Wohnkomfort«, denn hier leben die Pferde in der Regel in Gruppen zusammen, haben Gemeinschaftsausläufe und Weidegang im Sommer. Haltergemeinschaften sind meist so organisiert, dass ein oder zwei Pferdebesitzer eine Stallanlage pachten oder kaufen und dann weitere Plätze darin vermieten. Damit halten sie die Kosten ihrer eigenen Pferdehaltung niedrig. Außerdem zielt die Haltergemeinschaft auf Arbeitsteilung: Jeder hilft beim Misten, bei der Weidepflege, beim Stroheinfahren, oft auch beim Füttern. Wobei Hilfe nicht als freiwillige Leistung, sondern als verbindliche Pflicht zu verstehen ist! Je mehr Teilnehmer es gibt, desto straffer sind die Stalldienste im Allgemeinen organisiert, und wenn jemand aus der Reihe tanzt, gibt es schnell Ärger.

In einer Haltergemeinschaft muss sich einer auf den an-

deren verlassen können, Ausreden gibt es nicht. Deshalb schauen sich die Teilnehmer neue Interessenten für ihre Stallplätze auch meist genau an. Junge Mädchen werden eher ungern genommen, es kommt zu oft vor, dass Teenager schusselig sind und ihre Pflichten vergessen – oder gar Türen offen lassen oder Futterpläne verwechseln! Du hast hier also nur eine Chance, wenn deine Eltern mitziehen. Im Allgemeinen verlangt man ihre Unterschrift auf dem Einstellervertrag, und wenn du Mist baust, statt Mist fährst, kommt schnell ein Anruf bei Mama und Papa. Zum Stroheinfahren oder zum Stallbau wird auch gern mal dein Vater eingespannt – Haltergemeinschaften verstehen sich oft als große Familien und haben keine Hemmungen, die deine einzubeziehen! Dafür ist die Atmosphäre aber meist nett und dem Pferd geht es gut. Außerdem ist es immer leicht, eine Vertretung zu organisieren, wenn du wirklich mal keine Zeit hast, dich um dein

Pferd zu kümmern. Auch im Urlaub kannst du sicher sein, dass für den Vierbeiner gesorgt ist und dass sich Menschen um ihn kümmern, die er kennt.

Nachteil der Haltergemeinschaft ist der meist fehlende Reitunterricht. Nur wenige Gruppen sind groß genug, um regelmäßig einen Reitlehrer kommen zu lassen, oft gibt es auch gar keinen Reitplatz. Dazu finden sich hier häufig Vertreter unterschiedlicher Reitstile zusammen, ein gemeinsamer Unterricht wäre also sowieso problematisch. Die erwachsenen Teilnehmer fahren zwecks Weiterbildung meist zu Wochenendkursen. Vielleicht lässt es sich organisieren, dass jemand dich mitnimmt. Diese Kurse sind allerdings nicht billig und dazu kommt die Unterbringung für dich und dein Pferd.

Ein weiterer Nachteil ist, dass du hier meist mit Erwachsenen, weniger mit Gleichaltrigen zu tun hast. Wenn du gern Gesellschaft hast, sieh dich also gleich im Vorfeld nach einem Stall um, in dem es auch noch andere Teenager gibt. Viele Erwachsene haben zum Beispiel jugendliche Reitbeteiligungen. Vielleicht wirst du diesen »Spaß- und Geselligkeitsfaktor« im Augenblick noch unwichtig finden. Aber auf Dauer wird dir die Gesellschaft deines Pferdes allein nicht genügen. Und Misten macht zu zweit deutlich mehr Spaß!

Ein Pferd für zwei?

Eigentlich eine fantastische Idee: Zwei Freundinnen kaufen gemeinsam ein Pferd und teilen sich dann die Anschaffungskosten, die Haltungskosten und die Arbeit. In der Pra-

xis klappt das leider nie. Es führt auf die Dauer immer zu Zank und Streit, denn Eifersucht ist vorprogrammiert. Da wiehert das Pferd, wenn Jenny kommt, aber bei Anna gibt es keinen Ton von sich.
Anna will in der Jugendreiterprüfung starten, aber Jenny hat ein Springen genannt, das zur gleichen Zeit stattfindet. Was Anna wiederum unmöglich findet, denn das Pferd ist schließlich ein Dressurpferd. Wenn Jenny es dauernd springt, wird sie es verreiten! Irgendwann geht das Pferd auch sicher mal lahm und Jenny und Anna geben sich gegenseitig die Schuld daran. War es der Geländeritt mit Jenny? Oder Annas ständiges Kringelreiten in der engen Reitbahn? Es fehlt dann nur noch, dass die Eltern sich einmischen, weil Jenny in diesem Monat öfter geritten ist als Anna und bitte einen größeren Anteil an den Pensionskosten tragen sollte … Am Ende sind alle heillos zerstritten. Da keine der Parteien sich das Pferd allein leisten kann oder will, landet es oft beim Händler, weil sich auch niemand mehr die Zeit für langwierige Verkaufsverhandlungen nehmen will. Der Zankapfel soll schnell weg, man will nie mehr miteinander zu tun haben … Traurig für alle Beteiligten. Also versucht es gar nicht erst. Deinen Freund würdest du schließlich auch nicht mit deiner besten Freundin teilen wollen!

Das Pferd »hinterm Haus« – Haltung in Eigenregie

Fast alle Reiter haben schon mal vom Pferd im eigenen Garten geträumt. Und wer weiß, vielleicht lässt sich das für dich sogar verwirklichen. Papa oder Opa bauen einen Schuppen zum Stall um, die Wiese wird als Weide eingezäunt und schon kann das Pferd einziehen! In der Praxis verläuft das leider selten so reibungslos. Das fängt damit an, dass Pferdehaltung in Wohngebieten nicht ohne weiteres erlaubt ist. Mit etwas Pech macht der nächste Nachbar gleich eine Anzeige, weil da angeblich Gülle in seinen Garten fließt oder der Misthaufen stinkt. Aber selbst wenn das nicht passiert: Ein Pferd allein im Garten ist eine traurige Angelegenheit. Pferde sind Herdentiere, sie brauchen Gesellschaft. Sag jetzt nicht: »Es hat doch mich.«! Du willst höchstwahrscheinlich nicht mit ihm im Stall schlafen, Heu knabbern und am Abend ein bisschen um die Wette laufen. Tatsächlich bist du maximal eine oder zwei Stunden täglich für den Vierbeiner da. Das reicht nicht. Du brauchst also ein zweites Pferd – oder zumindest eine Ziege oder ein Schaf, damit das Pferd nicht ganz allein ist und trübsinnig wird. Das alles kompliziert und verteuert die Sache. Auch der schnell ausgebaute Schuppen-Offenstall erweist sich in der Regel nicht als ausreichend. Im Sommer mag sich das Pferd darin wohl fühlen, aber spätestens bei den ersten schweren Regenfällen im Herbst verwandelt sich die Weide in eine Schlammwüste. Das ist für Pferd und Pfleger unzumutbar – auf Dauer wird also ein befestigter Auslauf nötig, was wieder ein paar tausend Euro verschlingt.

Ein weiteres Problem ist die Arbeitsbelastung. Bei der Haltung am Haus bist du ganz allein für die Versorgung des Pferdes zuständig. Das macht am Anfang einen Riesenspaß, aber das Jahr hat 365 Tage! Ausnahmslos jeder davon wird von nun an mit Füttern beginnen und enden. Du musst täglich da sein und misten, auch wenn es regnet, wenn es schneit und wenn du die Grippe hast. Jede Verabredung, jeder Ausflug muss darauf abgestimmt werden. Pferdehaltung in Eigenregie verlangt ein Höchstmaß an Disziplin – du musst Pferde sehr lieben, um das über Jahre durchzuhalten. Es geht auch wieder nur mithilfe der Eltern oder anderer Familienmitglieder. Du musst jemanden haben, den du auch mal telefonisch zum Füttern einspannen kannst, wenn das Üben für die Mathearbeit länger dauert oder der Bus nach dem Schulausflug Verspätung hat.

Wenn es also wirklich ernst wird mit der Haltung am Haus, überleg gemeinsam mit deinen Eltern, ob der Stall nicht etwas größer gestaltet werden kann und der Platz dann für ein zweites Pferd ausreicht. Wenn du dann noch einen verlässlichen Menschen für eine kleine Haltergemeinschaft findest, hast du weit bessere Chancen, dass sich das Pferd am Haus wirklich als traumhaft erweist.

Andere Möglichkeiten

Neben diesen drei wichtigsten Unterbringungsmöglichkeiten für dein eigenes Pferd gibt es noch verschiedene Mischformen und andere Alternativen. Manchmal vermietet zum Beispiel ein Bauer eine oder zwei Boxen oder ein Nachbar hält ein Pferd in Eigenregie und du kannst deins dazustellen. Solche Arrangements können sich als glücklich erweisen, mitunter aber auch als gigantische Flops! Zum Beispiel wenn der Bauer fest davon überzeugt ist, er müsse deinen Haflin-

ger genau so füttern wie sein Vater früher seine Kaltblutpferde. Und Weidegang gibt es selbstverständlich nur bei Sonnenschein, sonst treten die Pferde ja das Gras platt. Dann hast du bald ein fettes, unglückliches Pferd, das vor lauter »Stallmut« kaum reitbar ist. Und deine Eltern schlagen sich womöglich auf die Seite des Bauern, weil der doch jahrelange Erfahrung hat.

Auch private Pensionsgeber können sich als seltsam entpuppen. Zum Beispiel falls sich dein Pferd ranghöher als ihres zeigt und ihren Liebling achtkantig aus dem Stall wirft. Das regeln Pferde auf Dauer zwar meist unter sich, aber wenn der Besitzer es persönlich nimmt, hast du ziemlich schlechte Karten. Oder dein Stallvermieter möchte die Stallgasse auf eine ganz bestimmte Art gefegt haben, und zwar immer nachmittags um fünf. Solche Leute können dir das Leben zur Hölle machen, und du brauchst dann schnell eine Alternative, bevor du verrückt wirst. Dann wird es schwierig, wenn die gesamte Kalkulation deiner Pferdehaltung darauf aufgebaut ist, dass die Stallmiete hier nur 180 Euro kostet und nicht 250 wie in der nächsten Haltergemeinschaft!

Sei also immer vorsichtig bei privaten Vereinbarungen, vor allem wenn du der einzige Einsteller in einer Haltungsanlage bist. Lass dich auch auf keinen Fall auf gemeinsame Stallbau-Arrangements ein. Wenn deine Eltern den Stall auf dem Grundstück des Nachbarn mitfinanzieren, wird es schwierig, das Geld zurückzubekommen, wenn die Zusammenarbeit bei der Pferdehaltung dann doch nicht funktioniert!

Was kostet ein Pferd?

Die Anschaffungskosten eines Pferdes hängen von seinem Alter, seiner Rasse und seiner Abstammung ab. Das reicht von unter 500 Euro für ein Fohlen vom Pferdemarkt bis zu mehreren Millionen für ein siegreiches Rennpferd. Ein ordentliches Reitpferd ist ab etwa 3000 Euro zu haben. Das kann dann zwar noch nicht viel und ist auch sicher kein Turniercrack, aber es sollte einigermaßen gut gebaut und so weit zugeritten sein, dass es dich nicht herunterbuckelt.

Allerdings ist der Anschaffungspreis gar nicht das Wichtigste bei der Kostenkalkulation. Viel wichtiger sind die monatlichen und sonstigen Fixkosten. So musst du das Pferd zum

Beispiel in den meisten Fällen irgendwo unterstellen. Die Kosten belaufen sich da etwa zwischen 180 und 600 Euro monatlich. Wenn es viel billiger ist, dürfte etwas faul sein, also Vorsicht! Wichtige Kostenfaktoren sind weiterhin Versicherungen, Tierarzt und Hufschmied. Eine Pferdehalter-Haftpflichtversicherung ist unumgänglich – sie kostet je nach Versicherer zwischen 70 und mehreren hundert Euro im Jahr. Der Hufschmied kommt alle sechs bis acht Wochen, und selbst wenn dein Pferd ohne Eisen gehen kann – was absolut nicht sicher ist! –, möchte er mindestens 40 Euro fürs Ausschneiden. Ein Vollbeschlag kommt leicht auf 150 Euro oder mehr. Den Tierarzt brauchst du hoffentlich nur zum Impfen – wieder ca. 70 Euro im Jahr und das Dreifache für die Grundimmunisierung am Anfang. Wenn du allerdings Pech hast, wird dein Pferd öfter mal krank und das kann dann richtig ins Geld gehen. Wenn es zum Beispiel eine schwere Kolik bekommt und in der Klinik operiert werden muss, kostet das etwa 4000 Euro. Würden deine Eltern diese Kosten übernehmen?

Welches Pferd für wen?

Nehmen wir mal an, die Unterbringung ist gelöst und es wird ernst. Du machst dich wirklich auf die Suche nach deinem Traumpferd. Dazu musst du wieder einige Entscheidungen treffen, zum Beispiel bezüglich Alter und Rasse des Pferdes sowie der Frage, was du schwerpunktmäßig mit ihm unternehmen möchtest. Gewöhnlich gibt es auch ein preisliches Limit, nur selten werden Eltern ein beliebig teures Pferd kaufen wollen. Schauen wir uns also an, was du dir wünschst und vorstellst und ob und wie das zu realisieren ist.

Ein junges Pferd

»Ich möchte ein junges Pferd, es soll bei mir aufwachsen und alles von mir lernen!«

Ein junges Pferd kaufen und es selbst ausbilden – das kann wunderschön sein und der Traum davon wird durch Bücher und Filme genährt. In der Realität müssen bei Aufzucht und Ausbildung junger Pferde allerdings alle Voraussetzungen stimmen, sonst wird es nur Krampf für Pferd und Mensch.

Das fängt schon damit an, dass junge Pferde andere Haltungsanforderungen stellen als erwachsene. Sie brauchen größere Flächen zum Toben und gleichaltrige Gesellschaft. Nicht immer wirst du einen Einstellplatz finden, bei dem das gegeben ist, und wenn ja, dann liegt er selten um die Ecke. Du musst also weite Anfahrtswege auf dich nehmen, um dein Fohlen regelmäßig zu sehen.

Zur Ausbildung eines Jungpferdes brauchst du neben Reiterfahrung vor allem Geduld. Hast du wirklich Lust, dein Pferd monatelang zu longieren und über Bodenhindernisse zu führen, während andere ausreiten? Und nimmst du dir Zeit, immer wieder von neuem anzufangen, wenn das junge Pferd eine Lektion nicht gleich versteht?

Überleg dir gut, ob du ein junges Pferd oder gar ein Absatzfohlen »adoptieren« möchtest, und tu es nicht, um dabei Geld zu sparen. Der Anschaffungspreis ist beim Jungpferd zwar geringer, aber dafür steckst du das Geld in die Aufzucht. Letztlich rechnet sich das nicht. Fohlenaufzucht lohnt sich nur, wenn du das Zusammensein und die Arbeit mit dem jungen Pferd vom ersten Halfteranlegen bis zum ersten Ausritt von ganzem Herzen genießt!

Das Traumpferd

»Ich möchte ein ›Traumpferd‹ – zum Beispiel einen Friesen, Isländer oder Andalusier ...«

In deinem Zimmer hängt ein Fotokalender mit Bildern deiner Lieblingspferderasse: Da fliegen Isländermähnen im Wind, Andalusierhengste galoppieren am Meer entlang, tiefschwarze Friesengespanne ziehen bunte Kutschen. Fragt man dich nach deinem Pferdewunsch, dann zeigst du auf diese Bilder: So ein Pferd möchtest du haben, genau so ein Pferd!

Nun wird sich dieser Wunsch kaum realisieren lassen. Das fängt schon damit an, dass die vierbeinigen »Models« aus dem Kalender kaum verkäuflich sind. Hier fotografiert man schließlich die schönsten der Schönen – oft unerschwinglich wertvolle Deckhengste. Selbst wenn du sie hättest, könntest du wahrscheinlich wenig mit ihnen anfangen. Stell dir den wild über die Weide tobenden jungen Friesen mal in der Box in eurem Reitstall vor! Und könntest du den wunderschön piaffierenden Pura-Raza-Hengst wirklich reiten?

Na ja, schränkst du ein, es muss ja nicht dieser sein. Aber vielleicht eine Friesen- oder Andalusierstute. Oder ein Wallach ... Und falls das Traumpferd ein Isländer ist: Davon gibt es doch *so* viele, bestimmt findet sich auch einer für dich.

Hier musst du zwischen Rassen unterscheiden, die in unseren Breiten schon sehr gut eingeführt sind, und anderen, die hier noch wenig gezüchtet werden. Interessant ist auch, ob deine Wunschrasse zurzeit gerade in Mode ist. Letzteres trifft zum Beispiel auf Friesen und Andalusier zu. Stuten sind hier kaum zu bekommen, und wenn, dann sind sie fast noch

teurer als Hengste. Wallache sind eher mal erschwinglich, aber ziemlich selten, du müsstest schon viel Glück haben, wenn du einen findest. Dabei ist auch Vorsicht angebracht: Wenn ein Traumpferd preiswert zu haben ist, stimmt mit dem Tier oft etwas nicht. Vielleicht ist es krank oder zeigt Verhaltensprobleme. Falls es vom Händler kommt, könnte es auch gestohlen sein. Freu dich also nicht zu früh über ein Schnäppchen!

Etwas anders ist es mit Rassen, die zwar ein »Traumpferde-Image« haben, aber schon lange im Inland gezüchtet werden. Ein typisches Beispiel dafür ist der Isländer. Die freundlichen Gangpferde gibt es in praktisch jeder Preisklasse, du wirst sicher ein erschwingliches Pferd finden. Fragt sich nur, ob es dir dann auch genügt! Du wirst mit deinem Isländer ja kaum in den örtlichen Reitstall gehen, sondern dich wahrscheinlich einem speziellen Verein anschließen. Da findest du andere Jugendliche zum Klönen und gemeinsamen Reiten – aber fast alle werden teurere Pferde haben und sie häufig wechseln. Turniererfolge sind ein wichtiges Thema, und du wirst bald feststellen, dass sie hier nicht in erster Linie vom reiterlichen Können und vom fleißigen Üben, sondern von der Gangveranlagung des Pferdes abhängen. Das »Traumpferd« ist nicht der Isländer an sich, sondern der »Supertölter«. Überleg dir gut, ob du das willst und ob deine Eltern hier finanziell mithalten können.

Vielleicht denkst du auch einfach mal darüber nach, was deine Traumrasse für dich so besonders macht. Lange Mähnen und sanfte Ponygesichter? Die haben Haflinger auch. Die fantastische Geschichte von der tausendjährigen Reinzucht auf Island? Sie stimmt leider nicht, die Story beruhte zunächst auf einem Missverständnis und wurde dann ein Werbegag. Du findest im weit erschwinglicheren Fjordpferd genauso ein Wikingerpferd.

Wenn du Rappen liebst, brauchst du auch nicht unbedingt einen Friesen: Es gibt schwarze Reitponys, meist mit Welshpony- oder Fell-and-Dale-Abstammung, die genauso hübsch aussehen. Viele Reitponys führen auch so viel Araberblut, dass sie es an Eleganz mit jedem Vollblutaraber aufnehmen können.

Schau dich einfach mal unvoreingenommen unter all den Pferden um, die für dich ausbildungsmäßig und preislich infrage kommen. Und warte darauf, dass eins dir zuzwinkert ... Wenn ihr beide Sternchen in den Augen habt, hast du dein Traumpferd gefunden, und dann ist es dir auch egal, ob es aus Island oder Tirol, Spanien oder Westfalen kommt.

»Exoten« vom Händler?

Du wünschst dir nichts mehr auf der Welt als einen echten Andalusier (ein Quarterhorse, ein Camargue-Pferd oder einen anderen »Exoten«), aber beim Blick auf die Preise winkt dein Vater ab. Mehrere zehntausend Euro für ein Pferd? Das kommt natürlich nicht infrage.

Doch dann findest du eine Anzeige für spanische (amerikanische, französische) Importpferde und bist Feuer und Flamme. Die sind ja gar nicht so teuer! Tatsächlich bietet der Händler sie für weniger Geld an als so manches hier gezogene Warmblutpferd oder Pony. Dabei ist es kein Schwindel – die spanischen (amerikanischen, französischen) Papiere kann der Händler vorweisen! Auch wenn die Pferde natürlich nicht ganz so aussehen wie der langmähnige Hengst auf der letzten Pferdemesse.

So mancher greift hier zu, aber die Sache hat natürlich einen Haken. So handelt es sich bei den Papieren oft nicht um den Abstammungsnachweis, sondern einfach um den Pferdepass (mehr darüber Seite 207) oder die Ausfuhrpapiere. Die Pferde stammen zwar aus dem angegebenen Land, sind aber nur Kreuzungen verschiedener Rassen – meist für wenig Geld bei irgendeinem Pferdehändler oder gar beim Schlachter erstanden. Natürlich sind sie mehr schlecht als recht zugeritten und fast immer krank.

Lass unbedingt die Finger von solchen Pferden und kauf die Tiere auch nicht aus Mitleid! Du unterstützt den Händler damit nur in seinen Betrügereien. Er wird sofort den nächsten Schlachtpferdetransport aus dem Ausland holen und das Spiel beginnt von vorn.

Natürlich gibt es auch Importeure, die mit offenen Karten spielen und zum Beispiel ihre spanischen Pferde ohne Abstammungsnachweis ehrlich als *Cruzados* oder *Tres Sangres* ausgeben. Diese Pferde sind vielleicht gesund, haben mit deinem Traumpferd *Andalusier* aber nur das Geburtsland gemeinsam. Dafür kosten sie etliche tausend Euro mehr als ein vergleichbares, im Inland gezogenes Pony oder Warmblutpferd. Sie sind selten sorgfältig aufgezogen und noch seltener gut zugeritten. Insgesamt machst du also auch hier ein eher schlechtes Geschäft.

Das Turnierpferd

»Ich möchte erfolgreich Turniere reiten.«

Nicht jedes Pferd hat das Zeug zum Turnierpferd. Selbst dann nicht, wenn es vom Exterieur her die nötigen Voraussetzungen mitbringt und obendrein gut zugeritten ist. Ein gutes Turnierpferd sollte auch einen gewissen »Biss« mitbringen. Es muss abenteuerlustig genug sein, jeden Sonntag gern in den Hänger zu steigen und zu Wettbewerben zu fahren. Es muss gelassen sein und darf sich dort nicht vor jeder Zierpflanze am Reitplatzrand fürchten. Es sollte sich auch auf überfüllten Abreiteplätzen von nichts irritieren lassen, sondern tadellos »funktionieren«. Idealerweise hat es einfach Spaß daran, sich zur Schau zu stellen, und geht auf dem Turnier immer noch ein bisschen besser als zu Hause.

Einen Teil dieser Eigenschaften kann man trainieren. Das Tüpfelchen auf dem i jedoch, die Klasse, die das wirklich gute Turnierpferd vom mäßig erfolgreichen Vierbeiner unterscheidet, ist angeboren. Manche Pferde haben Spaß an der Show, andere stehen lieber zu Hause im Stall herum und knabbern Heu mit Freunden. Das ist einfach so – auch bei Menschen rennt schließlich der eine von einem Casting zum nächsten, während der andere nicht mal in der Schule ein Wort herausbringt. Du wirst deinen vierbeinigen »Couchpotatoe« nicht umdrehen, egal was du anstellst.

Wenn Turnierreiten und Erfolge auf dem Spring- oder Dressurplatz also besonders wichtig für dich sind, entscheidest du dich am besten für ein Pferd, das schon mit seiner vorigen Besitzerin häufig platziert war. Von diesem Pferd kannst du meist noch einiges lernen, du wirst also auch im Reitunterricht reichlich Erfolgserlebnisse haben.

Das alles hat nur einen Haken: Erfolgreiche und sofort einsetzbare Turnierpferde sind sehr teuer. Du kannst das nur umgehen, indem du ein älteres Pferd kaufst. Ab etwa 15 Lebensjahren sinken die Preise rapide. Das heißt aber immer noch nicht, dass diese Pferde billig sind. Zwischen fünf- und zehntausend Euro wirst du auch für ältere Tiere ausgeben müssen. Als Lehrpferde sind diese »Pony-Opas« allerdings immer noch unbezahlbar!

Falls du sehr gut reitest, ist natürlich auch ein junges Pferd eine Alternative, das vielleicht gerade seine ersten Materialprüfungen geschafft hat und nun auf weitere Förderung wartet. Am besten lässt du dich hier von einem/r Reitlehrer/in beraten, der oder die viel Erfahrung mit Jugendlichen im Turniersport hat und bei dem oder der du auch in Zukunft Unterricht nehmen willst.

Irgendein Pferd

»Ich möchte irgendein Pferd, Hauptsache, nicht teurer als 3000 Euro.«

Du hast gespart oder deine Eltern lange intensiv bearbeitet. Und nun stehen endlich 3000 Euro (oder nur 2000 oder gar 1500) für den Kauf eines Pferdes zur Verfügung. Nehmen wir an, du hast die ersten Seiten dieses Kapitels aufmerksam gelesen und nicht nur die Anschaffungs-, sondern auch die Haltungskosten für dein Pferd bedacht. Das alles ist ordentlich durchkalkuliert, dein Pferd wird gut versorgt sein, nur beim Kaufpreis hat Papa ein Limit gesetzt. Gut, damit musst du leben. Du darfst jetzt allerdings nichts überstürzen. Je knapper die Kasse ist, desto sorgfältiger musst du suchen, und wahrscheinlich wird es auch etwas länger dauern als beim Pferdekauf mit wohl gefüllter Brieftasche. Vor allem musst du dabei das Wort »irgendein« aus deiner Planung streichen! Du möchtest vielleicht ein Pferd beliebiger Rasse oder Farbe, aber was Rittigkeit und Alter angeht, solltest du dir genauere Vorstellungen machen.

Natürlich wirst du dabei Kompromisse eingehen müssen. Für diesen Preis bekommst du kein turnierreifes achtjähriges Warmblut. Allerdings möglicherweise ein dreizehnjähriges, gut gerittenes Warmblutpferd, ein neunzehnjähriges Turnierpferd oder einen solide angerittenen vierjährigen Haflinger. Mach dir am besten eine Liste mit dem, was dir besonders wichtig ist, und notier dir auch, welche Kompromisse du schließen würdest. Vielleicht möchtest du unbedingt eine Stute mit Papieren, damit du später einmal züchten kannst. Das wird dann sicher kein Isländer, aber möglicherweise ein

Fjordpferd. Es wird auch bestimmt kein voll ausgebildetes Pferd, sondern eher ein Jungpferd. Könnte dein Kompromiss darin bestehen, die junge Ponydame selbst einzureiten?

Konzentriere dich bei deiner Suche unbedingt auf Kleinanzeigen von Privathand, nicht auf »Pferdesupermärkte«. Ein Händler hat immer ein Pferd in der von dir gewünschten Preisklasse da und wird dir auch goldene Berge versprechen. Der Wirklichkeit halten die nur leider nicht stand. Bei Privatanzeigen wirst du eher mal erfahren, warum das Pferd so billig abgegeben wird.

Und zuletzt noch ein heißer Tipp: Wenn du schon Kontakte zur Pferdeszene hast, also zum Beispiel im Reitstall reitest, frag einfach mal den Schmied oder den Tierarzt, ob er nicht von einem erschwinglichen Pferd in der Umgebung weiß. Besonders Hufschmiede sind hier eine fantastische Informationsquelle, denn sie kommen viel herum, treffen Pferdeleute und haben während des Beschlags reichlich Zeit, mit ihnen zu klönen. Dazu kennt der Schmied meist das Pferd, um das es geht, und wird kaum Lügen darüber erzählen. Du wirst es schließlich nach dem Kauf von ihm beschlagen lassen und könntest ihn auf Schwindeleien festnageln.

»Am liebsten würde ich mein Lieblingspferd kaufen ...«

Das Schulpferd aus der Reitschule herauskaufen, das Pflegepferd ganz für sich allein haben ... Ein wunderschöner Traum, den sich viel zu wenige Reiter erfüllen.
Dabei sind zumindest Schulpferde fast immer verkäuflich und obendrein erschwinglich. Im Grunde steht dem Kauf also nichts im Wege. Nur die Ankaufsuntersuchung sollte hier besonders gründlich ausfallen, denn viele Jahre im Schulbetrieb führen oft zu Verschleiß am Pferdebein. Trotzdem suchen die meisten Pferdekäufer ihr Glück letztlich doch außerhalb der heimischen Reitschule und Susi oder Rex haben wieder das Nachsehen. Dabei blühen diese Pferde oft auf, wenn sie ihren Reiter endlich für sich haben, und geben sich besondere Mühe, es ihm recht zu machen. Die meisten verbessern ihre Leistungen nach dem Kauf schlagartig und mitunter reicht es sogar für eine kleine Turnierkarriere.
Also träum nicht, tu's einfach! Wenn du Rex oder Susi jetzt schon liebst, wirst du garantiert glücklich mit ihnen!

Wo kauft man Pferde?

Du weißt nun also, was du willst. Eine Stute oder einen Wallach, ein Pferd dieser oder jener Rasse, angeritten, voll ausgebildet oder roh, jung oder alt. Jetzt fragt sich nur noch, wo du es findest. Kleinanzeige, Züchter oder gar Pferdehändler?

Direkt aus der »Kinderstube« – Pferdekauf beim Züchter

Wenn du ein Rassepferd suchst, vielleicht auch noch ein junges, ist der Pferdezüchter natürlich die erste Anlaufstelle. Adressen von Gestüten bekommst du bei den Zuchtverbänden, die deine Traumpferderasse betreuen. Der Besuch beim Züchter dürfte sich allerdings etwas anders gestalten, als du es dir vorstellst. Bei dem Wort »Gestüt« denkst du wahrscheinlich an einen großen Hof mit einer riesigen Auswahl von Pferden und an eine Familie, die allein vom Züchten und Verkaufen der Fohlen lebt.

In Wirklichkeit gibt es heute nur noch selten große Gestüte, und wenn, dann sind sie meist nicht in Privatbesitz, sondern werden staatlich unterstützt, wie etwa Haupt- und Landgestüte. Das liegt daran, dass Pferde in den letzten Jahrzehnten ziemlich preiswert geworden sind, während das gesamte Drumherum, von den Futterkosten bis zum Zaunbau, extrem teuer kommt. Der Verkauf eines Dreijährigen deckt kaum die Aufzuchtkosten, an einen größeren Verdienst für den Züchter ist gar nicht zu denken. Das kannst du jetzt natürlich kaum glauben, denn für dich erscheint ein

Pferd – besonders ein Rassepferd vom Züchter – eher teuer als billig. Aber bedenk mal die Aufzuchtkosten – oder zunächst mal die »Entstehungskosten«: Der Züchter muss eine Stute kaufen, dann muss er sie decken lassen. Das Deckgeld allein beträgt mindestens 300 Euro (und kann sich leicht auf mehrere tausend steigern!), Tierarztkosten noch gar nicht mitgerechnet! Bei einem Gestüt erwartet man natürlich einen eigenen Hengst, aber auch der erscheint nicht umsonst auf der Bildfläche. Er muss entweder gekauft

Festpreis oder Handel?

»Beim Pferdekauf wird gehandelt – da ist immer noch Spielraum in den angegebenen Preisen!« Auch dies eine veraltete Vorstellung. Natürlich kann man mit Pferdehändlern oder auf dem Pferdemarkt immer noch handeln, aber Pferdezüchter und private Verkäufer haben meist ganz genaue Vorstellungen über den Preis und gehen davon auch nicht ab. Das ist in Ordnung, wenn der Preis reell und sorgfältig kalkuliert ist. Insofern ist es unsinnig, den Verkäufern mit Handelsversuchen auf die Nerven zu fallen oder gar den Kauf davon abhängig zu machen, ob sie noch 100 Euro nachlassen. Im Grunde spricht es sogar für einen Verkäufer, wenn er sein Pferd nicht unter Preis abgibt: Er weiß, was es wert ist, und will es nicht verschleudern. Falls doch noch Verhandlungsspielraum da ist, signalisiert der Verkäufer das oft schon in der Anzeige. Da steht dann zum Beispiel: *4000 Euro VB* – das bedeutet *Verhandlungsbasis.*

oder selbst gezüchtet und durch die *Körung* (die Anerkennung als Zuchthengst) gebracht werden. Dabei fallen Trainings- und Eintragungskosten an, eventuell muss eine Turnierkarriere finanziert werden, um den Hengst bekannt zu machen.

Ist das Fohlen dann erst auf der Welt, hat der Züchter es drei Jahre lang zu füttern. Seine Hufe müssen ausgeschnitten werden, und der Züchter muss den Tierarzt bezahlen, wenn es krank ist. Das alles kostet nicht nur Geld, sondern auch Zeit – wer viele Zuchtstuten, Hengste und Fohlen hat, kann also keiner anderen Arbeit nachgehen. Letztlich müsste er dem Pferdekäufer all die Stunden berechnen, die er mit der Pflege des Fohlens (und der Zuchtstute und des Zuchthengstes!) zugebracht hat. Wenn du da anfängst zu rechnen, wird dir schwindelig!

Zuletzt muss das Pferd natürlich noch zugeritten werden. Dabei ist ein Trainer zu bezahlen oder die eigene Zeit des Züchters wird investiert. Berittkosten sind astronomisch hoch, 1000 Euro und mehr im Monat sind keine Seltenheit. Drei Monate Training braucht das Pferd mindestens, um auch nur als »angeritten« zu gelten. Und dann kommst du und findest es schon teuer, wenn der Vierbeiner 5000 Euro kosten soll!

Von wenigen Ausnahmen (meist Warmblutzüchter mit sehr gutem Namen, die Pferde für den großen Spring- und Dressursport züchten) abgesehen, kann ein Züchter also nicht von seinen Pferden leben. Er – oder häufiger sie, auch bei Züchtern aus Leidenschaft überwiegen inzwischen die Frauen! – betrachtet die Pferdezucht als Hobby und hält das Gestüt entsprechend klein. Adressen solcher Gestüte bekommst du über die jeweiligen Pferdezuchtverbände. Es ist dann allerdings nicht gesagt, dass sie gerade das Pferd zum Verkauf haben, das du dir vorstellst. Vielleicht können sie dich aber an einen anderen Züchter vermitteln, oder sie wissen von einem ihrer Fohlen, dessen Besitzer es gerade weiterverkaufen will. Die Züchter von Spezialrassen kennen einander und behalten auch die Pferde ihrer Lieblingsrasse im Auge. Es ist ihnen wichtig, die Tiere in gute Hände zu geben, und sie werden dich fast immer ehrlich und gut beraten. Natürlich sind ihre Pferde nicht billig – der Züchter möchte zumindest die Aufzuchtkosten ersetzt haben. Die Preise sind aber reell und du bekommst dafür in der Regel ein gutes und gesundes Pferd. Dazu kannst du immer anrufen, wenn doch mal etwas nicht klappt, und dein Pferd ist nicht »vom Himmel gefallen«. Du weißt, wo es herkommt, was es bisher erlebt hat und wie es aufgezogen wurde. Das ist im Grunde unbezahlbar!

Größere Gestüte sind in der Regel Mischbetriebe. Zumindest gibt es neben der Pferdezucht noch Landwirtschaft, manchmal auch einen kleinen Hotelbetrieb und/oder Reitbetrieb. Oft nimmt der Züchter Jungpferde gegen Geld in Aufzucht oder vermietet Einstellplätze für Reitpferde. Sehr häufig kommt auch Pferdehandel dazu bzw. Pferdeimport. Das ist besonders oft der Fall, wenn der Züchter eine Spezialrasse betreut, die schwerpunktmäßig im Ausland gezüchtet wird. Hier kommt es vor, dass die Nachfrage deutlich höher ist als die »Produktion«: Wer fünf Zuchtstuten einer besonderen Rasse hat, bekommt nun mal maximal fünf Fohlen jährlich, aber jeden Monat rufen Leute an, die ein gerittenes Pferd dieser Rasse haben möchten. Da liegt es nahe,

dass der Züchter nicht nur weitere Zuchtpferde für sich aus dem Ausland holt, sondern gleich noch ein paar Reitpferde mitbringt und weiterverkauft. Er kennt die Züchter im Ausland, spricht meist die Sprache des Ursprungslandes und wird qualitativ gute Pferde für seine Kunden mitbringen. Meistens. In der Praxis sind aber auch Pferdefachleute nur Menschen, die mitunter dem Lockruf des schnellen Geldes verfallen. Dann kaufen sie eben keine besonders schönen und hochwertigen Pferde, die auch im Ursprungsland eine

Wann hat ein Pferd »Papiere«?

Vor einigen Jahren wurde in ganz Europa der *Pferdepass* eingeführt. Das heißt, dass jetzt zu jedem Pferd ein Papier gehört, in dem das Tier beschrieben und mit einer Nummer versehen wird. Außerdem werden darin Besitzwechsel und oft auch schwere Krankheiten erfasst. Das alles soll Pferdediebstahl erschweren und dem Pferdekäufer die Möglichkeit geben, die Vergangenheit seines Pferdes genauer kennen zu lernen. Allzu dreistem Betrug und Schwindeleien beim Verkauf wird damit vorgebeugt.

Vor Einführung des Pferdepasses gehörten Papiere nur zu eingetragenen Rassepferden. Die bringen natürlich auch heute noch andere Unterlagen mit als die Zufallskreuzung vom Händler. Man spricht hier korrekt vom *Abstammungsnachweis*. Er enthält einen Stammbaum des Pferdes und Informationen darüber, ob das Pferd zum Beispiel als Zuchtstute oder Zuchthengst registriert wurde. Mitunter werden darin auch Prämierungen vermerkt.

Abstammungsnachweise werden von Pferdezuchtverbänden ausgestellt, der Pferdepass vom Amtstierarzt. Mitunter lässt sich auch beides verbinden, das ist je nach Rasse, Land und Zuchtverband unterschiedlich.

Für den Pferdekäufer ist es wichtig, Pferdepass und Abstammungsnachweis zu unterscheiden. Das ist verhältnismäßig einfach, wenn du ein im eigenen Land gezüchtetes Pferd kaufst. Kommt das Pferd aber aus dem Ausland, so solltest du dich vorher darüber informieren, wie im Ursprungsland beide Papiere aussehen!

Stange Geld kosten und zu Hause nur mit kleinem Gewinn weiterzugeben sind. Stattdessen nehmen sie ihren ausländischen Geschäftspartner den »Ausschuss« ab. Ihre hiesigen Kunden haben ja oft keine Ahnung und zahlen auch für mittelmäßige Pferde noch viel Geld.

Informier dich also unbedingt möglichst genau über die von dir gewünschte Pferderasse und hab den Mut, im Zweifelsfall auch zum »Fachmann« Nein zu sagen!

Der Pferde-»Supermarkt« – Kauf beim Händler

Noch vor einigen Jahrzehnten war der Pferdehändler eine Institution in jedem Dorf. Wer ein Pferd erstehen wollte, wandte sich so selbstverständlich an den Händler, wie wir heute zum Bäcker gehen, um Brot zu kaufen. Deine Eltern oder Großeltern erinnern sich vielleicht noch an diese Zeit, und wenn du dir ein Pferd wünschst, denken sie als Erstes daran, beim Händler nachzufragen. Zum Glück wissen nur die wenigsten Nicht-Pferdeleute, wo sie einen solchen finden. Im Branchenfernsprechbuch oder in der Zeitung inserieren die meisten Pferdehändler heute nämlich nicht mehr und vielleicht halten deine Eltern das Gewerbe sogar schon für ausgestorben.

Tatsächlich ist das nicht der Fall. Nach wie vor gibt es in praktisch jeder Stadt Pferdehändler. Dein Reitlehrer kennt garantiert einen oder zwei Namen. Frag ihn aber besser nicht danach! Der Händler ist nämlich die letzte Adresse, an die du dich zum Pferdekauf wenden solltest. Die Gefahr, dort betrogen zu werden, ist gigantisch, und wenn du erst mal auf dem Hof eines gewieften Händlers gelandet bist, wird er dich nicht so schnell wieder aus den Fängen lassen. Pferdehändler verstehen nicht immer viel von Pferden – die

Der richtige Berater

»Nehmen Sie unbedingt einen fachkundigen Berater mit!« So oder ähnlich steht es in jedem Ratgeber zum Pferdekauf. Das Problem liegt nur darin, einen solchen zu finden. Derjenige muss ja nicht nur etwas von Pferden verstehen, er darf zudem kein Interesse daran haben, dir vielleicht selbst ein Pferd zu verkaufen. Außerdem muss er wissen und akzeptieren, was du wirklich brauchst. Letzteres ist entscheidend, denn viele Fachleute finden zwar ein besonders schönes und veranlagtes Pferd, aber sie machen sich keine Gedanken darüber, ob das Tier auch zum Reiter passt. So landen dann zierliche, elegante Vollblüter bei Zweizentnermännern oder ein ehemaliges Rennpferd mit unbändigem Temperament wird einer ängstlichen Reiterin empfohlen. Als Neuling auf dem Gebiet der Reiterei kannst du auch kaum beurteilen, ob jemand wirklich ein/e Pferdefachmann/frau ist oder ob er oder sie nur so tut. Viele Leute brüsten sich mit Erfahrung und Kenntnissen, die sie eigentlich gar nicht haben. Das Ganze fällt dann in dem Moment wie ein Kartenhaus zusammen, in dem sie vor einem gewieften Pferdehändler stehen. Viele »Fachberater« werden im Ernstfall auch schüchtern und trauen sich nicht, vor dem Verkäufer ihre Meinung zu sagen.

Ein besserer Berater als alle Verwandten und Bekannten ist

in der Regel dein/e Reitlehrer/in. Jedenfalls dann, wenn er oder sie nicht selber mit Pferden handelt. Aber selbst falls Letzteres der Fall ist: Wenn du weiter bei ihm oder ihr Unterricht nehmen willst, wird er oder sie dir schon kein schlechtes Pferd andrehen. Das käme dann ja unweigerlich heraus, und du würdest nicht nur den Reitlehrer wechseln, sondern die Sache auch noch herumerzählen. Im Allgemeinen kannst du dir von deinem Reitlehrer auch getrost ein Pferd vermitteln lassen. Gute Reitlehrer haben einen großen Kundenkreis und wissen, wer gerade ein Pferd zu verkaufen hat. Dazu kennen sie deine Stärken und Schwächen und sollten das passende Pferd für dich auswählen können. Auch hier gilt aber: Vertrauen ist gut, Kontrolle ist besser! Auf eine gründliche Ankaufsuntersuchung des Pferdes solltest du auf keinen Fall verzichten!

Palette reicht da vom kompletten Nichtskönner bis zum alten Fachmann –, aber immer so viel von Menschen, dass jeder Psychologe von ihnen lernen könnte. Deine Eltern, dein eventuell mitgenommener »fachkundiger« Berater und wahrscheinlich auch du selbst würden garantiert innerhalb von fünf Minuten von ihm eingewickelt: Händler versprechen dir das Blaue vom Himmel. So haben sie selbstverständlich immer genau das Pferd, das du suchst, zu genau dem Preis, den du zahlen möchtest. Sie können dir auch alles Mögliche aus dem Leben dieses Pferdes erzählen, und zum Schluss bist du unweigerlich der Ansicht, dieses Tier wäre wie für dich gemacht. In kleineren Ställen kannst du es allerdings selten Probe reiten, weshalb der Händler dir umgehend anbietet, das Pferd doch erst mal zwei Wochen zur Probe mit nach Hause zu nehmen. Spätestens jetzt vertraust du ihm. Würde er das Pferd zur Probe abgeben, wenn er nicht überzeugt davon wäre, dass ihr zusammenpasst?

Und schon bist du auf einen alten Trick hereingefallen. Im Gegensatz zu Privatleuten, die ihr Pferd ungern zum »Ausprobieren« aus der Hand geben, ist es dem Händler völlig egal, was du mit dem Pferd anstellst. Er kennt das Tier auch gar nicht, die Geschichten, die er dir erzählt hat, sind sämtlich aus der Luft gegriffen. Wahrscheinlich hat er das Pferd erst vor ein paar Tagen von irgendjemandem gekauft – mitunter von verzweifelten oder desinteressierten Privatreitern, die das Tier schnell loswerden wollten. Häufiger kommt es jedoch aus einem anderen Händlerstall und wahrscheinlich wurde es auch eher eingetauscht als gekauft – Pferdehändler unter sich behandeln Pferde wie Briefmarken. Jeder Pferdemarkt ist eine »Tauschbörse«: Ein Pferd, das in Norddeutschland an einen Händler verkauft wird, ist oft innerhalb weniger Tage im tiefsten Süden und hat unterwegs dreimal den Besitzer gewechselt.

Dieses System funktioniert auch fabelhaft zur Vertuschung von Pferdediebstahl – oder tat das jedenfalls, bevor der Pferdepass eingeführt wurde (siehe Kasten Seite 207). Auf jeden Fall ist es dem Händler absolut gleichgültig, ob das Pferd vor dem endgültigen Verkauf noch ein- oder zweimal zum »Ausprobieren« den Stall wechselt. Gerade bei jungen Mädchen ist er da auch recht guten Mutes: Selbst wenn du reiterlich nicht mit dem Pferd zurechtkommst, wirst du dich innerhalb der nächsten zwei Wochen an das Tier gewöhnen. Und dann gibst du es ungern wieder ab. Lieber steckst du Geld in den Tierarzt, wenn sich inzwischen eine Krankheit gezeigt hat, oder du versuchst, das verrittene, verängstigte Pferd selbst zu »korrigieren«. Ein Risiko, so verspricht der Händler, gehst du dabei nicht ein: Gegen einen kleinen Aufpreis kannst du das Pferd jederzeit bei ihm umtauschen!

Mit Sicherheit hast du dir deinen Pferdekauf so nicht vorgestellt. Also bleib Händlerställen und Pferdemärkten von vorneherein fern! Weder kaufst du hier billig noch wirst du glücklich mit dem Pferd.

Natürlich gibt es vereinzelt auch Händlerställe, die nicht »im Verborgenen« operieren, sondern manchmal sogar über große Anlagen mit Reithalle und Bereiter verfügen. Sie inserieren dann auch in Fachzeitschriften und finden ihren

Kundenkreis besonders im konventionellen Turnierbereich. Meist sind die Preise entsprechend hoch, du wirst hier also sowieso kaum landen. Falls doch, sind die gleichen Bedenken angebracht wie bei kleineren Händlern. Das gilt auch für Importställe, die im großen Stil Pferde aus dem Ausland vermarkten. Faustregel: Wer Pferde schnell zum »Ausprobieren« weggibt, wer Umtausch und »Leasing« verspricht, ist kein Pferdefreund, sondern sieht sich als »Supermarkt« für Vierbeiner. Er will dich und dein Pferd nicht glücklich machen, er will dein Geld.

Selbst seriöse Händlerställe sind höchstens die richtige Adresse, um einen »Turnierkracher« zu erstehen – aber nicht die ideale »Vermittlungsagentur« für zwei- und vierbeinige Partner!

Kauf auf dem Pferdemarkt?

Kein wirklicher Pferdekenner sucht heute noch auf Pferdemärkten nach einem Reitpferd. Wer Pferde liebt, verirrt sich dahin höchstens mal, um ein Beistellpony zu kaufen, wenn sein eigenes Pferd allein steht. Er geht damit beträchtliche Risiken ein, denn das Pferdchen könnte eine Krankheit einschleppen, aber das nimmt man schon mal in Kauf, um ein gutes Werk zu tun. Pferdemärkte sind nämlich keine harmlosen Vermittlungsplätze für Pferde, die einen neuen Besitzer suchen, sondern wahr gewordene Horrorfilme. Da stehen kranke, magere, unglückliche, oft sehr alte oder sehr junge Pferde angebunden und schicksalsergeben herum – während nebenan schon die Waage wartet. Zumindest auf

größeren Märkten besteht die Möglichkeit, nicht verkaufte Pferde direkt an den Metzger weiterzugeben. Sie werden dann nach Kilo Körpergewicht abgerechnet.
Häufiger findet sich aber der nächste Händler, der sie übernimmt, oder irgendwelche völlig unkundigen Menschen kaufen sie und stellen sie auf ein verwahrlostes Wiesenstück: »Ein Pony für die Kinder.«
Reiterlich sind die meisten dieser Pferde völlig uninteressant. Wenn auch nur der Hauch einer Chance besteht, das Pferd noch vernünftig zu nutzen, landet es nicht auf dem Markt. Die hier feilgebotenen Vierbeiner sind in der Regel entweder krank oder sie zeigen Verhaltensstörungen – in letzterem Fall erhalten sie vor dem Markt eine Beruhigungsspritze. Dann benehmen sie sich beim eventuellen Probereiten gut und zeigen ihre Unart erst am Tag danach. Finden sich doch außergewöhnlich schöne und brave Pferde auf einem Markt, so sind sie häufig gestohlen. Du kennst Pferdediebstahl wahrscheinlich nur aus dem Westernfilm, aber tatsächlich ist er auch heute noch ein großes Problem. Jeden Tag verschwinden Pferde von mehr oder weniger abgelegenen Weiden. Die Täter sind erstklassig organisiert, operieren landesweit und klauen oft auf Bestellung: Wenn du in Süddeutschland einen Händler nach einem bezahlbaren Friesen fragst, kann es sein, dass am nächsten Tag in Norddeutschland einer verschwindet. Du freust dich dann naiv über das »zufällige Schnäppchen« und findest es nicht schlimm, dass der schwarze Schönling keine Papiere hat. Die sind »verloren gegangen«. Deshalb ist er ja so billig.
Einmal im Leben sollte jeder Reiter einen Pferdemarkt be-

suchen – einfach um zu wissen, wie es in den Niederungen des Pferdehandels zugeht. Mit Kaufabsicht sollte man jedoch nicht kommen, am besten nimmt man gar kein Geld mit und lässt auch das Scheckbuch zu Hause. Du solltest diesen Pflichtbesuch auch nicht gerade dann ansetzen, wenn du ein Pferd zu kaufen suchst. Mach es später, wenn du dein Pferd schon lange hast. Wenn du zurückkommst, kannst du es dann in den Arm nehmen und ein bisschen in seine Mähne weinen. Du kannst nicht allen Pferden helfen, aber diesem einen, deinem eigenen Pferd, kannst du ein schönes Leben bieten.

»Partnervermittlung« – Pferdekauf per Anzeige

Wenn Privatpferdereiter sich von ihren Vierbeinern trennen wollen, tun sie das meist mithilfe einer Kleinanzeige. Dabei inserieren nur die wenigsten in einer Tageszeitung. Die meisten entscheiden sich für eine Anzeige in der Pferdefachzeitschrift, die sie selbst am liebsten lesen. Schließlich möchten sie ihrem Pferd zu einem guten neuen Zuhause verhelfen, und das klappt natürlich am ehesten, wenn man es an Gleichgesinnte weitergibt. Spezialrassen werden zudem häufig in speziellen Verbandszeitungen angeboten. Finde unbedingt heraus, ob es für deine Traumrasse eine gibt, und schau dich auch auf den Internetseiten des Zuchtverbandes um. Das Internet wird als »Pferde-Verkaufsforum« ohnehin immer interessanter, intensives Surfen kann sich lohnen.

Viele Inserenten entschließen sich für ein »Pferde-Anzeigenblatt«, also eine Zeitschrift, die praktisch nur aus Verkaufsanzeigen besteht. Hier ist die Anzeige sehr preiswert und enthält im Allgemeinen auch ein Foto des Pferdes. Der Käufer bekommt also schon einen ersten Eindruck. Außerdem erreichen diese Zeitschriften einen großen Leserkreis. Du hast sicher selbst schon mal eine gekauft und mit einer Freundin zusammen darin herumgestöbert und ein bisschen geträumt … Ein kleiner Nachteil bei der ernsthaften Pferdesuche: Pferde-Anzeigenblätter werden oft auch von Händlern genutzt, um ihre vierbeinige Ware anzupreisen. Der Leser soll davon ausgehen, er kaufe ein Pferd aus Privathand, landet dann aber im Händlerstall. Sei also vorsichtig, wenn unter vielen Anzeigen dieselbe Telefonnummer steht!

Die Ankaufsuntersuchung

Wenn du ein Pferd kaufst, solltest du dich vergewissern, dass es gesund und für den von dir gewünschten Einsatz körperlich geeignet ist. Du lässt es dazu von einem Tierarzt untersuchen. Ob du diese Untersuchung zahlst oder der Verkäufer, muss jeweils ausgehandelt werden, gewöhnlich zahlt der Käufer. Die Untersuchung kann noch beim Verkäufer oder schon beim Käufer stattfinden. Vereinbare in letzterem Fall unbedingt, dass du das Pferd zurückgeben kannst, wenn sich ernsthafte Schäden ergeben. Sei sehr vorsichtig, wenn der Verkäufer eine Ankaufsuntersuchung ablehnt! Dann hat er nämlich meist etwas zu verbergen. Und verzichte auch dann nicht auf die Untersuchung, wenn der Verkäufer sehr nett, absolut vertrauenswürdig und viel-

leicht sogar mit dir befreundet oder verwandt ist. Mitunter hat ein Pferd gesundheitliche Probleme, von denen der Besitzer gar nichts weiß. Spat oder Hufrollenentzündung sind im Anfangsstadium kaum zu erkennen. Vielleicht hat es beim Vorbesitzer wirklich noch nie gelahmt, aber bei der Untersuchung kommt die Sache heraus.
Wie intensiv das Pferd untersucht wird, hängt oft vom Preis und von der Nutzung ab. Sehr teure Turnierpferde werden meist in einer Pferdeklinik geröntgt und gründlich durchgecheckt. Beim Freizeitpferd genügt es, wenn der Haustierarzt die Untersuchung durchführt.

Der Wahrheitsgehalt von Kleinanzeigen ist sehr unterschiedlich. Dabei lügen die Inserenten selten bewusst, aber sie sehen ihr Pferd nun einmal aus der rosigsten Perspektive und die ist von Objektivität meist weit entfernt. Das »elegante Damenpferd im Arabertyp« entpuppt sich dann schon mal als knochiger Polen-Import. Und das »hochveranlagte Dressurpferd« mag zwar begabt sein, ist bislang aber leider noch gar nicht angeritten.

Mach dich also auf Flops gefasst, wenn du mit einer Liste von Kleinanzeigen auf Pferdesuche gehst, und bereite auch deine Eltern darauf vor, dass vielleicht mehrere Such-Wochenenden und lange Autofahrten vor ihnen liegen. Setz dich vor allem nicht unter Druck. Die Vorstellung »Heute fahren wir los und kaufen ein Pferd« ist gefährlich, denn sie führt fast unweigerlich zu Enttäuschungen und verleitet zu unüberlegten, kurz entschlossenen Kaufentscheidungen. Du willst lange mit deinem Pferd zusammenleben, also nimm dir auch Zeit für die Auswahl! Dazu gehört unbedingt ein ausführliches Probereiten des infrage kommenden Pferdes. Der private Verkäufer wird es dir dazu sicher nicht für zwei Wochen mitgeben wie der Händler, aber er sollte die Voraussetzungen für ein gründliches Ausprobieren des Pferdes in seinem eigenen Stall schaffen. Leg dabei Wert darauf, das Pferd wirklich unter den Bedingungen zu reiten, unter denen du es auch später nutzen möchtest. Wenn du schwerpunktmäßig ausreiten willst, sollte dich der Proberitt ins Gelände führen, und wenn du zu Hause stets eine große Straße überqueren musst, bevor du in den Wald kommst, lässt du dir »Verkehrssicherheit« nicht nur vertraglich zusichern, sondern bestehst auch darauf, dass der Proberitt an einer Straße entlangführt. Lass dir das Pferd unbedingt vom Besitzer vorreiten! Wenn er das aus irgendwelchen, meist fadenscheinigen Gründen nicht tun will, solltest du dich besser auch nicht in den Sattel wagen. Dann hat das Pferd nämlich mit ziemlicher Sicherheit Verhaltensprobleme und manche davon sind lebensgefährlich.

Es gibt viele verschiedene Gründe für den Verkauf eines Pferdes. Im Verlauf der Verhandlungen solltest du versuchen, sie zu erfragen. Glaubwürdige Gründe sind etwa: Das Pferd wurde für die Tochter angeschafft, aber die hat nun doch das Interesse am Reiten verloren bzw. zieht aus beruflichen Gründen weg und kann das Pferd nicht mitnehmen. Auch Ehescheidungen führen häufig zum Verkauf der Pferde, oder ein Turnierreiter trennt sich von einem Pferd, weil er damit – angeblich oder tatsächlich – ausbildungsmäßig nicht weiterkommt. Stehen gut gerittene Ponys zum Verkauf, so meist deshalb, weil die Reiterin auf Großpferde »umsteigt«.

Der Kaufvertrag

»Pferde werden per Handschlag verkauft!« – Wenn dir das ein Verkäufer erzählt, drehst du dich am besten gleich um und suchst das Weite. Dann will man dich nämlich mit Sicherheit betrügen. Das ist heute allerdings nicht mehr so einfach wie früher, denn selbst wenn du auf die Sache hereinfällst: Neuerdings kannst du den Händler trotzdem belangen, wenn das Pferd krank ist oder den versprochenen Anforderungen nicht entspricht. Seit einiger Zeit gilt das Verbraucherschutzrecht auch beim Pferdekauf! Nun ist aber selbstverständlich niemand scharf auf juristische Auseinandersetzungen nach dem Kauf. Schließlich geht es ja nicht um einen defekten Computer oder Fernseher, sondern ein lebendes Wesen ist mitbetroffen. Also schließt man möglichst schon beim Kauf alle Risiken aus und einigt sich auf einen möglichst wasserdichten Kaufvertrag. Er sollte umfassende Angaben über Gesundheit und Ausbildungsstand des Pferdes enthalten, also zunächst mal eine Klausel darüber, dass der Kauf erst dann perfekt ist, wenn das Pferd die Ankaufsuntersuchung bestanden hat. Außerdem solltest du dir bescheinigen lassen, dass dein Pferd schmiedefromm ist und eventuell verkehrssicher. Auch bis zu welchem Ausbildungsstand das Pferd bislang gefördert wurde, ob es sicher im Gelände und in der Gruppe zu reiten ist oder ob es bislang nur das Dressurviereck kennt, sollte Bestandteil des Vertrages sein. Das alles ist auch im Interesse des Verkäufers, denn er muss das Pferd zurücknehmen, wenn sich die Angaben als unwahr herausstellen. Das gilt besonders, wenn der Verkäufer ein Profi ist, also zumindest teilweise mit Pferdeverkauf sein Geld verdient (er muss mindestens drei Pferde im Jahr verkaufen). Dann hast du sechs Monate lang Zeit, eventuelle Fehler oder Krankheiten des Pferdes zu reklamieren.

Kommen dir die genannten Gründe allerdings komisch vor und erscheint dir auch anderes seltsam – es gibt zum Beispiel kein passendes Sattelzeug für das Pferd, es ist kein Reitplatz vorhanden und Vorreiten kann das Pferd auch niemand – so lass lieber die Hände von diesem Kauf. Sei auch grundsätzlich vorsichtig mit Pferden, die in der Tageszeitung inseriert werden. Hier steckt häufig ein Händler dahinter oder zumindest ein sehr desinteressierter Pferdebesitzer. Ausnahmen bestätigen dabei natürlich die Regel, aber besser siehst du dich in Fachzeitschriften um. Wobei du es übrigens leichter hast, wenn du ein Pferd für den konventionellen Sport suchst! Hier enthält die Kleinanzeige meist Angaben zu der Turnierklasse, in der das Pferd schon gestartet ist oder starten könnte (A-Dressur, L-Springen). Dabei schwindelt kaum jemand, es käme schließlich sofort heraus.

Freizeitpferde werden dagegen eher fantasievoll angepriesen (»Schmusepferd sucht neues Heim«), und du weißt nie genau, was dich erwartet. Im Großen und Ganzen ist der Kauf über die Kleinanzeige aber durchaus empfehlenswert, wenn man sich nur etwas Zeit nimmt und eventuelle Flops mit Humor wegsteckt. Letztlich ist die Suche nach dem Traumpferd immer ein Abenteuer. Es kommt auf dich und auf deine Eltern an, ob ihr die Sache genießt oder zum Stress werden lasst!

Das passende »Outfit« – Sattelzeug

Dein neues Pferd braucht natürlich Sattel- und Zaumzeug und das kann man leider nicht im Vorübergehen kaufen. Vor allem der Sattel muss dem Pferderücken so angepasst sein wie dir deine Schuhe. Du kannst also nicht irgendeinen erstehen und dann darauf hoffen, dass er sitzt. Für Anfänger ist der korrekte Sitz eines Sattels auch nicht unbedingt erkennbar und das Wissen darüber gehört leider nicht zum Lehrstoff bei Abzeichenprüfungen. Du fragst also am besten eine/n Experten/in, zum Beispiel den/die Besitzer/in eines guten Reitsportfachgeschäftes. Er oder sie kommt dann meist mit einer Auswahl in deinen Stall. Die Sättel werden dem Pferd aufgelegt und du kannst sie Probe reiten. Große Reitsporthändler arbeiten dabei auch schon mit Computeranalyse. Dann liegt eine spezielle, mit Sensoren versehene Decke unter dem Sattel, und man kann auf dem Bildschirm erkennen, ob er passt. Das alles ist natürlich nicht billig! Gute Ledersättel kosten leicht mehrere tausend Euro. Relativ preiswert sind dagegen Kunststoffsättel. Wenn sie passen, sind sie eine gute Alternative und meist besser als ein gebrauchter Ledersattel.

Sofern du ein Reitpferd erstehst, kannst du den Vorbesitzer natürlich auch fragen, ob der passende Sattel nicht vielleicht mit abzugeben ist. Das wäre ideal für das Pferd, denn dann muss es sich nur an den neuen Reiter, nicht auch noch an ungewohntes »Outfit« gewöhnen.

Test: Wirklich fit fürs eigene Pferd?

Natürlich wünschst du dir nichts mehr als ein eigenes Pferd. Aber bist du auch wirklich sicher, dass du dem Tier gerecht werden kannst?

Stimmen die Haltungsbedingungen? Ist die Pflege gut organisiert? Und reichen deine Reitkenntnisse?

Der folgende Test bietet Entscheidungshilfe – aber natürlich nur dann, wenn du die Fragen wirklich ehrlich beantwortest!

Wie steht es mit deiner Reiterfahrung?

Ich hatte noch gar keine Reitstunden.	0 Punkte
Ich nehme seit einem Jahr Reitunterricht.	1 Punkt
Ich habe nur in den Ferien Reitunterricht.	1 Punkt
Ich reite nur gelegentlich das Pferd von Freunden.	1 Punkt
Ich habe das Große Hufeisen.	2 Punkte
Ich habe das Kleine Reitabzeichen.	3 Punkte
Ich reite seit mehr als fünf Jahren regelmäßig im Reitunterricht mit bzw. habe das Reitabzeichen in Bronze (DRA III).	4 Punkte

Wie steht es mit Pferdeerfahrung in der Familie?

Meine Eltern reiten auch bzw. sind früher geritten. 4 Punkte

Meine Eltern interessieren sich sehr für Pferde, begleiten mich gern in den Reitstall oder auf Turniere. 3 Punkte

Meine Eltern interessieren sich nur deshalb für Pferde, weil sie wissen, dass die Vierbeiner mir sehr wichtig sind. 1 Punkt

Meine Eltern und Geschwister interessieren sich gar nicht für Pferde. 0 Punkte

Andere Familienmitglieder reiten oder haben nachweisbar Pferdeerfahrung. 2 Punkte

Wie kam die Idee des Pferdekaufs zustande?
(Falls mehrere Antworten infrage kommen, kreuz bitte die an, die am ehesten zutrifft – oder die am meisten Punkte bringt.)

Das Pferd soll eine Belohnung sein, z. B. für gute schulische Leistungen. 2 Punkte

Meine Eltern finden es gut, wenn ich Sport treibe und Turniere reite. Dafür brauche ich ein eigenes Pferd. 4 Punkte

Meine Mutter hat sich auch ein Pferd gewünscht, als sie so alt war wie ich. Sie kann meinen Wunsch verstehen und unterstützt mich. 4 Punkte

Meine Eltern haben sich lange bitten lassen, bis sie mir das Pferd endlich erlaubten.

Aber jetzt ziehen sie mit und interessieren sich für Pferdepreise, Pferdekauf und -unterbringung. 3 Punkte

Meine Eltern mögen Tiere, wir haben einen halben Zoo. Sie finden es ganz in Ordnung, dass ich auch noch ein Pferd möchte. 1 Punkt

Ich habe endlos gequengelt, bevor meine Eltern mir erlaubten, ein Pferd zu haben. Jetzt darf ich eins kaufen, aber nur wenn ich alles ganz allein organisiere. 0 Punkte

Wer finanziert dein Pferd?

Ich spare mir das Geld für den Kauf teilweise selbst zusammen, aber dann finanzieren meine Eltern den Rest und den Unterhalt. 4 Punkte

Meine Eltern kaufen das Pferd und kommen auch für den Unterhalt auf. 4 Punkte

Das Pferd ist ein Geschenk von meinen Großeltern (anderen Familienmitgliedern). Meine Eltern sind damit einverstanden und finanzieren den Unterhalt. 3 Punkte

Das Pferd ist ein Geschenk von meinen Großeltern (anderen Familienmitgliedern) und die kommen auch für den Unterhalt auf. Meine Eltern sind davon nicht so begeistert. 2 Punkte

Ich spare mir das Geld für das Pferd erst mal selbst zusammen, aber meine Eltern werden dann schon helfen. 1 Punkt

Ich muss alles selbst bezahlen, aber irgendwie kriege ich das schon hin! 0 Punkte

Wie stellst du dir den Pferdekauf vor?

Mein Reitlehrer berät uns beim Kauf des passenden Pferdes. 4 Punkte

Meine Eltern helfen mir bei der Auswahl des Züchters oder beim Durchsehen der Anzeigen. Eine erfahrene Reiterin begleitet uns beim Ansehen der Pferde. 3 Punkte

Meine Eltern und ich schauen Anzeigen durch und fahren zu verschiedenen Adressen. Da suche ich mir dann ein Pferd aus. 2 Punkte

Meine Eltern und ich schauen Anzeigen durch. Wichtigstes Kriterium: nicht zu teuer und nicht zu weit weg! 1 Punkt

Wir fahren zum Händler oder auf einen Pferdemarkt. 0 Punkte

Was für ein Pferd suchst du bzw. kannst du finanzieren?

Ein erwachsenes Reitpferd mit guter Ausbildung. 4 Punkte

Ein erwachsenes Reitpferd mit mittelmäßiger Ausbildung. 3 Punkte

Ein gerade angerittenes Pferd. 2 Punkte

Ein junges, noch nicht zugerittenes Pferd. 1 Punkt

Ganz egal, Hauptsache, ich kriege ein Pferd! 0 Punkte

Wo bringst du dein Pferd unter?

In Vollpension auf dem Reiterhof. 4 Punkte

In einer gut geführten Haltergemeinschaft. 4 Punkte

Bei einer Freundin oder Verwandten mit eigenem Pferd (Mini-Haltergemeinschaft).	3 Punkte
Bei einem Bauern.	2 Punkte
Im eigenen Garten.	1 Punkt
Weiß ich noch nicht.	0 Punkte

Wird dein Pferd Pferdegesellschaft haben?

Natürlich, den ganzen Tag!	4 Punkte
Nur stundenweise, aber jeden Tag.	3 Punkte
Nur wenn ich es selbst auf die Weide bringe.	2 Punkte
Nein, aber es gibt andere Weidetiere (Schafe, Ziegen) als Gesellschaft.	1 Punkt
Nein, aber es hat doch mich!	0 Punkte

Wie viel Mitarbeit musst du leisten?

Ich muss vom Füttern bis zur Stallreinigung alles allein machen. Höchstens springt mal eine Freundin ein.	1 Punkt
Ich muss täglich füttern und misten, aber ein Familienmitglied hilft mir.	2 Punkte
Mein Pferd wird gefüttert, aber ich muss den Stall täglich säubern.	3 Punkte
Ich habe regelmäßige, aber keine täglichen Pflichten.	4 Punkte

Wirst du in Zukunft noch Reitunterricht nehmen?

Klar, regelmäßig, mit meinem eigenen Pferd.	4 Punkte

Regelmäßig, aber nicht mit meinem Pferd.	4 Punkte
Gelegentlich mit meinem eigenen Pferd.	3 Punkte
Gelegentlich, aber nicht mit meinem Pferd.	2 Punkte
Es ginge wohl, aber ich müsste zum Reitstall hinreiten ... Auf jeden Fall wäre es schwierig.	1 Punkt
Nein, das sehen meine Eltern nicht ein. Entweder Pferd oder Reitschule.	0 Punkte

Auswertung:

30 – 40 Punkte 30 P.

Deine Bilanz sieht schon sehr gut aus! Du hast dir genau überlegt, was für ein Pferd du haben möchtest, wo du es unterstellen willst, und mit der Unterstützung der Familie kannst du auch rechnen. Bei so viel Hilfe besteht sogar fast schon die Gefahr, dass du dich gegängelt fühlst. Mach es dir nicht zu leicht: Das eigene Pferd bedeutet nicht nur Spaß, sondern auch Pflichten, und später wirst du dich nicht immer auf Reitlehrer, Pferdepfleger und Eltern verlassen können. Vorerst aber bist du vom Glück begünstigt. Jetzt musst du nur noch den richtigen Vierbeiner finden!

20 – 29 Punkte

So ganz leicht machen es dir deine Eltern nicht. Du musst schon etwas dafür tun, wenn du demnächst stolze Pferdebesitzerin sein willst. Im Grunde kannst du dich aber darauf verlassen, dass jemand hinter dir steht, wenn es zeitlich oder organisatorisch knapp wird. Vielleicht musst du auch in

Sachen Pferderasse oder Kosten für Reitkurse und Wettbewerbsteilnahmen ein paar Kompromisse schließen. Das Super-Turnierpferd fällt dir wahrscheinlich nicht in den Schoß. Das brauchst du aber auch nicht, es ist viel schöner, sich gemeinsam mit dem Pferd Erfolge zu erarbeiten. Sicher hast du viel Spaß mit deinem eigenen Pferd.

10 – 19 Punkte

Du wünschst dir das eigene Pferd so sehr, dass es fast schon wehtut, aber wenn du dir diesen Traum wirklich erfüllst, wirst du mit manchen Schwierigkeiten zu kämpfen haben. Schließlich kannst du weder mit großer finanzieller Unterstützung deiner Familie rechnen noch wird man dir arbeitsmäßig unter die Arme greifen. Du musst also fest entschlossen sein und manche Härten auf dich nehmen. Das heißt nicht, dass es nicht klappen kann. Im Gegenteil, oft wachsen Menschen an ihren Aufgaben und vielleicht gelangst du, allen Kompromissen zum Trotz, sogar zu einer besonders engen und glücklichen Beziehung zu deinem Pferd. Wenn du allerdings neben dem Reiten auch noch andere Hobbys hast, gern ausgehst oder zum Beispiel durch den Besuch einer Ganztagsschule zeitlich stark eingeschränkt bist, lässt du die Sache mit dem Pferdekauf besser bleiben.

0 – 9 Punkte

Sorry, aber dein Traum vom eigenen Pferd ist doch noch etwas unausgegoren. Wenn du ihn unter diesen Bedingungen verwirklichst, wirst du bald nur noch unter der Arbeitsbelastung stöhnen, und wahrscheinlich entpuppt sich das Pferd, das du erstehst, auch kaum als echtes Traumpferd. So knapp, wie du kalkulierst, besteht die Gefahr, ein billiges, aber schlecht ausgebildetes und unsicheres Pferd zu kaufen. Deine Eltern haben dem Pferdekauf zwar vielleicht zugestimmt, aber absolut nicht durchdacht, was da auf dich und die Familie zukommt. Ein Pferd ist schließlich kein Meerschweinchen, sondern ein Großtier, dessen Unterhaltung aufwendig, teuer und körperlich anstrengend ist. Deine Familie überschätzt dich und deine Reiterfahrung, was dir zwar schmeichelt, letztlich aber nicht weiterhilft. Tu dir selbst und dem Pferd einen Gefallen und verschieb die ganze Angelegenheit noch ein paar Jahre!

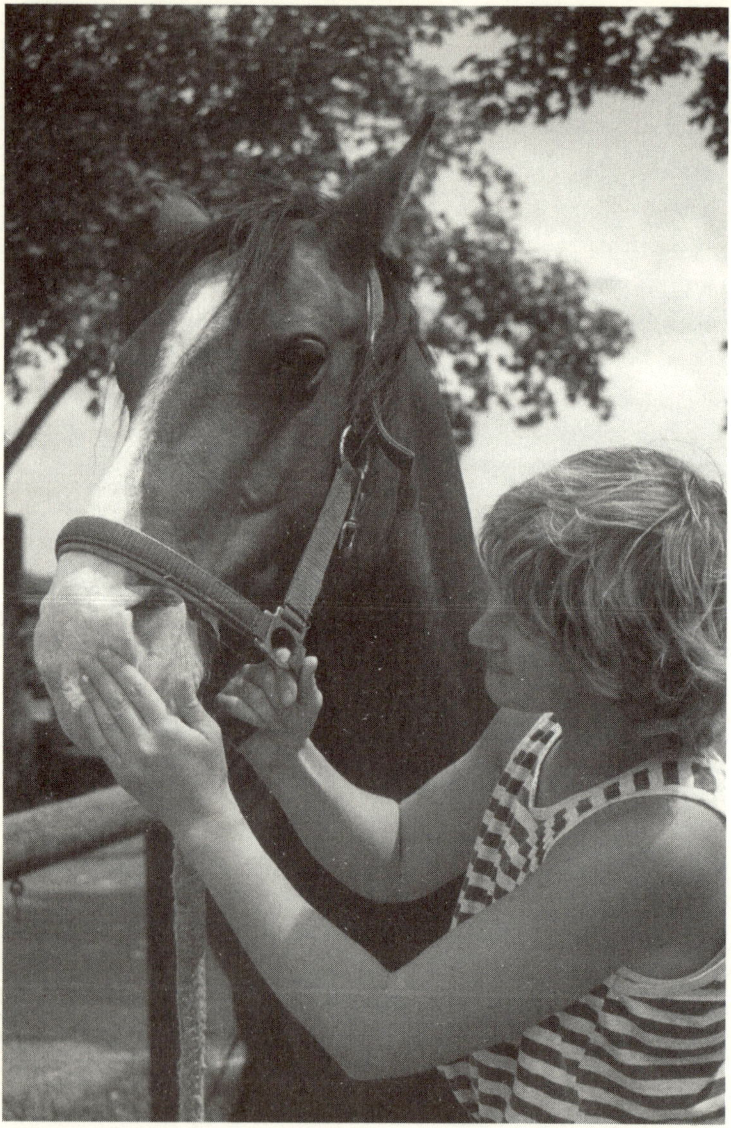

6. Mein größter Wunsch: ein Beruf mit Pferden

Ganztags mit Pferden umzugehen – nicht nur nach der Schule oder später nach der Arbeit zu reiten und Pferde zu versorgen, sondern auch noch Geld damit zu verdienen! Klar, dass du schon oft davon geträumt und dir vielleicht auch ernsthafte Gedanken darüber gemacht hast. Die häufigst genannten Traumberufe sind *Reitlehrerin*, *Pferdetierärztin* und *Reittherapeutin*. Womöglich schmiedest du schon Pläne und hast sie deinen Eltern gegenüber bereits angedeutet. Vielleicht habt ihr euch darüber heftig gestritten. In der Regel sind Eltern nämlich gar nicht so begeistert von der Idee eines Pferdeberufes – besonders für ein Mädchen! Nach wie vor sind viele Menschen der Meinung, dass Körperkraft dafür wichtiger ist als Begeisterung. Inwieweit das zutrifft, hängt natürlich stark davon ab, welchen der vielen Berufe rund ums Pferd du ins Auge gefasst hast. Für Mädchen offen sind inzwischen alle, in vielen sind Frauen sogar längst dominierend. Inwieweit sich dein Traumberuf allerdings speziell für dich eignet, muss individuell erforscht werden. Dabei helfen weder Wünsche noch Vorurteile. Wichtiger sind Überlegungen wie Zukunftsaussichten und notwendige Vorkenntnisse.

Im Pferdebereich gibt es sowohl anerkannte als auch nicht anerkannte Ausbildungsberufe und Zusatzausbildungen. Dazu kommen künstlerische Berufe rund ums Pferd, wie etwa Pferdebuchautor oder Fotojournalist. Sie alle sind sehr schön und befriedigend, aber leider nicht einfach! Oft ist es schon schwierig, eine entsprechende Lehrstelle zu bekommen oder das Studium durchzustehen, und ob es dann mit der Berufsausübung klappt, ist häufig von ganz anderen Faktoren abhängig als von Können und Tierliebe.

Zum Glück kann man fast alle Arbeiten rund ums Pferd nebenberuflich betreiben. Viele Ausbildungen setzen sogar andere Berufe voraus und verstehen sich von vorneherein als Zusatzqualifikation. Dadurch hast du immer eine Chance, deine Träume zu verwirklichen, und viel Zeit für die Entscheidung. Du brauchst nicht Hals über Kopf einen Lehrvertrag als Pferdewirt zu unterschreiben!

Traumberuf Reitlehrer

Der Beruf *Reitlehrer* gehört nicht zu den staatlich anerkannten Ausbildungsberufen, tatsächlich ist der Begriff nicht einmal als Berufsbezeichnung geschützt. Das heißt in der Praxis, dass sich jeder als Reitlehrer bezeichnen und verdingen kann, egal ob er vorher schon mal eine Reitbahn von innen gesehen hat. Entsprechend viele abgrenzende Bezeichnungen gibt es denn auch. Die FN unterscheidet zum Beispiel den *Pferdewirt Reiten* und den *Trainer C bis A*, eine Qualifikation, die man über Kurse und Prüfungen erlangen kann. Ähnliches gibt es im Western- und Islandpferdebereich. Dazu vergeben im Freizeitreiterbereich die unterschiedlichsten Organisationen oder auch einfach Privatleute Titel. Über diverse, meist nicht ganz billige Kurse wird man zum *TTEAM-Practitioner*, *CP-Trainer* oder *Reken-Lehrer.* Die Absolventen dieser Ausbildungen sind mitunter hoch qualifiziert – beim Arbeitsamt gelten die Titel aber nichts.

Reitlehrer »aus Leidenschaft«

In den meisten Reitervereinen werden zumindest die Anfängerstunden von Amateur-Reitlehrern erteilt. Früher nannte man sie Reitwarte oder Fachübungsleiter, seit einigen Jahren heißen sie Trainer C, B und A. Zum Amateur-Reitlehrer kann sich jeder versierte Reiter ab 18 Jahren (beim Voltigieren ab 16) bei der Deutschen Reiterlichen Vereinigung ausbilden lassen. Die Ausbildung verläuft in Kursform und die Voraussetzungen für den ersten Trainerschein C sind nicht einmal sehr hoch. Das DRA III, ein Vorbereitungskurs (zum Beispiel zum Vereins-/Sportassistenten oder Wanderrittführer) und ein Erste-Hilfe-Kurs genügen. Später kannst du darauf aufbauen und dich auch noch zum Trainer B und A qualifizieren. Wenn du also zwischen dem Pferdewirt und irgendeinem anderen Berufswunsch schwankst, sind die Entscheidung für den Ausweichberuf und eine zusätzliche Ausbildung zum Trainer C ein idealer Kompromiss. Um eine Erzieherin oder Sozialpädagogin mit Trainerschein C zum Beispiel dürften sich die Reitervereine raufen!

Anerkannt: der Pferdewirt

Der konventionelle und somit sicherste Weg zum Reitlehrerberuf führt über die Ausbildung zum *Pferdewirt.* Das ist ein anerkannter Lehrberuf, bei dem man zwischen den Schwerpunkten *Zucht und Haltung* und *Reiten* wählen kann. Auch für Jockeys und Trabrennfahrer gibt es Spezialausbildungen. Die Lehre zum Pferdewirt läuft ab wie jede andere: Man arbeitet in einem Lehrbetrieb und besucht nebenbei die Berufsschule. Theoretisch genügt der Hauptschulabschluss, um den Beruf des Pferdewirts zu ergreifen. In der Praxis werden allerdings volljährige Lehrlinge bevorzugt, denn die Arbeit im Stall verträgt sich nicht sehr gut mit dem Jugendschutzgesetz. Hauptschüler werden deshalb meist erst mal anderweitig vermittelt, bevor sie eine Pferdewirt-Lehre beginnen können. Oft bleiben sie dann in dem anderen Beruf hängen, während Realschüler und Gymnasiasten im Stall landen.

Die weitaus meisten Jugendlichen entscheiden sich dabei für den Ausbildungsschwerpunkt *Zucht und Haltung*. Nur wenige wählen *Reiten*, obwohl das dem angestrebten Ziel eigentlich näher läge. Das Berufsbild des *Pferdewirt Reiten* vereinigt die früheren Ausbildungswege *Bereiter FN* und *Reitlehrer FN*. Allerdings verfügen die meisten Lehrlinge hier nicht über die geforderten Vorkenntnisse. Reiten kann man nicht in drei Jahren lernen (zumindest dann nicht, wenn man nebenbei noch Ställe ausmistet, Heu macht, Stroh schichtet und was der vielen Dinge mehr sind, mit denen sich ein Pferdewirt-Lehrling beschäftigt) und die praktische Prüfung zum Pferdewirt *Reiten* ist ziemlich

schwer. Also wählen die Ausbildungsbetriebe von vorneherein Lehrlinge mit beachtlichen Vorkenntnissen und möglichst Turniererfahrungen. Die haben denn auch den Vorteil, vom ersten Tag an nützlich zu sein. Der Lehrherr kann sie gleich selbstständig Pferde arbeiten lassen, statt Anfängern die Grundkenntnisse im Longieren und Reiten zu vermitteln.

Beim Schwerpunkt *Zucht und Haltung* sind reiterliche Vorkenntnisse dagegen Nebensache. Hier nimmt man zum Teil sogar Totalanfänger – Misten lernen sie schließlich schnell. Auch Mädchen werden inzwischen gern eingestellt, da ihr Fleiß und ihre Begeisterung die geringeren Körperkräfte mehr als ausgleichen.

Theoretisch kann man nach der Lehre zum Pferdewirt drei Jahre berufstätig sein und sich dann zum *Pferdewirt-*

schaftsmeister weiterbilden lassen. Praktisch bietet sich diese Möglichkeit aber nur wenigen jungen Leuten, meist solchen, deren Eltern einen Zucht- und/oder Reitbetrieb führen. Auch wer das Glück hatte, auf einem Landgestüt lernen zu können, hat gewisse Chancen, nach der Lehre übernommen zu werden. Private Gestüte oder Reitbetriebe beschäftigen dagegen kaum voll ausgebildete Pferdewirte oder gar Pferdewirtschaftsmeister mit Ausbildungsschwerpunkt *Zucht und Haltung*. Die Gründe dafür werden dir schnell einleuchten, wenn du dir das Arbeitsgebiet eines Pferdewirts *Zucht und Haltung* einmal näher ansiehst. Im Vordergrund steht hier die Aufgabe, Pferdehaltung sauber und gesund zu gestalten. In der Praxis bedeutet das hauptsächlich Stallarbeit. Mindestens der halbe Arbeitstag dürfte dem Ausmisten und Füttern gewidmet sein. Natürlich lernt der künftige Pferdewirt auch, den Gesundheitszustand der ihm anvertrauten Pferde zu überwachen. In Gestüten muss der Trächtigkeitsverlauf der Stuten kontrolliert werden, und in der Decksaison braucht man erfahrene Kräfte, um den Hengst zur Stute zu führen oder ihn gar absamen zu lassen, damit später künstliche Befruchtung möglich wird. Diese qualifizierten Aufgaben machen aber nur einen winzig kleinen Teil der Arbeitszeit aus. Auch in größeren Gestüten können sie im Grunde von einem einzigen Experten geleistet werden, während Lehrlinge und ungelernte Arbeitskräfte die groben Arbeiten erledigen. Warum sollte das Gestüt also mehr als einen voll ausgebildeten Pferdewirt einstellen und bezahlen?

Sosehr du dich also nach einer Arbeit mit Pferden sehnst: Als Pferdewirt *Zucht und Haltung* sind deine Berufsaus-

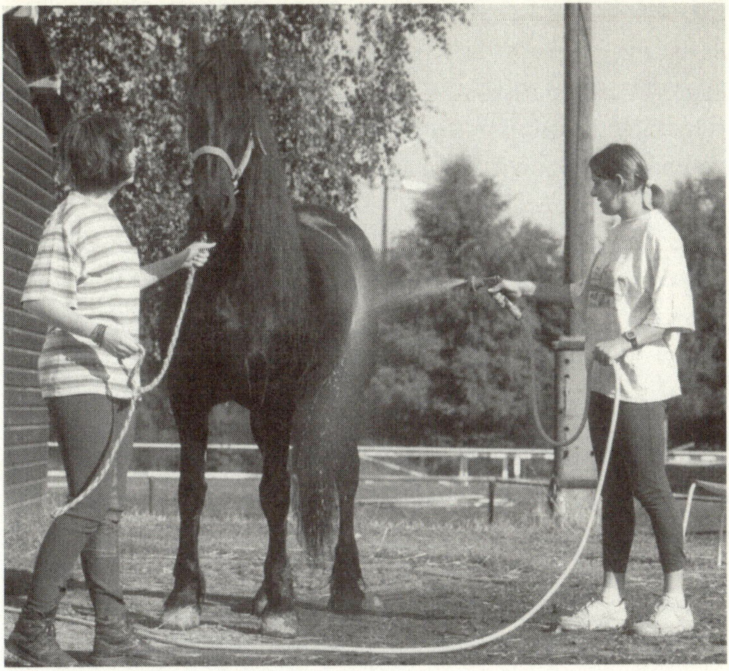

sichten mäßig. Deutlich besser sieht es im Bereich *Reiten* aus. Hier beinhaltet die Ausbildung sowohl die Arbeit mit Pferden als auch mit Reitschülern, du kannst anschließend also eine Anstellung als staatlich geprüfte Reitlehrerin finden. Theoretisch. Praktisch stellen nur wenige Vereine einen so hoch qualifizierten Trainer ein, den meisten ist er zu teuer. Als wirklich qualifizierte, staatlich geprüfte Reitlehrerin wirst du aber trotzdem nicht verhungern! Viele von ihnen machen sich selbstständig und verdienen dabei recht gut. Davon aber später. Werfen wir erst noch einen Blick auf private Reitlehrerausbildungen.

Abenteuerlich: private Reitlehrerausbildungen

Abseits der konventionellen Turnierszene, im Freizeitreiterbereich, machen immer wieder einzelne Reiter oder Pferdeausbilder von sich reden. Sie zeigen ihre Kunst auf Pferdemessen und in Showveranstaltungen und in aller Regel geben sie auch Reit- oder Bodenarbeitskurse. Die Qualität dieser Kurse und die Qualifikation der Ausbilder ist dabei sehr unterschiedlich. Es gibt Weltklassereiter, die wirklich etwas zu vermitteln haben, aber auch Scharlatane, die besser auf der augenblicklichen Welle der »Pferdeflüsterei« reiten als auf wirklichen Pferden. Den Menschen am Rand der Reitbahn ist das nicht immer klar. Sie bewundern Showstars oft mehr als echte Könner. Man kann das ein bisschen mit der Musikszene vergleichen: Auch hier wird mancher ein Star, obwohl er nicht singen kann, während wirklich begabte, aber schüchterne Sänger sich gar nicht erst zum Casting trauen. Nichtskönner halten sich allerdings selten lange an der Spitze der Charts. Irgendwann ist ihre Glückssträhne vorbei und keiner redet mehr von ihnen. Bei »Gurus« in der Freizeitreiterszene ist das ähnlich.

Nun wäre das für unser Thema unwichtig, wenn die Stars der Szene nicht auch immer wieder »Reitlehrer autorisieren« würden. Auf dem Höhepunkt ihres Ruhmes übersteigt die Nachfrage nach ihren Kursen ihre eigenen Kapazitäten. Schließlich kann auch ein magischer Pferdeflüsterer immer nur an einem Ort gleichzeitig sein! Insofern bietet es sich an, fortgeschrittene Schüler zu Lehrern zu ernennen und ihnen zu erlauben, sozusagen im Namen des Meisters dessen spezielle Lehre zu unterrichten. Geschäftstüchtige Meister lassen sich die Bezeichnung für diese Lehre sogar patentrechtlich schützen, sie können also jeden gerichtlich belangen, der ohne ihre spezielle Erlaubnis Kurse darin gibt.

Natürlich ist die Ausbildung zum »Lehrer nach XY« nicht kostenlos oder gar mit einer Ausbildungsvergütung verbunden wie bei staatlich anerkannten Ausbildungsberufen. Im Gegenteil, der Meister lässt sich seinen Namen meist vergolden. Das muss nicht schlecht sein. Wer bei einem wirklichen Könner einen fundierten Reitstil von der Pike auf erlernt, kann damit durchaus Geld verdienen. Meist wird er oder sie freiberuflich arbeiten, entweder Kurse auf verschiedenen Höfen geben oder einen eigenen Reitbetrieb eröffnen.

Viele Szenestars sind aber wie gesagt keine Könner, sondern lediglich Meister der Selbstvermarktung. Sie bieten eine gute Show, haben aber nicht wirklich etwas zu vermitteln. Erfahrungsgemäß neigen jedoch gerade sie dazu, ihren Methoden klingende Namen zu geben und schnell auch eine »Reitlehrerausbildung« anzubieten. Dabei locken sie oft mit extremer Pferdefreundlichkeit und leichter Erlernbarkeit ihrer Methode. Im Klartext: Während ein Könner nur selten einen Totalanfänger in Ausbildung nimmt, ziehen selbst ernannte Pferdeflüsterer »unverdorbene« Schüler sogar vor. Wenn du dich davon blenden lässt, wirst du viel Geld los, hast hinterher aber keinerlei Chancen, selbst welches zu verdienen.

Nun besteht bei privaten Reitlehrerausbildungen immer ein Risiko. Als FN-Reitlehrer kannst du sicher sein, dass es die Turnierszene auch noch geben wird, wenn du mal in Rente gehst. Die Freizeitreiterszene ist dagegen Moden unterworfen. Vor einigen Jahren zum Beispiel belegten alle

Spring-Kurse, zurzeit ist klassische Dressur »in«. Wie lange sich das hält und was danach kommt, kann keiner sagen. Deshalb erwerben Berufsreiter hier auch meist mehrere Qualifikationen. Wer ernsthaft vom Freizeitreiten leben will, hat oft eine ganze Reihe klingender Titel zwischen TTEAM-Practitioner, Chiron-Lehrer, CP-Trainer und Gangpferdetrainer C. Das alles geht ziemlich ins Geld, und ob man dann wirklich etwas damit anfangen kann, ist stark persönlichkeitsabhängig. Nicht jeder eignet sich zum selbstständigen Reitlehrer.

Anstrengend: die selbstständige Reitlehrerin

Die meisten freiberuflichen Reitlehrer leben sowohl vom Unterricht als auch vom Beritt. Mitunter kaufen sie auch junge oder schwierige Pferde, bilden sie aus und geben sie dann weiter. Das ist besonders im Turnierbereich eine lukrative Angelegenheit.

Praktisch brauchst du für all das entweder eine eigene Reitanlage oder die Möglichkeit, deine Berittpferde irgendwo unterzustellen. Dann zahlst du natürlich Stallmiete. Reitunterricht gibst du entweder im eigenen Stall oder du fährst herum und unterrichtest in verschiedenen Reitanlagen, vielleicht auch auf den privaten Reitplätzen deiner Schüler. Das kostet dann Zeit, Benzin und Übernachtungskosten. Deine Einnahmen musst du außerdem versteuern. Du musst eine Buchführung vorweisen können und brauchst wahrscheinlich einen Steuerberater. Auch der möchte bezahlt werden und du musst alles bis zum letzten Cent mit Pferden verdienen. Das heißt: Dein Reitunterricht kann nicht billig sein. Wenn du hörst, was eine Reitstunde bei einem selbstständigen Reitlehrer kostet, wirst du wahrscheinlich schlucken. 40 Euro für 45 Minuten sind hier schon Mindestlohn.

Vorsicht, Geldschneiderei!

Private Reitlehrerausbildungen sind teuer und die anschließenden Berufschancen unsicher. Falls du sie trotzdem in Betracht ziehst, sei vorsichtig, wenn …

- der Anbieter noch nicht lange »im Geschäft« ist. Reitunterricht im Freizeitreiterbereich ist Moden unterworfen. Manchmal steigt ein Lehrer kometenhaft zum Star auf, ist im nächsten Jahr aber wieder vergessen. Das gilt natürlich erst recht für seine »autorisierten« Schüler;
- der Anbieter behauptet, die von ihm gelehrte Ausbildungsmethode oder Reitweise selbst erfunden bzw. wieder entdeckt zu haben. Das ist sehr häufig Schwindel – auch bei sehr bekannten »Pferdeflüsterern«;
- die angebotene Methode mit einem klingenden, möglichst noch patentrechtlich geschützten Namen versehen ist. Reitkunst ist kein Schokoriegel! Wirklichen Könnern genügt ihr eigener Name;
- der Anbieter keinerlei Reitkenntnisse voraussetzt, sondern im Gegenteil am liebsten mit Anfängern arbeitet. Das heißt immer, er hat etwas zu verbergen, was ein Könner aufdecken könnte! Diese Regel gilt übrigens für jede alternative Ausbildung. Wenn jemand eine spezielle

Hufpflege anbietet, aber Hufschmiede von der Kursteilnahme ausschließt, oder wenn eine Heilpraktikerschule keine Tierärzte aufnimmt – Finger weg;

- die angebotene Methode nur Bodenarbeit mit Pferden, kein Reiten beinhaltet. Selbst wenn das im Moment Mode ist: Spätestens wenn du selbst mal Schüler haben solltest, wollen die auch in den Sattel. Wenn du dann nichts zu bieten hast, bist du genauso schnell weg vom Fenster wie dein »Meister«.

Wer so viel Geld für eine Reitstunde verlangt, muss dafür natürlich auch etwas bieten. Letztlich setzen sich nur die besten Lehrer dauerhaft durch, im konventionellen Bereich meist die mit Turniererfolgen. Wenn deine Schüler regelmäßig Schleifen gewinnen, bezahlen sie dich gern und empfehlen dich weiter.

Im Freizeitreiterbereich ist Erfolg deutlich weniger berechenbar. Hier kommt es stark auf deine persönliche Ausstrahlung an. Letztlich musst du fähig sein, die Leute von deiner Qualifikation zu überzeugen. Manchem gelingt das, manchem nicht, es ist Begabungssache. Männer sind als freiberufliche Reitlehrer meist erfolgreicher als Frauen. Das liegt daran, dass es weit mehr Reitschülerinnen gibt als Reitschüler. Sie schwärmen ihren Lehrer gern an. Freizeitreiter wechseln ihre Lehrer außerdem häufig. Du kannst nie sicher sein, ob du im nächsten Jahr noch so viele Schüler hast wie heute.

Freiberuflicher Reitlehrer ist ein Job mit hohem Risiko, nichts für Träumer und schüchterne Menschen, die eigentlich lieber mit Tieren als mit Menschen umgehen. Bevor du dich also festlegst, solltest du dir lange Bedenkzeit gönnen und mindestens ein, besser mehrere Praktika in verschiedenen Reitbetrieben ableisten. Dabei kann es besonders sinnvoll sein, im Ausland zu schnuppern – neue Entwicklungen im Reitsport kommen oft aus England oder Amerika. Englischkenntnisse sind also wichtig!

Und falls du auch nur den kleinsten Zweifel daran hegst, ob du den Anforderungen gewachsen bist, verschiebst du die endgültige Entscheidung lieber ein paar Jahre und erlernst erst mal einen anderen Beruf! Während der Lehrzeit reitest du natürlich weiter und sammelst Erfahrungen mit Menschen und Pferden. Für eine Umstellung ist es nie zu spät. Im Gegenteil: Die meisten wirklich erfolgreichen Reitlehrer kamen erst im zweiten Anlauf zu ihrem Traumberuf.

Pferden helfen: Heilberufe rund ums Tier

Pferde heilen – helfen können, wenn ein Tier krank oder verletzt ist. Wohl jeder Pferdefreund hat schon mal davon geträumt, besonders dann, wenn er endlos lange neben dem leidenden Pferd auf den Tierarzt wartete. Im Bereich der Heilberufe rund ums Pferd gibt es heute mannigfaltige Ausbildungsmöglichkeiten, die auch Menschen ohne Hochschulreife offen stehen. Dazu gibt es den großen Bereich der Hufpflege.

Allerdings: Auch hier gibt es Fallstricke, vor allem bei alternativen Ausbildungswegen. Schon bei der Wahl der Schule sind kühler Kopf und Kritikfähigkeit gefragt.

Traumberuf Tierärztin/Tierarzthelferin?

Besonders Pferdefreunde mit Hochschulreife streben gern ein Studium der Tiermedizin an. Inzwischen sind oft mehr als 90 Prozent der Studentenschaft weiblich und viele spezialisieren sich später auf Pferde. Das Studium der Tiermedizin ist allerdings extrem lang und schwierig. Besonders während der ersten Semester bekommst du dabei praktisch kein Tier zu Gesicht. Stattdessen heißt es lernen, lernen, lernen: Chemie, Physik, Physiologie, Anatomie … Du wirst oft das Gefühl haben, dir platzte der Kopf! Man muss hoch motiviert und sehr fleißig sein, um das durchzuhalten. Extrem viele Studenten stecken zwischendurch auf.

Die Berufschancen als Tierarzt sind dann durchwachsen. Anstellungen in Tierkliniken oder Praxen sind heiß begehrt, aber nicht gehäuft im Angebot. Männer haben hier immer noch erheblich bessere Chancen als Frauen. Zudem ist das Gehalt äußerst niedrig – etwa auf dem Niveau einer Verkäuferin, aber bei erheblich weniger Freizeit! Die meisten Tierärztinnen machen sich also selbstständig, allein oder als Praxisgemeinschaft. Letzteres ist vernünftig, denn besonders eine Großtierpraxis kann man allein kaum führen. Rinder kalben und Pferde fohlen nun mal nicht während der normalen Bürostunden. Man wird oft genug die Nächte in eiskalten Ställen verbringen und muss dann den Tag durcharbeiten. Auf Dauer hält das kaum jemand aus. Andererseits scheitern die meisten Gemeinschaftspraxen irgendwann aufgrund von Streitigkeiten der Partner. Du musst also gut überlegen, mit wem du dich zusammentust.

Eine Praxisgründung ist obendrein sehr teuer. In der Regel

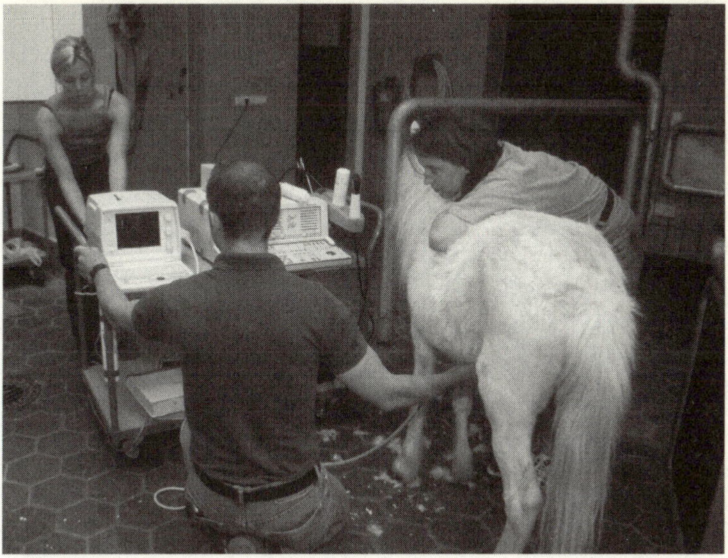

wirst du hohe Kredite aufnehmen müssen und stehst dann unter starkem Leistungsdruck. Auch Konkurrenz ist ein Problem. Mit ziemlicher Sicherheit wirst du nicht die einzige Tierärztin in deinem Landkreis sein und gerade Pferdeleute sind experimentierfreudig und wechseln gern. Pferdebesitzer sind auch nicht immer einfach im Umgang. Es wird oft vorkommen, dass sie deine Ratschläge missachten. Dann musst du hilflos zusehen, wie ein Pferd unter einem rücksichtslosen Turnierreiter oder einem unfähigen Freizeitreiter leidet.

Besonders in den ersten Berufsjahren ist die Arbeit als Tierarzt absolut kein Zuckerschlecken! Andererseits kann es aber sehr befriedigend sein, Tieren zu helfen, und wenn du es wirklich willst, solltest du dich auf keinen Fall entmutigen lassen! Bemüh dich vor der Entscheidung aber unbedingt

um ein Praktikum bei einem Pferdetierarzt – und geh dabei auch nachts mit auf Tour! So kannst du am ehesten entscheiden, ob deine Begeisterung tatsächlich reicht.

Doch auch wenn du erst später feststellst, dass dich eine Praxis überfordert – als Tiermedizinerin hast du immer Ausweichmöglichkeiten, sei es in der Forschung oder in anderen medizinischen Berufen. Arbeitslos wirst du wahrscheinlich nie.

Wenn du keine Hochschulreife hast, ist eine Ausbildung zur *veterinärmedizinisch-technischen Assistentin* eine Alternative. Dazu machst du eine Lehre beim Tierarzt, und je größer die Praxis ist, desto besser sind die Chancen, danach auch übernommen zu werden. Ansonsten ist das Problem der VMTA nämlich vergleichbar mit dem des Pferdewirts Zucht und Haltung: Die grundlegenden Techniken sind schnell gelernt und zumindest kleine Praxen brauchen höchstens eine voll qualifizierte Kraft. Auch für die VMTA gibt es allerdings weitere Einsatzgebiete in Tierkliniken oder an Hochschulen. Wenn du flexibel bist, sind die Berufschancen nicht schlecht. Flexibel kann hier allerdings bedeuten, später schwerpunktmäßig mit Labormäusen zu arbeiten …

Modeberuf: Tierheilpraktikerin

Der Markt für alternative Heilmethoden für Tiere, insbesondere rund ums Pferd, ist in den letzten Jahren explosionsartig gewachsen. Inzwischen hat fast jeder Pferdebesitzer neben dem Tierarzt auch schon mal einen Tierheilpraktiker konsultiert – und sogar »Wunderheiler« haben ihren Kundenkreis. Die Ausbildung zur Tierheilpraktikerin ist deshalb durchaus bedenkenswert. Sie beschäftigt sich mit allen möglichen alternativen Heilmethoden – von Akupunktur bis zur Reflexzonenmassage und natürlich Homöopathie.

Im Gegensatz zum Heilpraktiker in der Humanmedizin gibt es hier allerdings keine Vorschrift zur Ablegung einer amtlichen Prüfung beim Gesundheitsamt. Der Beruf als solcher ist staatlich nicht anerkannt. Tierheilpraktiker kann sich jeder nennen. Insofern gelten hier auch die gleichen Bedenken wie bei »alternativen« Reitlehrerausbildungen. Die ersten Fehler kannst du schon bei der Auswahl der Heilpraktikerschule machen. Das Angebot ist dabei fast unbegrenzt: Bei Eingabe der Begriffe *Tierheilpraktiker* und *Ausbildung* liefert die Internet-Suchmaschine Google über 26 000 Treffer. Vom *Fernstudium* bis zur *Osteopathie-Akademie* ist alles dabei und das »Studium« kann vier Jahre dauern – oder nur zwölf Wochenenden! Klar, dass du bei letzterer »Ausbildung« praktisch nichts lernst, die Absolventen sind eher eine Gefahr als eine Hilfe für das kranke Pferd! Voraussetzung zur »Zulassung zum Studium« ist meist die mittlere Reife, dazu verlangt man Volljährigkeit. Du musst schließlich einen Ausbildungsvertrag unterschreiben und dich damit zur Zahlung erheblicher Summen verpflichten.

Die Schule geht hier kein Risiko ein. Denn egal was im Prospekt steht: Heilpraktikerschulen sind gewerblich orientiert! Lies die Verträge also unbedingt genau durch und achte auf Kündigungsfristen. Sehr oft wirst du nämlich nach Antritt der Ausbildung feststellen, dass hier doch nicht alles Gold ist, was glänzt! Dann musst du die Möglichkeit haben, ohne größere finanzielle Verluste aus der Sache herauszukommen. Also: unterschreib keine Verträge mit Kündigungsfrist über drei Monate und leiste keine größeren Vorauszahlungen. Dazu solltest du darauf bestehen, kurze Zeit auf Probe am Unterricht teilnehmen zu dürfen. Lehnt die Schule das ab, kannst du sie gleich vergessen.

Bei der Spezialisierung auf bestimmte Heilmethoden gilt wieder fast das Gleiche, was beim alternativen Reitausbilder zu beachten war: sei vorsichtig bei allem, was Moden unterworfen sein kann und was leicht zu erlernen scheint. Natürlich erwirbst du den »Ersten Grad als Reiki-Meister« schon innerhalb eines Wochenendes. Aber ob darauf in fünf Jahren noch jemand abfährt? Dazu kommt wieder deine persönliche Eignung: nicht alle alternativen Heilmethoden wirken, oft sind Erfolge hier Glaubenssache. Du brauchst also wieder Ausstrahlung und Selbstsicherheit, um die Tierbesitzer zu überzeugen. Ein guter Draht zum Tier reicht nicht.

Tierpsychologen und Tierkommunikatoren

Ein ganz neues Berufsbild im alternativen Bereich ist das des *Tierpsychologen* oder *Tierkommunikators*. Zu Ersterem bilden einige Tierheilpraktikerschulen aus, Letzteres lernt man in speziellen und sehr, sehr fragwürdigen Seminaren. Während der Tierpsychologe Tier und Besitzer nämlich aufgrund wissenschaftlicher Verhaltensforschung berät, behauptet der Tierkommunikator, sich per Gedankenübertragung mit den Vierbeinern in Verbindung zu setzen. Angeblich führt er lange Gespräche mit dem Pferd oder Hund und muss den Partner dazu nicht mal kennen lernen. Der Besitzer schickt ein Foto ein und schon klappt es mit der Kontaktaufnahme. Das ist kurz gesagt Quatsch und Geldschneiderei, aber sehr erfolgreich. Die meisten Tierkommunikatoren haben volle Auftragsbücher! Trotzdem ist ein entsprechendes »Studium« nicht zu empfehlen. Irgendwann werden Tierbesitzer aufwachen und sich anderen Moden zuwenden.

Der Tierpsychologe ist dagegen durchaus ein Beruf mit Zukunft, wobei er meist eher mit Hund und Herrchen statt Pferd und Reiter arbeitet. Viele Tierhalter kommen mit ihren Vierbeinern nicht zurecht und suchen fachmännische Hilfe. Ob die Ausbildung in einer Heilpraktikerschule hier allerdings wirklich etwas bringt, ist zweifelhaft. Ein Studium der Biologie und Verhaltenslehre, dazu möglichst viele Praktika in Hundeschulen und Zoos sorgen für fundierteres Wissen.

Erfolgreiche Tierheilpraktiker erwerben wie alternative Reitlehrer »Abschlüsse« in mehreren Sparten der alternativen Heilkunde. Sie werden zum Beispiel Homöopath und Osteopath oder Akupunkteur. Wieder muss also viel Geld investiert werden, bevor du selbst etwas verdienst, und wieder bist du auf Selbstständigkeit angewiesen. Anstellungen für Tierheilpraktiker gibt es nur selten, zum Beispiel in Tierheimen, Tiergeschäften oder – sehr vereinzelt! – Zoos.

Erfolgreiche, selbstständige Tierheilpraktiker verdienen allerdings sehr gut. Grundsätzlich ist von der Berufswahl also keineswegs abzuraten. Sicherer ist jedoch ein zweites Standbein. Zum Beispiel erst eine Ausbildung zur TTA oder zur Pferdewirtin, dann die Heilpraktikerschule.

Hufschmied und Hufpfleger

Streng genommen gehört der Hufschmied natürlich nicht zu den Heilberufen rund ums Pferd, aber wenn Hufprobleme auftauchen, ist sein Rat oft wichtiger als der des Tierarztes. Es ist auch kein typischer Männerberuf mehr. Immer mehr Frauen arbeiten als Schmiedin und haben oft begeisterte Kunden, da sie sich mehr für die Psyche und das Wohlbefinden des vierbeinigen Kunden interessieren als die meisten Männer. Kein Wunder, mit Kraft können sie das Pferd schließlich nicht bändigen, hier sind mehr Geschick und Einfühlungsvermögen gefragt. Hufschmied ist ein anerkannter Lehrberuf, man absolviert zunächst eine dreieinhalbjährige Ausbildung als Schlosser und danach ein Praktikumsjahr bei einem Hufschmied. Darauf folgt ein viermonatiger Lehrgang mit staatlicher Abschlussprüfung. Abschreckend dabei wirkt oft die lange Schlosserlehre, in der man nichts mit Pferden zu tun hat. Andererseits bietet sie aber auch eine Berufsalternative, falls man doch nicht auf Dauer als Schmiedin arbeiten will oder kann.

Alternativ zum Beruf des Hufschmieds, den man immer noch schwerpunktmäßig mit Eisenbeschlag in Verbindung bringt, entstand in den letzten Jahren das Berufsbild des *Hufpflegers* bzw. *Huftechnikers* oder *Huforthopäden*. Auch der kann beschlagen (allerdings nur »kalt«), ist aber in erster Linie bemüht, das Pferd für ein Leben als »Barfußgänger« zu befähigen. Dazu interessiert er sich oft mehr für alternativen Hufschutz wie Kunststoffbeschlag oder Hufschuhe. Im Grunde verhalten sich Hufschmied und Hufpfleger wie Tierarzt und Heilpraktiker: Bei Ersterem ist die Ausbildung klar standardisiert, beim zweiten kommt es stark aufs persönliche Engagement an. Auch den Titel des Hufpflegers/Huforthopäden erwirbt man über eine private Ausbildung und wieder bieten verschiedene Schulen unterschiedlich teure und intensive Kurse an. Die Grundausbildung ist auf jeden Fall deutlich kürzer als beim Hufschmied. Der Hufpfleger absolviert 13 Wochenendkurse, der Huftechniker sogar nur sechs. Dazu kommt ein jeweils 40- bis 50-tägiges Praktikum.

Zurzeit sind Hufpfleger sehr begehrt und haben fast immer ihr Auskommen. Ob das so bleibt, ist nicht gewährleistet, die Moden mögen sich ändern. Wer also einen Beruf fürs Leben sucht, absolviert deshalb besser erst eine Schmiedelehre und bildet sich dann im alternativen Bereich weiter. Viele Schmiede haben heute ein umfassendes Wissen über Hufschutz aller Art und sind im Angebot keineswegs auf Eisenbeschlag beschränkt. In einem solchen Fall sind die Berufsaussichten sehr gut – sofern man (oder in deinem Fall eher frau) durchhält! Die Arbeit am Pferdehuf ist körperlich extrem anstrengend. Du brauchst eine gesunde Konstitution, wenn du den Beruf wirklich bis zur Rente ausüben möchtest.

Als Hufschmied kannst du sowohl selbstständig als auch im Angestelltenverhältnis arbeiten. Hufpfleger arbeiten praktisch immer freiberuflich, benötigen also auch die vorhin schon angesprochenen Fähigkeiten zur Selbstbehauptung und Selbstdarstellung sowie Mut zum Risiko.

Menschen helfen: Berufe rund um die Reittherapie

»Vielleicht werde ich ja auch Reittherapeutin …« Noch ein Traumberuf, meist etwas zögerlich vorgebracht, denn hier steht ja eigentlich nicht das Pferd, sondern der Mensch im Mittelpunkt.

Wer den Beruf aber wirklich ausübt, wird das kaum als Mangel empfinden. Im Gegenteil, nirgendwo hat man mit mehr strahlenden und glücklichen Menschen zu tun als in der *Hippotherapie* oder beim *heilpädagogischen Reiten und Voltigieren.* Auch die Pferde sind meistens entspannt und zufrieden, sie werden geliebt, fühlen sich wichtig und mögen ihre Arbeit. Reittherapie ist einer der befriedigensten Berufe mit Pferden. Die Sache hat nur einen Haken: Es gibt kaum entsprechende Arbeitsplätze. Zwar ist der Einsatz des Pferdes als Therapiehelfer allgemein anerkannt, aber die Therapie ist teuer, und die Krankenkassen übernehmen die Kosten sehr ungern. Das heißt, dass auch Hippotherapeuten sich immer häufiger selbstständig machen müssen, und im Gegensatz zum Reitlehrer können sie dabei nicht auf Privatpferdereiter als Schüler hoffen. Sie brauchen einen Standort und eigene Therapiepferde, was die Kosten für die Reitstunden wieder enorm in die Höhe treibt. Behinderte oder Eltern mit behinderten Kindern können sich das selten leisten.

Das soll dich nun aber nicht entmutigen, es gibt durchaus Krankenhäuser – meist Sucht- oder Rehakliniken –, die Reittherapie einsetzen und sich unter Umständen auch eigene Schulpferde halten! Manchmal arbeiten sie auch mit Reitervereinen zusammen. Wenn du hier eine Anstellung findest, zum Beispiel als Erzieherin oder als Physiotherapeutin, wirst du einen Teil deiner Arbeitszeit mit den Pferden verbringen können. Ausschließlich mit ihnen arbeiten wirst du aber kaum. Eine anerkannte Berufsausbildung als Reittherapeutin gibt es auch gar nicht. Es handelt sich immer um eine Zusatzqualifikation. Du musst erst einen anderen Beruf haben, bevor du entsprechende Lehrgänge belegen kannst.

Hippotherapie

Hippotherapie ist eine Form der Krankengymnastik, die ärztlich verordnet und überwacht wird. Einsatzgebiete sind hier zum Beispiel Erkrankungen und Schädigungen des Zentralnervensystems und des Stütz- und Bewegungsapparates. Durchgeführt wird die Hippotherapie grundsätzlich von einer/m ausgebildeten Physiotherapeutin/en. Du musst also zunächst eine entsprechende Ausbildung machen und mindestens ein Jahr als Physiotherapeutin arbeiten, bevor du dich in dieser Richtung weiterqualifizierst. Dazu brauchst du gute reiterliche Grundkenntnisse, vorausgesetzt wird Dressurausbildung bis Klasse A. Die Ausbildung selbst besteht dann aus zwei Kursen, außerdem einem längeren Praktikum. Du solltest dich weiterhin ein bisschen auf Pferdeausbildung verstehen, denn auch das Pferd, das du einsetzt, muss wissen, was es tut. Viele Hippotherapeuten arbeiten mit eigenen Pferden, oft selbstständig neben der eigenen Physiotherapiepraxis. Ob du allein von der Hippotherapie leben kannst, ist fraglich, das kommt u. a. auf den Standort an. In Ballungsräumen finden sich sicher mehr Patienten als auf dem Lande.

Heilpädagogisches Reiten und Voltigieren

Hier arbeitest du weniger mit physisch behinderten oder kranken Menschen als mit verhaltensgestörten, lernbehinderten oder auch geistig behinderten. Der Umgang mit dem Pferd hat vor allem bei psychisch gestörten Jugendlichen positive Wirkung, in vielen Suchtkliniken oder Therapiezentren für verhaltensauffällige Kinder gibt es Tiere. Wenn du dich für eine Arbeit in diesem Bereich interessierst, brauchst du zunächst eine pädagogische oder psychologische Berufsausbildung. Zum Beispiel als Erzieherin, Lehrerin, Sozialpädagogin oder Psychotherapeutin. Die Zusatzausbildung wird dann über die FN organisiert und entspricht dem Trainer C im Reitsport.

Allerdings: Im gesamten heilpädagogischen Bereich mit Pferden gibt es entschieden mehr interessierte Bewerber als Stellenausschreibungen. Du musst also viel Glück haben, wenn du einen der Jobs ergattern willst. Auf keinen Fall solltest du die entsprechende Erstausbildung also nur deshalb wählen, weil sie dir ein Sprungbrett zur Arbeit mit Pferden zu bieten scheint!

Behindertenreiten und Voltigieren

Wer jemals eine Übertragung der Paralympics gesehen hat, wird verblüfft und begeistert davon sein, wie gut selbst schwer körperbehinderte Menschen sportlich reiten können! Hier als Trainer zu arbeiten, ist äußerst befriedigend, und es beinhaltet sowohl die Arbeit mit den Menschen als auch das entsprechende Pferdetraining. Die Pferde müssen schließlich für die veränderte Hilfengebung umgeschult werden. Das erfordert gute Reitkenntnisse und viel Einfühlungsvermögen. Deshalb arbeiten in diesem Bereich auch vor allem ausgebildete Reitlehrer und Pferdewirte, auch Amateurreitlehrer (Trainer C und höher) dürfen entsprechende Zusatzkurse besuchen. Vorausgesetzt wird weiterhin ein Praktikum im Bereich Therapeutisches Reiten, allerdings keine spezielle, vorangegangene Berufsausbildung. Auch das also eine Chance zur Reitlehrerin auf dem »zweiten Bildungsweg«!

Test: Geeignet für den Traumberuf? – Kannst du mit Pferden Geld verdienen?

Wenn du an einen Beruf mit Pferden denkst, so hast du dabei schwerpunktmäßig die Vierbeiner im Auge. Du liebst sie und möchtest möglichst den ganzen Tag mit ihnen zusammen sein. Das ist natürlich Voraussetzung für jeden Beruf rund ums Pferd. Allerdings gibt es auch andere Aspekte, die darüber entscheiden, ob der Beruf des Reitlehrers oder Tierarztes wirklich dein Traumberuf werden kann. Die folgenden Fragen werden einige davon aufgreifen. Du sollst dann entscheiden, wie weit du über die erfragte Eigenschaft verfügst. Dabei kannst du dich auf einer Skala von 1 bis 5 einordnen: Von 1: »Nein, liegt mir gar nicht!«, bis 5: »Ja, das ist mein Ding!«

Das bringt natürlich nur dann etwas, wenn du ehrlich bist. Also nicht schummeln, mach dir nicht selbst etwas vor!

1. Bist du diszipliniert?

Der Umgang mit Pferden ist stark von Routine bestimmt. Tagein, tagaus wiederholt sich der gleiche Rhythmus, die Pferde wollen gefüttert, die Ställe gemistet werden. Jeden Tag zur gleichen Zeit die gleiche Arbeit. Bist du sicher, dass dir das nicht zu eintönig wird? Natürlich denkst du jetzt, dass dir all das Spaß macht. Bisher hast du es vielleicht nicht mal als Arbeit empfunden. Nach drei oder vier Monaten ohne Pause – erst recht nach drei oder vier Jahren ohne Pause! – wird sich das aber ändern. Ställe ausmisten, füttern und Pferde herein- und herausholen ist Arbeit und irgendwann wirst du sie auch als solche empfinden. Wenn du dich einmal selbstständig machst, gibt es obendrein niemanden, bei dem du dich krankmelden kannst. Bist du diszipliniert genug, um dann mit einer Grippe in den Stall zu fahren?

Bei der Selbsteinschätzung hilft es hier, wenn du schon mal für ein Haustier gesorgt hast. Machst du das Katzenklo wirklich täglich sauber oder lässt du es gern mal für deine Mutter stehen? Führst du den Hund jeden Tag aus? Eine ganze Stunde? Auch bei Regen und Schnee? Wie schätzen deine Freunde dich ein? Giltst du als verlässlich?

Ich hasse Routine!	1 – 2 – 3 – 4 – 5	Ich bin sehr diszipliniert und verlässlich.

2. Sind dir geregelte Arbeitszeiten wichtig?

Die meisten Menschen, die besonders im Freizeitbereich mit Pferden arbeiten, haben genau dann viel zu tun, wenn andere freihaben. Als Reitlehrerin wirst du Wochenendkurse geben oder deine Schüler am Abend unterrichten. Als Tierärztin bzw. Schmiedin hast du am Wochenende Bereitschaft oder besserst dein Einkommen mit Turnierdiensten auf.

Wirst du das gern hinnehmen? Auch wenn dein Freund nörgelt und droht, dann eben allein auszugehen?

Wie handhabst du es bisher mit deiner Freizeit? Lässt du

schon mal einen Schwimmbadbesuch sausen, wenn im Reitstall Stroh angeliefert wird und man dich bittet zu helfen? Hast du vielleicht einen kleinen Job neben der Schule, der dich zur Flexibilität zwingt?

Meine Freizeit ist mir heilig!	1 – 2 – 3 – 4 – 5	Eigentlich finde ich es ganz schön, am Wochenende zu arbeiten. Dafür habe ich dann ja auch frei, wenn die anderen schuften müssen!

3. Bist du robust?

Pferde sind Frischluftfanatiker. Das heißt, dass sich auch dein Berufsleben zu einem großen Teil im Freien abspielen wird – zumindest in nicht beheizten Reithallen oder Ställen. Außerdem ist Stallarbeit zum Teil Schwerstarbeit. Das kommt dir heute noch nicht so vor, aber wahrscheinlich hast du auch noch nie 20 Boxen nacheinander gemistet – möglichst solche mit Außenauslauf bei strömendem Regen. Dazu kommen Arbeiten wie Heu- und Stroheinlagern – mitunter in deiner Mittagspause, denn der Reitunterricht kann nicht ausfallen, nur weil der Bauer Winterfutter liefert.

Es ist kein Zufall, dass sehr schlanke und zierliche Mädchen zwar oft sehr gute Reiterinnen sind, den Beruf des Pferdepflegers und Reitlehrers aber nicht auf Dauer durchhalten. Ab einem gewissen Lebensalter sinkt die Belastbarkeit für schwere Arbeiten. Dann gibst du entweder auf, oder du verdienst inzwischen genug, um jemand anderen dafür einzustellen. Gerade wer bei dieser Frage niedrig punktet, muss schon bei der Berufswahl an Aufstiegschancen und gute Verdienstmöglichkeiten denken.

Ich bin eher zierlich und hasse schlechtes Wetter.	1 – 2 – 3 – 4 – 5	Kein Problem, ich bin wetterfest und stemme genauso viel Stroh wie ein Junge!

4. Bist du durchsetzungsfähig?

Beim Pferd bist du das bestimmt, sonst wärest du ja kein guter Reiter. Aber wie sieht es im Umgang mit Menschen aus? Bei den meisten Berufen rund ums Pferd musst du den Pferdebesitzern sagen, wo es langgeht. Schaffst du das und wird man auf dich hören? Vielleicht wirst du auch mit Personal umgehen müssen. Deine Tierarzthelferin oder dein Pferdepfleger dürfen dir nicht auf der Nase herumtanzen. Nicht jeder ist dafür geboren, sich hier durchzusetzen, und es ist schwer, die nötigen Techniken zu erlernen.

Wie sieht es also bei dir aus? Hat man dich zum Beispiel schon mal zur Klassensprecherin gewählt? Bist du bei Gruppenarbeiten in der Schule immer diejenige, welche die Arbeit organisiert und einteilt, oder machst du einfach nur, was man dir sagt? Hast du am Ende womöglich noch das Gefühl, du hättest die ganze Arbeit gemacht und die anderen schmücken sich mit den Früchten? Letzteres spricht dafür, dass du dich auch im Beruf ausnutzen lässt. Eine große Gefahr, gerade bei Jobs rund ums Tier! Als Stallvermieterin wirst du deine Boxen dann wahrscheinlich mit Sozialfällen füllen und dich von den wenigen Einstellern hoffnungslos herunterhandeln lassen, als Tierärztin behandelst du die Hälfte der Pferde umsonst, als Bereiterin hast du Hemmungen, das angemessene Honorar zu fordern.

Ich geb's zu, ich kann nicht Nein sagen.	1 – 2 – 3 – 4 – 5	Da habe ich keine Probleme – alles hört auf mein Kommando!

5. Bist du frustrationstolerant?

Zu jedem Pferd, das du bereitest, behandelst oder beschlägst, gehört ein Besitzer, der ganz genaue Vorstellungen davon hat, wie du mit seinem Pferd umgehen sollst. Zum Teil sind die absurd, aber du musst höflich bleiben, auch wenn deine Kunden dich zu jeder Tages- und Nachtzeit anrufen und dich für alles verantwortlich machen, was schief geht. Reitkurse verlangen Präsenz und Freundlichkeit von morgens bis abends – selbst wenn die Schüler unbegabt sind und sich wieder eine Horde Anfänger zu deinem Fortgeschrittenenkurs angemeldet hat. Auch wenn es den ganzen Tag regnet und alle schlechte Laune haben. Wenn du erfolgreich sein willst, musst du auf jeden Kunden eingehen, möglichst alle seine Wünsche erfüllen. Du brauchst endlose Geduld, Einfühlsamkeit und Nervenstärke. Schaffst du das? Oder rätst du Frau Müller irgendwann, doch lieber Tennis zu spielen? Bleibst du auch dann noch ruhig, wenn die Handlungen des Besitzers dem Pferd eindeutig schaden? Wenn du als Tierärztin dringend zur Klinikeinweisung des Pferdes rätst, aber stattdessen bestellt die Besitzerin einen Wunderheiler? Wenn das Pferd ohne Eisen hoffnungslos lahm geht, aber Frauchen besteht auf einem Kunststoffbeschlag?

Ich sage immer, was ich denke!	1 – 2 – 3 – 4 – 5	Auch wenn's schwer fällt: Ich kann mich zurückhalten.

6. Kannst du Pferde als »Handelsware« sehen?

Auch wenn du natürlich nicht Pferdehändlerin werden willst: Wenn du als Profi mit Pferden umgehen willst, darfst du sie nicht zu sehr lieben. Das klingt paradox, aber Zuneigung erweist sich hier oft als Handikap. Schließlich wirst du Pferde pflegen, aufziehen oder behandeln und dann zusehen müssen, wie sie verkauft werden. Vielleicht an höchst unsympathische Leute! Du wirst junge Pferde anreiten und sie werden dir ans Herz wachsen. Aber nach dem Beritt musst du sie zu ihren Besitzern zurückschicken – auch wenn die unfähig und grob sind. Vielleicht wirst du hochbegabte Turnierpferde reiten – doch am Wochenende möchten die Besitzer selbst damit glänzen. Wenn sie dabei keine Schleifen gewinnen, werden sie das Pferd wechseln. Und du bist dein geliebtes Pferd und wahrscheinlich auch den Kunden los.

Kommst du damit zurecht? Musstest du dich schon mal von einem geliebten Tier trennen und trauerst du heute noch darum? Denk nicht, dass du dich an diese Dinge gewöhnst! Deine Sensibilität und Liebe zum Tier sind ein großes Plus in deinem Leben. Sie machen dich bloß nicht geeignet zum Berufsreiter!

Ich weine immer noch, wenn ich an mein verlorenes Lieblingspferd (Hund, Katze, Meerschweinchen) denke.	1 – 2 – 3 – 4 – 5	Ich habe da keine Schwierigkeiten. Solange ich das Pferd habe, liebe ich es, aber weg ist weg.

7. Bist du geschäftstüchtig?

In den meisten Berufen rund ums Pferd musst du dich irgendwann selbstständig machen. Das bedeutet Kundenwerbung, vielleicht die Eröffnung eines eigenen Stalles, Kredite, Buchhaltung, Steuererklärung, Eigenverantwortung für die Altersversorgung. Du brauchst viel Selbstbewusstsein, um angemessene Honorare zu fordern und auch einzutreiben – am Anfang wird es dich überraschen, wie oft Leute ihre Rechnungen nicht bezahlen! Du musst dann knallhart sein und auch mal ein Berittpferd oder Einstellpferd auf die Straße setzen. Wenn du dich ausnutzen lässt, spricht sich das in Windeseile herum! Nötig ist weiterhin Verhandlungsgeschick, um zum Beispiel möglichst günstige Preise für Futtermittel herauszuschlagen. Viele Reitlehrer arbeiten auch mit Reitsportgeschäften zusammen, empfehlen deren Produkte und bekommen dann Prozente. Die meisten handeln darüber hinaus ein bisschen mit Pferden – und bewegen sich dabei auf dem schmalen Grat zwischen »Partnervermittlung« und »Profitmacherei«.

Wie also schätzt du dich hier ein? Handelst du Belohnungen für jede gute Note in der Schule aus? Hast du schon im Kindergarten nur dann den Roller verliehen, wenn du auch was dafür bekamst?

Handeln? Ich? Ich kriege immer das kleinste Taschengeld!	1 – 2 – 3 – 4 – 5	Bei aller Liebe zum Pferd: Ich kann rechnen.

Auswertung:

Ob du rechnen kannst, darfst du jetzt gleich beweisen: Zähl bitte die Punkte zusammen, die du bei allen Fragen gesammelt hast, und teil die Summe dann durch 7.

Ergebnis 1 – 2,5

Du magst eine sehr gute Reiterin sein und ein hervorragendes Gefühl für Pferde haben. Zum Beruf machen solltest du die Reiterei aber nicht. Die Gefahr, dass du ausgenutzt wirst, ist riesengroß, dazu sorgst du dich viel zu sehr um die dir anvertrauten Pferde. Das alles ließe sich noch ausgleichen, wenn du beim Punkt *Geschäftstüchtigkeit* eine Art 5 mit Zusatzzahl angekreuzt hättest. Aber auch dann wäre es wahrscheinlich sinnvoller, du eröffnest ein ganz anderes Geschäft und hältst dir ein paar Pferde nebenbei.

Ergebnis 2,6 – 3,9

Ob du Chancen in einem Pferdeberuf hast, hängt vor allem davon ab, wo du Punkte gesammelt und verloren hast. Wenn du zum Beispiel bei Frage 6 und 7 hoch gepunktet hast, wirst du wahrscheinlich bald so viel verdienen, dass du dir bei Frage 1 und 3 Totalausfälle leisten kannst. Deine Stallarbeit macht dann nämlich bald ein Angestellter. Hast du dich dagegen bei allen Fragen zwischen 2 und 4 eingeordnet, so sieht es schlecht aus. Weder deine Durchsetzungsfähigkeit noch deine Motivation dürften ausreichen, die Härten eines Pferdeberufs lange durchzuhalten. Das könnte dir auf Dauer auch das Hobby Reiten verleiden. Lass es besser nicht dazu kommen.

Ergebnis 4 – 5
Wenn du dich wirklich ehrlich und richtig eingeschätzt hast, sind deine Erfolgschancen in einem Beruf mit Pferden sehr gut. Du bist durchsetzungsfähig und geschäftstüchtig, kannst mit Menschen umgehen und bringst den Pferden so viel Zuneigung entgegen, dass sie immer auf dich zählen können. Andererseits kannst du dich auch mal verhärten, wenn die Sorge um die Vierbeiner dich finanziell zu ruinieren droht. Selbstständigkeit ist kein Problem für dich, und du bist bereit, dein Privatleben dem Job mit Pferden unterzuordnen. Irgendwann wirst du wahrscheinlich aufpassen müssen, dass du es damit nicht zu weit treibst, aber dein Traumberuf wird sicher nicht zum Albtraum werden!

Ja nicht die Hoffnung aufgeben! – Weitere Berufe rund ums Pferd

Nicht immer führt der Weg zum Beruf mit Pferden direkt über den Stall. Im Gegenteil, findige Pferdefreunde schaffen es, von beinahe jedem anderen Beruf aus einen Seitenweg zum Pferd zu finden. Die FN zum Beispiel bildet nicht nur Reitlehrer aus, sondern auch Pferdesportmanager und Vereinsmanager. Im Bereich der Öffentlichkeitsarbeit rund um Pferdemessen und Turniere sowie direkt bei der Deutschen Reiterlichen Vereinigung werden immer mal wieder Stellen ausgeschrieben. Pferdezeitschriften suchen ständig qualifizierte Mitarbeiter, nicht nur als Autoren und Fotografen, sondern auch im Bürobereich. Schließlich müssen hier Anzeigen eingeholt und gesetzt, Leserbriefe geordnet und beantwortet, der Vertrieb organisiert und Abonnenten betreut werden. Der Pferdebuchbereich ist ein wachsender Markt. Wer gute Geschichten schreibt, hat hier durchaus Chancen, vor allem wenn sie wirklich fundiert sind. Aber auch Lektoren mit Pferdekenntnissen haben Aussichten, vor allem bei speziellen Pferdebuchverlagen.

Falls du eher visuell orientiert bist, kannst du dich auch als Pferdefotografin versuchen. Wer das hauptberuflich macht, ist viel auf Achse, man besucht Turniere, Messen und berühmte Reitlehrer und Reitschulen, um dort zu fotografieren. Viele Pferdefotografen haben ihr Hobby zum Beruf gemacht. Bessere Chancen hast du hier allerdings, wenn du den Umgang mit der Kamera von der Pike auf lernst.

Aber auch sonst ist die Welt voller Jobs rund ums Pferd: Pferdeverrückte Webdesigner spezialisieren sich auf die Internetauftritte von Reitsportläden und Vereinen. Grafiker illustrieren Pferdebücher ,und manche Künstler können sogar davon leben, Pferdeporträts in Öl anzufertigen! Der Kreativität sind hier keine Grenzen gesetzt. Es gibt zum Beispiel Schneiderinnen, die gut mit dem Entwurf und dem Nähen von Reitkostümen verdienen, und Computerspezialisten, die Programme zur Sattelanpassung oder sogar zum Reitenlernen entwickeln!

Natürlich kommen auch noch weitere klassische Ausbildungsberufe rund ums Pferd infrage, zum Beispiel der des Sattlers. Reitsportgeschäfte und Reitsportabteilungen brauchen Fachverkäuferinnen, Handwerker können sich gezielt nach Betrieben umsehen, die sich auf Stallbau konzentriert haben.

Auch wenn du dich also nicht für eine Ausbildung zum Pferdewirt oder Hufschmied entscheidest: Kenntnisse rund um Pferde und Reitsport können dir in so manchem Beruf nützlich sein. Die Weichen werden hier nicht direkt beim Schulabgang gestellt, du kannst die Sache locker angehen und auch andere Talente berücksichtigen. In einem darfst du dir nämlich sicher sein: Echte Pferdeleute kommen immer wieder zum Pferd zurück. Wenn du auf Dauer mit dem »Pferdebazillus« infiziert bist, wirst du dem nicht entkommen, egal was passiert. Im Zweifelsfall also: abwarten und reiten! Wenn du deinen Traumjob nicht findest, findet er dich!

Christiane Gohl

Sophie
Endlich Reitstunden!

160 Seiten ISBN 3-570-12784-2

Endlich Reitstunden! Sophie ist überglücklich. Jetzt wird sie den Umgang mit Pferden von der Pike auf lernen. Bei der beliebten Reitlehrerin Klemme macht Sophie rasch Fortschritte und bald darf sie in der Anfängerabteilung mitreiten. Als im benachbarten Reitverein ein kleines Turnier stattfindet, ist die Aufregung groß. Alle Reitschüler wollen mitmachen, und auch Sophie hofft, zum ersten Mal an den Start gehen zu dürfen.

5149

OMNIBUS

www.omnibus-verlag.de